Nacht über den Deichen

Hannes Nygaard ist das Pseudonym von Rainer Dissars-Nygaard. 1949 in Hamburg geboren, hat er sein halbes Leben in Schleswig-Holstein verbracht. Er studierte Betriebswirtschaft und war viele Jahre als Unternehmensberater tätig. Hannes Nygaard lebt auf der Insel Nordstrand.
www.hannes-nygaard.de

HANNES NYGAARD

Nacht über den Deichen

HINTERM DEICH KRIMI

emons:

Bibliografische Information der Deutschen Nationalbibliothek
Die Deutsche Nationalbibliothek verzeichnet diese Publikation in der Deutschen Nationalbibliografie; detaillierte bibliografische Daten sind im Internet über http://dnb.d-nb.de abrufbar.

MIX
Papier aus verantwortungsvollen Quellen
FSC® C083411

Umschlagmotiv: mauritius images/imageBROKER/Ulrich Doering
Umschlaggestaltung: Tobias Doetsch
Gestaltung Innenteil: César Satz & Grafik GmbH, Köln
Lektorat: Dr. Marion Heister
Druck und Bindung: CPI – Clausen & Bosse, Leck
Printed in Germany 2017
ISBN 978-3-7408-0069-7
Hinterm Deich Krimi
Originalausgabe

Dieses Werk wurde vermittelt durch die Agentur Editio Dialog, Dr. Michael Wenzel (www.editio-dialog.com).

Für Anna-Lena, Rene, Hannes und Henry

Wenn einer keine Angst hat,
hat er keine Phantasie.

Erich Kästner

Liebe Krimifreunde,

ich bin langjähriger Fan von Hannes Nygaard und seiner Krimireihe. Als ich vor vielen Jahren die ersten Fälle von Kriminalhauptkommissar Johannes und Oberkommissar Große Jäger in der Polizeidirektion Husum und Kriminalrat Lüders im Landeskriminalamt las, ahnte ich noch nicht, dass ich irgendwann einmal deren Chef in der Realität sein würde.

Der aktuelle Fall »Nacht über den Deichen« beschäftigt sich mit einem Kriminalitätsphänomen, das bei uns im Norden leider weit verbreitet ist. Unsere Ermittlungen führen bedauerlicherweise hier nicht zu so hohen Aufklärungsquoten, wie es beispielsweise im Bereich der Tötungsdelikte der Fall ist.

Sie werden beim Lesen mit dem Phänomen des Wohnungseinbruchdiebstahls (WED) konfrontiert – einem Deliktsbereich, der uns alle vor große Herausforderungen stellt und den Ermittlungsbehörden große Sorgen bereitet.

Das mit der Einbruchskriminalität verbundene Unrecht ist massiv. Über die materiellen Schäden hinaus verletzen die Täter die Privat- und Intimsphäre ihrer Opfer, sie rufen Gefühle der Erniedrigung und Machtlosigkeit hervor und beeinträchtigen das Sicherheitsgefühl der Menschen oft nachhaltig.

Glauben Sie mir, dass weder mich noch unsere Landespolizei diese Erkenntnisse »kaltlassen«. Ich kann Ihnen versichern, dass wir viel Energie, Personal und Kompetenzen aufwenden, um den Einbrecherbanden das Handwerk zu legen. Dazu haben wir das Personal im Ermittlungsbereich zusammengefasst, die Kompetenzen über Ländergrenzen hinaus gebündelt und in den Polizeidirektionen unseres Landes besondere Präsenzkonzepte erstellt. Daneben schöpfen wir sämtliche rechtlichen und technischen Möglichkeiten aus, um Einbrecherbanden dingfest zu machen und die Täter einer schnellen Verurteilung zuzuführen.

Aber auch Sie als Hausbesitzer sind gefragt: Das vorrangige

Ziel ist und bleibt es, Einbrüche zu verhindern. Wirkungsvoll zeigt sich hier moderne Sicherheitstechnik an Gebäuden und Wohnungen, da eine Vielzahl von Taten an technischen Schutzmaßnahmen scheitern und die Täter gar nicht erst ins Haus gelangen. Für Bestandsbauten bietet der Bund über die Kreditanstalt für Wiederaufbau (KfW) bereits Förderungen für den nachträglichen Einbau von moderner Sicherheitstechnik an. Sie können sich im Rahmen einer kostenlosen Beratung durch die Polizeibehörden kompetent über geeignete Sicherungstechnik informieren und praktische Verhaltenshinweise erfragen. Hinweise dazu erhalten Sie bei jeder Polizeidienststelle. Ich möchte Sie ausdrücklich ermutigen, die Angebote anzunehmen und uns bei unseren Bemühungen im Kampf gegen den Wohnungseinbruchdiebstahl zu unterstützen.

Ich wünsche Ihnen nun spannende Unterhaltung bei »Nacht über den Deichen« und hoffe, dass die dargestellten Einbrüche Fiktion bleiben!

Stefan Studt

Stefan Studt
Minister für Inneres und Bundesangelegenheiten
des Landes Schleswig-Holstein

EINS

Die Natur kämpfte mit sich selbst. War es noch Sommer? Oder schon Herbst? Der Hochsommer war vorbei. Morgens war es schon empfindlich frisch, doch tagsüber hatte die Sonne genügend Kraft, um einen Hauch Sommer vorzugaukeln. An geschützten Stellen konnten auch die frühen Abendstunden noch im Freien genutzt werden. Die Pflasterung und die roten Backsteine des Hauses strahlten noch Wärme ab. An manchen Stellen in der Nachbarschaft wurde gegrillt, Menschen saßen auf den Terrassen und genossen die friedliche Stille eines idyllischen Fleckchens Erde.

Schobüll war 2007 nach Husum eingemeindet worden. Rund vier Kilometer über die Nordseestraße trennen den Ort vom Zentrum der Kreisstadt. Hier befindet sich der einzige Abschnitt der schleswig-holsteinischen Westküste, an dem die Geest bis an die Nordsee reicht und der nicht durch einen Deich geschützt werden muss. Der Ortsname geht auf das dänische *Skobøl* zurück und bedeutet Walddorf. In der waldärmsten Region Deutschlands ist es ein besonderes Privileg, in einem solchen Ort wohnen und leben zu dürfen. Auf großen und zugewachsenen Grundstücken stehen eindrucksvolle Häuser. Hinter vorgehaltener Hand wird Schobüll auch »das Blankenese von Husum« genannt.

Auf einem der Grundstücke stand Hildegard Lüttschwagers Haus, zu Beginn des vorigen Jahrhunderts von ihrem Großvater erbaut, der mit Überseehandel den Grundstock zu einem kleinen Vermögen gemacht hatte. Ihr Vater hatte das Unternehmen fortgeführt und versucht, es über schlechte Zeiten hinwegzuretten. Ganz war es ihm nicht gelungen. Wenigstens Haus und Grundstück konnten dank ihres Ehemanns erhalten bleiben. Arne Lüttschwager war der Betreiber der alteingesessenen Husumer Marktapotheke, die in einem historischen Gebäude direkt neben der Zeitung seit Generationen die Bevölkerung mit Arzneimitteln versorgte.

Hildegard Lüttschwager seufzte. Leider konnte Arne diesen Abend nicht mit ihr genießen. Die Schmerzen im Rücken waren unerträglich geworden, und ein Bandscheibenvorfall hatte den Aufenthalt in der Neurochirurgie des Husumer Klinikums unumgänglich gemacht. In der vergangenen Woche war er operiert worden. Sie besuchte ihn täglich. Heute hatte Arne sich bei bester Laune gezeigt. Ein Grund für Hildegard Lüttschwager, sich zufrieden auf die Terrasse zu setzen, den Herbstabend zu genießen und kein schlechtes Gewissen zu empfinden, als sie sich das zweite Glas Wein einschenkte. Als die Sonne hinter den hohen Bäumen abtauchte, wurde es schlagartig kühl. Sie kramte ihre Sachen zusammen und trug sie ins geräumige Wohnzimmer, verstaute die Auflagen in der dafür vorgesehenen Box und schloss die Tür.

Sie bereitete sich ein leichtes Abendessen aus einer Scheibe Vollkornbrot mit Quark und einer zweiten Scheibe mit Tomaten und Zwiebeln zu, die in mundgerechte Häppchen geschnitten wurden. Arne mochte es nicht, dass beim Essen ferngesehen wurde. Wenn sie allein war, war es ihr zu langweilig, am Esstisch zu hocken. Sie achtete kaum auf das Programm. Es diente nur der Berieselung. Komisch, dachte sie. Manchmal diskutierten sie darüber, was man gemeinsam ansehen wollte. Wenn Arne nicht anwesend war, vermisste sie ihn und konnte die Freiheit, selbst entscheiden zu können, nur bedingt genießen.

Hildegard Lüttschwager leerte das Glas. Sie kämpfte mit sich, ob sie sich ein drittes Glas Rotwein gönnen sollte. Am nächsten Tag standen keine Termine an. Und ins Krankenhaus würde sie erst am Nachmittag gehen. Mit einem Seufzer auf den Lippen stand sie auf und füllte das Glas noch einmal voll.

Eine angenehme Leichtigkeit breitete sich in ihr aus, als sie auch dieses Glas genossen hatte. Sie spürte die wohltuende Müdigkeit in sich aufkommen, schaltete den Fernseher ab, räumte das Geschirr in die Küche und blieb auf dem Rückweg für einen kurzen Moment in der Diele stehen. Arne fehlte ihr. In wenigen Tagen würde er aus dem Krankenhaus entlassen werden. Es würden hektische Tage für sie werden, wenn sie sich um alles kümmern musste. Noch einmal horchte sie in die Stille des Hauses, ging automatisch zur Haustür und prüfte, ob sie verschlossen war. Dieser Rundgang war eigentlich Arnes Aufgabe. Heute übernahm sie es. Halbherzig. Reine Routine. Schobüll war ein ruhiges Pflaster. Husum war sicher und keine kriminalitätsbelastete Region in der Peripherie der Metropolen.

Sie besah sich im Bad ihr Spiegelbild und kicherte ein wenig, als sie beschloss, heute Abend ein wenig nachlässiger zu sein. Niemand würde es bemerken, wenn sie den Durchgang durch das Bad abkürzen und dafür etwas zügiger ihr Bett aufsuchen würde. Sie griff zum Buch, das auf dem Nachttisch lag, schlug es auf der Seite mit dem Lesezeichen auf und begann zu lesen. Nach drei Zeilen stellte sie fest, dass sie den Stoff nicht aufnahm. Achselzuckend legte sie das Buch wieder zurück, löschte das Licht und verkroch sich unter der Bettdecke.

Rotwein war ein besseres Einschlafmittel als irgendwelche Pillen, die ihr Arne aus der Apotheke verabreichte. Natürlich durfte sie ihm nicht widersprechen. Von Tabletten lebten sie, und zwar gut. Das Haus in Schobüll, der Lebensstandard, all die Kleinigkeiten …

Sie wollte nicht unzufrieden sein. Sicher gab es viele Menschen, denen es nicht so gut ging. Das Ehepaar Lüttschwager konnte sich viele Extras leisten. Ja, dachte sie. Du darfst morgen nicht vergessen, Marita und Elisabeth anzurufen. Ein Klönschnack unter Frauen, ein Glas Sekt am Nachmittag, ein bisschen Käsegebäck, ein wenig … Weiter kam sie nicht. Morpheus hatte sie umarmt.

Hildegard Lüttschwager mochte ihre Schwägerin nicht. Angeliki, die gebürtige Griechin, war Melfs zweite Frau. Hildegard hatte nie verstanden, weshalb Arnes Bruder sich von der bodenständigen Christina getrennt hatte. Angeliki war keine Schönheit, sprach bis heute nur gebrochen Deutsch und tat –

nichts. Die Frau saß untätig den ganzen Tag herum. Sicher – manchmal war das gut so. Wenn sie etwas in die Hand nahm, ging es oft zu Bruch. Angeliki war tumb. Hildegard erschrak, als die Schwägerin den siebenarmigen Porzellanleuchter anhob, um sich den Herstellerstempel auf der Unterseite anzusehen.

»Königlich Kopenhagen«, rief ihr Hildegard zu. »Vorsichtig!«

Zu spät. Angeliki hatte das teure Stück aus den Händen gleiten lassen. Mit einem Scheppern fiel es zu Boden und zerbrach.

Hildegard Lüttschwager fuhr in die Höhe. Sie ärgerte sich. Selbst im Traum verfolgte Angeliki sie. Mit einem Knurrlaut auf den Lippen drehte sie sich um. Dann machten sich der Rotwein, das Mineralwasser und der Kaffee vom Nachmittag bemerkbar. In ihrem Alter begann es, dass man die Nachtruhe durch eine »biologische Pause«, wie Arne es nannte, unterbrechen musste. In der Apotheke hatten sie früher ein Plakat auf dem Tresen stehen gehabt. Dort wurde für ein Kürbiskernprodukt geworben. »Wenn Sie nachts zu oft müssen müssen«, hieß es. Oder so ähnlich.

Sie schlug die Decke zurück und schwang die Beine aus dem Bett. Erst im zweiten Versuch gelang es ihr, aufzustehen. Der Rotwein, dachte sie. Ohne Licht zu machen, tapste sie zur Tür und öffnete sie.

Schlagartig war sie wach. Es dauerte den Bruchteil einer Sekunde, bis sie begriff, dass ihr eine Gestalt gegenüberstand. Das Dunkel des Flurs verhüllte sie.

Ein Stich fuhr ihr ins Herz. Der Atem setzte aus. Sie spürte, wie ihr schwarz vor Augen wurde. Hildegard Lüttschwager griff sich ans Herz. Es begann zu rasen. Der Kreislauf drohte zusammenzubrechen. Sie spürte, wie eisige Kälte sie erfasste. Dann begann sie zu beben. Das alles spielte sich in zwei, drei Atemzügen ab.

Die Gestalt schien genauso überrascht zu sein und richtete den Strahl der Taschenlampe auf sie. Aus dem Hintergrund meldete sich eine Stimme.

»I mallkuar.«

Dann war die erste Gestalt bei ihr und presste eine Hand auf ihren Mund.

Es war ein fester Druck. Es tat weh.

»Halt den Schnabel«, sagte eine fremdländisch klingende Stimme. »Bist du allein?«

Sie wollte nicken, aber der Körper versagte den Dienst.

Der Mann wiederholte seine Frage. Um ihr Nachdruck zu verleihen, schlug er leicht mit der Taschenlampe gegen ihren Oberarm. »Los, sag.«

Jetzt gelang es ihr, zu nicken.

Ihr Widersacher sprach in einer fremden Sprache, daraufhin tauchte der zweite Mann aus dem Dunkeln auf, zwängte sich an ihnen vorbei und huschte ins Schlafzimmer. Kurz darauf kehrte er zurück und sagte etwas.

Der Mann, der ihr den Mund zuhielt, schien zufrieden zu sein.

»Ist noch jemand in Haus?«, fragte er.

Hildegard Lüttschwager verneinte es.

»Hund?«

Sie hustete. Dann gelang es ihr, ein »Nein« zu hauchen.

»Alarmanlage?«

Sie schüttelte den Kopf.

»Mach nix Ärger, sonst …«, drohte der Mann. »Ist klar?«

Sie nickte.

»Wo ist Geld? Nicht sagen, du hast nix. Nicht gut für dich.«

»In meiner Handtasche. Dort ist mein Portemonnaie.« Sie bewegte den Kopf in Richtung Schlafzimmer.

Der zweite Mann verschwand erneut ins Schlafzimmer. Sie hörte, wie der Verschluss der Handtasche geöffnete wurde, dann kam er zurück und sagte etwas.

»Du lügst. Nicht genug. Wo ist anderes Geld? Und Schmuck? Los.« Um seine Forderung zu unterstreichen, stieß er sie ein Stück zurück.

»Wir haben kein …«, begann Hildegard Lüttschwager, aber der Mann stieß sie erneut. Sie stolperte rückwärts ins Schlafzimmer. Der Täter suchte den Lichtschalter. Dann flammte die Deckenbeleuchtung auf. Sie konnte die beiden Männer erkennen. Beide trugen Kapuzenpullis, die nur das Gesicht freigaben. Dunkle Augen starrten sie an. Der Teint ihrer Gesichter war dunkel. Der dünne Oberlippenbart des einen Täters ebenfalls. Alles wirkte düster und bedrohlich.

»Mach. Wo ist mehr Geld?« Der Mann hob die Hand, als wolle er zuschlagen.

Hildegard Lüttschwager riss die Hände schützend vors Gesicht.

»Wir haben kein Bargeld im Haus. Nur noch ein bisschen für die Putzfrau. Unten in der Küche, in der Schublade neben dem Geschirrspüler.«

Der Mann vor ihr übersetzte es, der andere verschwand. Sie hörte ihn in der Küche rumoren. Als er zurückkam, zeigte er sich enttäuscht. Sie erhielt einen neuen Stoß vor die Brust. Diesmal tat es weh.

»Du lügst. Nur achtzig Euro. Du hast mehr Geld. Los.«

»Nein«, stammelte Hildegard Lüttschwager. »Wir haben kein Geld im Haus. Wirklich nicht.«

»Wo ist Schmuck?«

Sie streckte den Arm aus. »Da, im Schrank.«

Der zweite Täter riss die Schranktür auf und schimpfte in der unbekannten Sprache.

»Los. Aufmachen.«

Hildegard Lüttschwager erhielt einen Stoß und wurde in Richtung des eingebauten Möbeltresors geschubst. Mit zittrigen Fingern versuchte sie, die Kombination einzustellen. Als es ihr nicht sofort gelang, bekam sie einen Schlag auf den Oberarm.

»Keine Tricks«, presste der Mann zwischen den Zähnen hervor.

Endlich hatte sie es geschafft, und die Tür schwang auf.

Eilig raffte der Zweite die Sachen zusammen.

»Du lügst. Immer lügen«, zeigte sich der Täter an ihrer Seite enttäuscht. »Ihr seid reich. Apotheker immer reich. Wo sind Medikamente?«

Die Frau schluchzte. »Hier doch nicht. Die sind im Laden.«

»Apotheker immer haben Vorräte im Hause«, behauptete der Mann. »Ich nicht zufrieden mit dir. Mehr. Wo ist mehr?«

»Wir haben nichts. Das ist alles.«

»Fernseher? Computer?« Der Griff um ihren Oberarm war schmerzhaft.

»Aua«, schrie sie auf. »Das ist im Arbeitszimmer. Auf dem Flur. Gleich gegenüber.«

Der zweite Täter erhielt eine übersetzte Anweisung und verschwand.

»Du bist unzufrieden«, sagte der Mann und korrigierte sich: »Ich unzufrieden mit dir. Das alles nicht genug.«

Erneut packte er sie am Oberarm und schob sie auf Armeslänge von sich. Er kniff die Augen zusammen und sah ihr in die Augen, bis sie auswich. Dann wanderte sein Blick abwärts zum Hals, senkte sich zu den oberen Knöpfen ihres Nachthemds. Anschließend heftete er sich auf ihre Brüste. Sie spürte, wie sich der Druck auf den Oberarm verstärkte, als er sie Richtung Bett schob. Der Daumen grub sich tief in die Haut. Plötzlich ließ er die Taschenlampe fallen und ergriff ihren zweiten Arm. Ehe sie reagieren konnte, hatte er sie aufs Bett geworfen. Ein Schmerz durchfuhr sie, als sie mit den Waden gegen die Bettumrandung stieß.

»Nein«, rief sie, aber er war schneller und hatte sich auf sie geworfen. Mit seinem Gewicht drückte er sie nieder, während die Hand den Oberarm losließ und sich auf ihren Mund legte. Vor Schreck vergaß Hildegard Lüttschwager zu atmen. Sie begann zu röcheln.

Dann hob der Mann seinen Oberkörper und kniete sich auf ihre Oberschenkel. Mit einem Ruck riss er das Nachthemd auf.

»Nein«, rief sie und wollte sich wehren.

Er verpasste ihr eine kräftige Ohrfeige, dass ihr Kopf zur Seite geschleudert wurde. Der Schlag hatte ihr erneut den Atem genommen. Ihr nächster Versuch, sich zu wehren, wurde mit einer weiteren Ohrfeige geahndet. Dieses Mal noch heftiger.

»Bitte«, jammerte sie, »bitte nicht. Bitte … bitte …«

Es war die Hölle auf Erden. Sie hielt die Luft an. Das ersparte ihr die Wahrnehmung des widerwärtigen Schweißgeruchs, der von ihm ausging. Ganz aus der Ferne bekam sie das Keuchen des Mannes mit.

Das war nicht genug. Auch der zweite Täter verging sich an ihr.

Das Blut pochte in ihren Schläfen. Der Puls raste. Sie versteifte sich wie ein Brett. Der Mann spürte ihren Widerstand. Er schrie sie an. Sie schüttelte wie wahnsinnig den Kopf. Daraufhin legte er seine gespreizte Hand auf ihr Gesicht und presste den Kopf in das Kissen.

Hildegard Lüttschwager bekam eine Hand frei und versuchte, seine Finger fortzudrücken. Sie erwischte den Handrücken des Mannes und krallte ihre Finger zusammen. Ruckartig zog er seine Hand zurück und spürte, wie sich ihr Nagel in seine Haut eingrub.

Er begann, unablässig zu fluchen, schlug ihr noch einmal ins Gesicht und wälzte sich dann von ihr herab.

Hildegard Lüttschwager bekam nichts mehr mit. Sie bemerkte nicht, wie die Männer das Zimmer vierließen. Sie grub sich tief in ihre Bettwäsche ein, legte sich auf die Seite, zog die Beine fest an und nahm eine Embryohaltung ein. Die Bettdecke hatte sie bis zur Nasenspitze hochgezogen. Sie wagte kaum zu atmen.

ZWEI

Der Oberkommissar hielt den fleckigen Kaffeebecher in der Hand und sah fasziniert über die beiden Schreibtische hinweg zu seinem Kollegen.

»Mach das noch einmal«, sagte er und vergaß zu trinken.

Sein Gegenüber lächelte, öffnete die linke Handfläche und zeigte den Kugelschreiber. Dann schloss sich die Hand um das Schreibgerät. Er sagte kurz »Schwupp« – und öffnete die rechte Hand. »Da«, sagte er und zeigte den Kugelschreiber.

Große Jäger staunte. »Das verstehe ich nicht. Wie machst du das?«

Kommissar Cornilsen lachte. »Soll ich dir das noch einmal zeigen?«

»Lass man«, winkte Große Jäger ab. »Der Laie sieht das nicht. Seit wann bist du Zauberkünstler?«

Cornilsen zog die Stirn kraus. »Als Kind habe ich irgendwann einen Zauberkasten geschenkt bekommen.«

»Von Oma?«

»Nein, ausnahmsweise einmal nicht. Aber Oma fand das toll und hat mich darin bestärkt, mehr Tricks zu lernen.«

»Und nun trittst du auf?«

»Ganz selten. Bei Familienfeiern oder Vereinsfesten, als Pausenclown beim Umbüdeln und so was. Ich habe dabei auch schon einmal Karlchen getroffen, der als Animateur auf Kinderfesten begeistert.« Cornilsen schüttelte leicht den Kopf. »Wie kommt es, dass so ein bunter Geselle der Lebenspartner vom Kriminalrat ist? Mommsen ist doch ein klassischer Womanizer. Dem schauen doch alle Frauen hinterher. Und ausgerechnet der hat einen Mann zum Partner.«

»Wenn alle Partnerschaften so glücklich und harmonisch wären wie zwischen den beiden, wären die Scheidungsanwälte arbeitslos«, erwiderte Große Jäger und sah zur Tür, die mit

Schwung aufgerissen wurde. Ein rotgesichtiger Mann steckte den Kopf zur Tür herein.

»Sind Sie zuständig?«, fragte er, nach Luft ringend.

»Kommt darauf an, was Sie suchen«, antwortete Große Jäger.

»Der Hundt dahinten«, dabei zeigte der Mann den Flur entlang, »schickt mich. Jäger oder so, hat er gesagt.«

»Sie meinen Hauptkommissar Hundt?«

»Hundt oder Katze. Ist doch egal. Verflixt noch mal. Das ist doch eine einzige Verarsche hier in diesem Laden.« Er tapste ins Zimmer, gefolgt von einer blondierten Frau, die ebenso wie er eine stabile Figur aufwies.

»Um was geht es?«, wollte Große Jäger wissen.

»Ich erzähl den ganzen Mist nicht noch mal. Wo sind wir denn? Tun Sie endlich was.«

»Okay«, erwiderte Große Jäger gelassen. »Hamburg oder Westerland?«

»Wie? Was?« Der Rotgesichtige sah ihn irritiert an.

»Ich dachte, ich soll Ihnen eine Zugverbindung heraussuchen.«

»Wollen Sie mich verarschen?«, keuchte der Mann.

Große Jäger zeigte auf sein Gegenüber. »Dafür ist er zuständig.«

»Jetzt reicht es aber. Ich werde …«

»Moment«, unterbrach ihn der Oberkommissar. »Los, Hosenmatz.«

Der Kommissar nahm den Kugelschreiber in die Hand, zeigte sie dem Rotgesichtigen, sagte »Schwupp«, und ließ den Schreiber in der anderen Hand wieder auftauchen. Verblüfft sah der Mann Cornilsen an.

»Sagte ich doch: Fürs Verarschen ist er zuständig. Ich mache alles andere.«

»Hundt hat uns hierhergeschickt. Es geht um den Einbruch bei uns in Hattstedt. Schweinerei – so was.«

»Wie ist Ihr Name?«

»Rahn aus Hattstedt. Das ist meine Frau.« Er drehte sich suchend um.

»Hier, Schatz«, flötete die Blonde.

»Haben Sie auch einen Vornamen?«

»Helmut.« Der Mann wedelte mit der Hand in der Luft herum. »Sparen Sie sich Ihre Kommentare. Ich spiele keinen Fußball.«

»Mein Name ist Oberkommissar Große Jäger. Nehmen Sie Platz.« Er zeigte auf den Stuhl an der Querseite des Schreibtisches.

Rahn ließ sich schwer atmend fallen. Er achtete nicht auf seine Frau, die sich suchend umsah und sich auf Cornilsens Fingerzeig hin auf den zweiten Besucherstuhl setzte.

Seit einigen Wochen wurde die Region rund um Husum von Einbrechern heimgesucht. Allein elf Mal war in den letzten zwei Wochen eingebrochen worden. Nicht mitgezählt waren dabei die Einbrüche in Ferienhäuser rund um St. Peter-Ording. Die Kollegen »vom Einbruch« hatten alle Hände voll zu tun. Die Bevölkerung war verunsichert, und jede neue Tat, die in der Zeitung erschien, verstärkte das Gefühl. Der Dienststellenleiter, Kriminalrat Mommsen, hatte die Ermittler um Hauptkommissar Hundt verstärkt. Ob der eine wirkliche Hilfe war? Große Jäger bezweifelte es. Jedenfalls hatte Hundt das Ehepaar zu ihm geschickt.

»Ich kenne Ihren Vorgang nicht«, sagte der Oberkommissar. »Berichten Sie bitte.«

»Wir wohnen in Hattstedt, am Wiedeblick. Ruhige Gegend. Tolle Nachbarn. Alles ist perfekt. Und dann kommen solche Verbrecher.«

»Bei Ihnen ist eingebrochen worden?«

»Sag ich doch. Ein richtiger nächtlicher Überfall.«

»Ist jemand verletzt worden?«

Rahn schnaufte. »Das wäre noch schöner. Reicht das nicht auch so?«

»Haben Sie die Täter gesehen oder gar erkannt?«

Rahn drehte sich zu seiner Frau um.

»Wenn das der Fall gewesen wäre, dann würden die nicht mehr leben. Das sage ich Ihnen. Nicht mit mir. Die haben Glück gehabt, dass wir geschlafen haben. Als meine Puschi«, erneut sah er seine Frau an, »nachts mal musste, spürte sie, dass es irgendwie gezogen hat. Puschi friert nämlich leicht. Sie hat mich geweckt. Ich also hoch und sofort runter. Und? Da sehe ich die Bescherung. Die Terrassentür war aufgebrochen. Ich also – sofort habe ich die Polizei angerufen. Das war die erste Schweinerei. 'ne volle halbe Stunde hat das gedauert, bis die da waren. Die hatten einen Einsatz in Viöl, haben die gesagt. Wieso Viöl? Das ist fast bei Flensburg«, übertrieb Rahn. »Wir haben doch eine eigene Polizei in Hattstedt. Warum ist die nicht gekommen?«

Große Jäger unterließ es, ihm zu erklären, dass kleinere Stationen nicht rund um die Uhr besetzt waren. Nachts waren gemischte Präsenzstreifen, die sich aus Beamten verschiedener Polizeistationen zusammensetzen, unterwegs. Da war es durchaus möglich, dass es eine Weile dauerte, bis die Polizei vor Ort eintraf.

»Was soll ich Ihnen sagen? Statt hinter den Gangstern her zu sein, haben die nach meinem Ausweis gefragt, sich das angesehen und gesagt, ich soll hierherkommen. Ja – wo sind wir denn?«

»Wo sollen die Kollegen nachts suchen?«, fragte Große Jäger. »Sie haben vom eigentlichen Einbruch nichts mitbekommen. Der lag möglicherweise schon Stunden zurück.«

»Trotzdem. Ich erwarte mehr von der Polizei. Früher, da war alles anders. Da hat man den Schutzmann auf der Straße gesehen. Wie oft ist ein Peterwagen durch die Straßen gefahren.«

Rahn musste aus Hamburg stammen. Dort nannte man die Polizeifahrzeuge »Peterwagen«.

»Die Kollegen haben doch sicher …«

»Ja. Die haben mal in den Garten gesehen. Das war alles.«

»Der Einbruch war vorgestern. Weshalb kommen Sie erst heute?«

»Hören Sie«, fauchte Rahn. »Ich hatte gestern einen Arzttermin. Was glauben Sie, wie lange man in dieser Gegend darauf warten muss? Sie kriegen eher eine Audienz beim Papst. Dann kommen Sie zur bestellten Zeit zum Doktor und sitzen stundenlang im Wartezimmer. Alles Scheiße. Und dann auch noch der Einbruch. Das muss man alles nicht haben.« Er wedelte mit der Hand. »Was ist nun? Haben Sie eine Spur? Das kann doch nicht so schwer sein. Wozu ist die Polizei eigentlich da? Tun Sie was.«

Er klopfte mit dem Knöchel auf die Tischplatte. »Aber fix. Sonst gibt es Ärger. Muss der Bürger sich selbst auf die Suche begeben? Dann aber gnade Gott, wenn ich diese Halunken erwische. Meine Puschi«, dabei sah er erneut seine Frau an, »will nicht mehr allein bleiben. Sie schläft seitdem nicht mehr. Drei Mal hat sie mich in der letzten Nacht geweckt, weil die Heizung angesprungen ist und sie glaubte, da wären wieder welche im Haus.«

»Mein Kollege«, dabei zeigte Große Jäger auf Cornilsen, »wird das Protokoll aufnehmen. Haben Sie ein Verzeichnis der Gegenstände mitgebracht, die gestohlen wurden?«

»Und wie.« Er drehte sich ein weiteres Mal um. »Los, Puschi. Gib's ihm. Ist aber handschriftlich. Die Scheißkerle haben auch den Computer geklaut. Und das Tablet von Puschi.«

»Da waren alle meine Rezepte drauf«, mischte sich die Frau das erste Mal mit weinerlicher Stimme ein.

»Da sehen Sie es«, schimpfte Rahn. »Und jetzt? Da steckt die ganze Arbeit eines Lebens drin. Und Puschis Rezepte. Die sind unersetzlich.«

Das mag stimmen, dachte Große Jäger und musterte die wohlgenährten Rundungen seiner Besucher. Dann strich er sich versonnen über seinen Schmerbauch, der die Gürtelschnalle der schmuddeligen Jeans bedeckte. Das Holzfällerhemd und die speckige Lederweste mit dem Einschussloch beachtete er nicht.

Cornilsen, stellte er mit einem Seitenblick fest, warf ihm einen bösen Blick zu.

Große Jäger stand auf und griff zu seinem Kaffeebecher. »Ich muss zur Lagebesprechung zu Kommissarin Hauck«, sagte er und verließ das Büro.

Als er nach einer halben Stunde zurückkehrte, saß Cornilsen missmutig am Rechner und bearbeitete die Anzeige.

»Das war unfair«, beschwerte er sich.

»Jede Straftat ist unfair. Den Opfern entsteht bei einem Einbruch nicht nur ein wirtschaftlicher Schaden. Viel schlimmer ist häufig die Angst, in den eigenen vier Wänden nicht mehr sicher zu sein. Viele brauchen eine ganze Weile, bis sie diesen Schock überwunden haben. Ihnen ist es auch unbehaglich beim Gedanken, dass Fremde in ihren Schränken herumgewühlt hatten. Ich kenne einen Fall, da hat die Frau die ganze Kleidung ausgewechselt, weil sie nicht mehr in die Wäsche hineinschlüpfen konnte, die die Täter – möglicherweise – angefasst haben.«

»Schon, aber …«

»Du bist nicht hier, um Blumen zu gießen«, unterbrach Große Jäger den Kommissar. »Trotzdem. Ich gehe jetzt den Hundt beißen.«

Er lief über den Flur und stürmte ein paar Türen weiter in das Büro des Hauptkommissars. Hundt sah auf.

»Bist du von allen guten Geistern verlassen?«, fluchte Große Jäger. »Wenn du deine Arbeit nicht schaffst, kannst du vorher Bescheid sagen. Aber nicht auf diese Weise. Ist das klar?«

Hundt sprang erregt auf. »Einbruch ist nicht mein Job. Du weißt, dass ich die Allzweckwaffe der Dienststelle bin. Wenn die vom Einbruch unfähig …«

Große Jäger machte einen Schritt auf Hundt zu und erhob die Hand, als würde er ihn ohrfeigen wollen. »Hundt! War der Knochen zu hart, den du zuletzt vorgeworfen bekommen hast? Die Kollegen machen einen guten Job. Wenn sie in der letzten Zeit von der Einbruchswelle überrascht wurden, die derzeit grassiert, ist es selbstverständlich, dass wir ihnen helfen. Da man dich für anderes nicht gebrauchen kann, sollst du Einbruch unterstützen.«

»Ich bin Hauptkommissar«, beklagte sich Hundt. »Und zwar der dienstältere. Deshalb teile ich dich mit ein.«

»Sag mal, Hundt: Hast du die letzte Dose Frolic aus dem Stapel ›Verfallsdatum überschritten‹ herausgeholt? Du hast nicht mitbekommen, dass alle anderen hier in Husum geknobelt haben. Die Kollegen vom Einbruch haben verloren. Deshalb bist du dort gelandet.«

Hundt lief rot an. »Das ist ... Das ist ...« Wutentbrannt stieß er Große Jäger zur Seite. »Ich muss zum Chef«, sagte er und verschwand.

Große Jäger kehrte in sein Büro zurück, zog die Schreibtischschublade heraus und parkte seine Füße darin. Er drehte sich auf dem Stuhl so weit herum, dass er auf den leeren Schreibtisch hinter sich blicken konnte.

»So ein Idiot«, schimpfte er. »Dunker, der dich auf dem Gewissen hat, Christoph, hätte zwei Mal lebenslänglich verdient, weil er nicht Hundt erschossen hat.«

Cornilsen räusperte sich vernehmlich. »Das war nicht korrekt«, mahnte er.

Große Jäger drehte sich nicht um. »Der Hosenmatz hat ja recht«, sagte er. »Mensch, Christoph. Ich bin stinksauer. Wärst du jetzt Pensionär, würde ich zu dir kommen, und wir würden einen Kaffee trinken. Ach!« Er winkte ab. »Kaffee war nie deine Welt. Von mir aus. Für dich hätte ich sogar einen Tee getrunken.«

Er wurde unterbrochen, als die Tür geöffnet wurde.

»Wilderich.« Kriminalrat Mommsen stand im Türrahmen. »Hast du mal Zeit? Ich möchte mit dir reden.«

»Wegen Hundt? Können wir auch hier machen.«

»Wilderich!« Das war ein Ordnungsruf. »Ich möchte so etwas nicht in Husum. Wenn das noch mal vorkommt, gibt es eine Ermahnung. Für alle beide. Klar?«

»Ich bin doch nicht ...«

»Schluss jetzt. Keine Diskussion.«

Große Jäger hatte Mommsen noch nie so entschlossen erlebt. Er zog es vor, nicht weiter zu widersprechen.

»Wir haben Wichtigeres zu tun«, sagte der Kriminalrat. »Heute Nacht ist in einem Einfamilienhaus in Schobüll eingebrochen worden. Diesmal gab es nicht nur Sachschaden. Die Täter haben sich über die allein im Hause anwesende Frau hergemacht und die Achtundfünfzigjährige missbraucht. Alle beide.«

»Oh verdammt«, sagte Große Jäger.

»Ich möchte, dass ihr den Fall übernehmt.«

Große Jäger nickte, während Cornilsen ein »Das tun wir machen« beisteuerte.

»Die Tat wurde heute Morgen von einer Nachbarin entdeckt, die sich gewundert hat, dass Frau Lüttschwager …«

»Die Frau von der Marktapotheke?«, unterbrach ihn Große Jäger.

Mommsen nickte. »Genau die. Ihr Mann liegt nach einer Bandscheiben-OP im Krankenhaus. Deshalb war sie allein zu Hause. Die Nachbarin hat sich gewundert, dass es bei Lüttschwagers entgegen sonstiger Gewohnheit ruhig geblieben ist. Sie hat geklingelt und ist dann ums Haus herum. Dabei hat sie die aufgebrochene Terrassentür entdeckt. Als sich auf ihr Rufen niemand rührte, hat sie die Polizei verständigt. Die Streife hat die Hausbewohnerin in deren Bett gefunden. Sie war nicht ansprechbar, sondern hat panisch reagiert, als die Beamten eingetroffen sind. Auch der herbeigerufene Notarzt konnte der Frau nur mit Mühe mittels einer Beruhigungsspritze helfen. Im Klinikum hier in Husum hat man bei der Untersuchung festgestellt, dass ihr Gewalt angetan worden war. Das Einzige, was wir bisher erfahren konnten, ist, dass es zwei Täter waren.«

»Und tatsächlich beide haben …?« Große Jäger brach den Satz ab.

Mommsen nickte. »Das ist unser jetziger Erkenntnisstand.«

»Wir fahren nach Schobüll«, sagte der Oberkommissar.

»Gut«, erwiderte Mommsen. »Die Flensburger Spurensicherung ist schon da.«

Es waren nur wenige Fahrminuten bis in den eleganten Husumer Vorort. Vor dem Haus standen ein Streifenwagen und der Mercedes Vito der Flensburger Spurensicherung. Große Jäger war enttäuscht, dass Klaus Jürgensen nicht dabei war.

Einer der beiden Spurensicherer erklärte, der Hauptkommissar komme nur an die Westküste, wenn es dort »schmutzige Leichen« gebe. Sonst würden ihm die Dialoge mit Große Jäger fehlen.

Dann zeigte er die Aufbruchspuren.

»Hier. Die Täter haben einen großen Schraubendreher …«

»Du meinst Schraubenzieher«, korrigierte ihn Große Jäger.

Der Kriminaltechniker lachte. »Technischer Novize, was? Hast du schon einmal eine Schraube gezogen? Nee. Aber gedreht. Entweder rein oder raus.« Er sah auf Große Jägers Hände. »Dir traue ich zu, dass du sie auch abgedreht hast. Also. Die Einbrecher haben entweder einen großen Schraubendreher oder ein Brecheisen benutzt und hier angesetzt. Das Haus ist sicher fünfzig Jahre alt. Seit damals wurde nichts an der Sicherung unternommen. Den Zapfen der Terrassentür drückst du lässig mit einer Nagelfeile auf. Ich wundere mich immer wieder, wie leichtsinnig die Leute sind. In den Medien wird stets gewarnt, dass man sein Eigentum schützen soll. Und dann so etwas.« Er zeigte in das Wohnzimmer. »Sie sind durch den Garten gekommen. Vor der Terrasse haben wir Trittspuren in einem Beet gefunden. Ich würde auf Schuhgröße einundvierzig bis zweiundvierzig tippen. Zwei unterschiedliche. Also handelt es sich um zwei Täter, die nicht sehr groß sind.«

»Auf großem Fuß leben die erst nach der Tat«, sagte Große Jäger.

Der Spurensicherer nickte. »Die sind dann im Wohnzimmer herumgelaufen. Das sieht man an den Erdkrumen. Dabei haben sie in den Schränken herumgewühlt. Einer muss einen mehrarmigen Porzellanleuchter umgeworfen haben. Erstaunlich, dass die Bewohnerin das nicht gehört hat. Vielleicht liegt es daran, dass sie am Abend Wein getrunken hat. Wir haben in der Spüle ein benutztes Rotweinglas gefunden. Außerdem stand dort eine Flasche Rotwein, in der nur noch eine Neige vorhanden war. Wenn man das nicht gewohnt ist«, dabei streifte sein Blick wie zufällig Große Jägers Schmerbauch, »ist eine Flasche Wein schon eine ganze Menge.«

»Und dann?« Der Oberkommissar ging nicht auf die Anspielung ein.

»Dann haben sie das Erdgeschoss durchwühlt und sind anschließend die Treppe ins Obergeschoss hoch. Da sind sie dann auf die Bewohnerin gestoßen. Wir sind oben noch nicht fertig, sondern haben uns erst einen Überblick verschafft.« Er zeigte auf die Tür. »Die haben sich relativ zügig Zugang zum Haus verschafft. Das sieht professionell aus. Andererseits haben wir Fingerabdrücke am Türrahmen gefunden. Nach weiteren suchen wir noch.«

»Die könnten von den Hausbesitzern stammen«, sagte Große Jäger.

»Das stellen wir später fest.«

»Wann?«

»Später«, antwortete der Spurensicherer ungnädig.

»Sucht ihr im Schlafzimmer, auf dem Bett und so, auch nach DNA-Spuren?«

»Danke für den Tipp. Da wären wir nicht drauf gekommen.« Jetzt klang es abweisend.

»Schon gut«, besänftigte ihn Große Jäger.

»Die gesicherten Spuren haben nur einen halben Wert. Wir können nicht bei jedem Einbruch das große Geschirr auffahren. In vielen Fällen nimmt die Streife ein Protokoll auf. Wer soll bei jedem Einbruch die Spurensicherung losschicken? Es ist zum Mäusemelken, aber wir kämpfen gegen Windmühlenflügel.«

»Ihr seid aber sehr erfolgreich«, lobte ihn der Oberkommissar. »Viele Grüße an Klaus.«

Cornilsen folgte ihm vor die Tür. Auf dem Fußweg stand eine kleine Gruppe von Anwohnern.

»Hat jemand etwas beobachtet?«, fragte Große Jäger.

Eine Frau im Jogginganzug hob schüchtern den Zeigefinger.

»Sind Sie von der Polizei?«, fragte sie. Als Große Jäger nickte, fuhr sie fort: »Ich habe mich heute Morgen gewundert.« Dann wiederholte sie das, was Mommsen ihnen schon berichtet hatte. »Wer ahnt denn so was? Wir wohnen da drüben. Gegen halb zwölf heute Nacht hat unser Hund angeschlagen. Mein Mann ist noch einmal durchs Haus und hat in den Garten gesehen. Da war nichts. Hier in der Gegend sind alle verunsichert durch die vielen Einbrüche in der letzten Zeit. Zum Glück haben wir den Hund. Der meldet sich. Aber das bei Lüttschwagers … Das trifft einen doch, wenn es direkt nebenan passiert. Hoffentlich ist es nichts Schlimmes. Wir haben gesehen, dass Frau Lüttschwager mit dem Rettungswagen abtransportiert wurde.«

Große Jäger ging nicht auf die Frage ein. Mehr konnte die Nachbarin nicht berichten. Sie verneinte auch die Frage, ob ihr in der letzten Zeit etwas Verdächtiges aufgefallen sei. Nein, sie habe keine unbekannten Personen bemerkt, die sich auffällig in diesem ruhigen Wohngebiet aufgehalten hätten. Auch andere Nachbarn hatten nichts gesehen. Leider.

Die beiden Polizisten fuhren ins Klinikum Nordfriesland, das in der letzten Zeit aufgrund wirtschaftlicher Probleme in den Fokus der Öffentlichkeit geraten war. Man sprach davon, einige Standorte des Klinikums zu schließen. Das waren Maßnahmen, die für manche Patienten sehr weite Anfahrtswege bedeuten würden. Der Klinikstandort Husum stand allerdings nicht zur Disposition. Dort hatten in der Vergangenheit umfangreiche Modernisierungsmaßnahmen stattgefunden.

Es war schwierig, einen Parkplatz zu finden. Die wenigen Abstellmöglichkeiten an der Straße waren belegt. Große Jäger fluchte, als Mommsen ein Stück zurückfahren musste.

»Das ist eine Tageswanderung«, schimpfte er. »Und dann wollen die auch noch Geld fürs Parken.«

Die freundliche Mitarbeiterin an der Rezeption erklärte ihnen den Weg zur gynäkologischen Abteilung. Dort hörte sich eine Krankenschwester ihren Wunsch an, mit Frau Lüttschwager zu sprechen.

»Moment bitte«, sagte die Frau, während Cornilsen die Zeit nutzte, um den Oberkommissar aufzuklären, dass man schon lange nicht mehr von »Krankenschwester« sprach.

»Das ist doch nicht diskriminierend«, grummelte Große Jäger. »Ich nasche auch noch leidenschaftlich gern einen Negerkuss, ohne dabei einen rassistischen Gedanken zu hegen. Und du willst ins Restaurant gehen und dir ein Sinti-und-Roma-Schnitzel bestellen? Die weiblichen Pflegekräfte im Krankenhaus werden immer noch mit Schwester Ariane angesprochen. Aber niemand konnte mir bisher erklären, wie man korrekt ihre männlichen Kollegen anredet. Schwester Ariane? Bruder Thorben?« Er sah zu Cornilsen hinauf. »Bei dir wäre es kein Problem. Zu dir würde ich ›Bruder Leichtfuß‹ sagen.«

Ein Mann im weißen Arztkittel kam auf sie zu.

»Guten Tag. Mein Name ist Al Shami.« Das Namensschild an seiner Brusttasche verriet, dass Dr. Wessam Al Shami Oberarzt war. »Sie möchten mit Frau Lüttschwager sprechen?«

Große Jäger nickte und wies sich unaufgefordert als Polizist aus.

Der Arzt schüttelte sanft den Kopf. »Unmöglich. Die Patientin ist nicht ansprechbar.« Das von Falten durchzogene Gesicht wirkte ein bisschen traurig. »Die Frau ist schwer traumatisiert. Sie wird von uns nicht nur medizinisch betreut, sondern bedarf auch psychologischer Hilfe. Abgesehen davon, dass ich es nicht gestatten würde, liegt die Einwilligung für ein erstes Verhör beim Psychologen.«

»Können Sie etwas zu den medizinischen Folgen sagen?«, fragte Große Jäger.

Der Mediziner wiegte bedächtig seinen Kopf mit den kurz geschorenen dunklen Haaren, die von silbernen Fäden durchzogen waren.

»Die äußeren Spuren sind nicht sehr ausgeprägt. Ein paar blaue Flecken, leichte Blutergüsse. Im Genitalbereich waren allerdings unverkennbar die Spuren eines schweren Missbrauchs nachweisbar. Wir haben Proben sichergestellt. Heute Morgen war ein Kollege von Ihnen aus Flensburg da und hat sie mitgenommen. Er sagte, die müssen nach …« Dr. Al Shami zögerte kurz.

»Kiel«, half Große Jäger aus.

»Richtig.«

»Es wäre für uns wichtig, von Frau Lüttschwager ein paar Informationen zu erhalten, solange die Spuren noch frisch sind.«

»Ich habe volles Verständnis für Ihren Wunsch. Aber das Patientenwohl hat Vorrang. Niemand – ich betone es ausdrücklich: *niemand!* – kann mit ihr sprechen. Wir haben hier leider oft Fälle, in denen Frauen Gewalt angetan wird, meistens von Angehörigen. Nur selten kommt es zur Anzeige. Aber das, was Frau Lüttschwager geschehen ist, sprengt den auch sonst schon entsetzlichen Rahmen. Da sind der Einbruch, das Eindringen fremder Personen in ihr Reich, ihre Schutzlosigkeit, die sonst durch die Nähe ihres Ehemannes verhindert wird, und dann die Schändung durch die Täter.«

»Sie möchten doch auch, dass die gefasst werden. Es ist auch wichtig, alle erdenklichen Maßnahmen zu ergreifen, damit es keine Folgetaten gibt.«

Dr. Al Shami nickte bedächtig. »Sie haben in allen Punkten recht. Aber in diesem Fall geht es nicht. Der Ehemann ist auch Patient hier im Haus. Natürlich ist er informiert. Aber selbst er kann nicht mit seiner Frau sprechen. Es ist nicht auszuschließen, dass die Patientin unter einer dissoziativen Amnesie leiden wird. Dabei werden die integrativen Funktionen des Bewusstseins, des Gedächtnisses, der Wahrnehmung, des Erlebten bis hin zur eigenen Identität beeinträchtigt.« Der Arzt unterstrich seine Erklärungen mit sparsamen Bewegungen seiner gepflegten Hände. »Das Gehirn kombiniert die Vielzahl der erlebten Eindrücke aus visuellen, auditiven, taktilen, olfaktorischen und anderen Signalen zu einer Erlebniseinheit. Die Signale stammen – vereinfacht ausgedrückt – von unterschiedlichen Orten. Auge. Ohr. Haut. Tastsinn. Geruch. In ihrer gesamten Komplexität bilden sie das

Ereignis ab. So wird es auch gespeichert. Ich will Ihnen ein Beispiel nennen: Der Volksmund sagt, auch Auge und Nase essen mit. Bei der dissoziativen Amnesie ist der Zusammenhang aller Reizsignale gestört. Wir erleben es oft, dass Vergewaltigungsopfer auch noch Jahre nach der Tat psychogene Schmerzen im Unterleib verspüren. Wir müssen uns bei der Therapie vorsichtig der Patientin nähern. Wenn Sie oder auch speziell geschulte Polizisten«, er musterte Große Jäger eindringlich, »nehmen Sie es bitte nicht persönlich, wenn also jemand mit einem Holzhammer auf das Opfer einwirkt, können nicht reparierbare Schäden entstehen. Deshalb ein ganz klares Nein.«

Das war endgültig, aber Große Jäger hatte Verständnis.

»Danke, Dr. Shami. Unternehmen Sie bitte alles, um die Patientin wiederherzustellen. Auch psychologisch.«

»Das ist eine Selbstverständlichkeit.«

»Wissen Sie, auf welcher Station der Ehemann liegt?«

Der Arzt sah sich um. »Schwester Conny.« Er winkte eine Pflegekraft herbei. »Können Sie den beiden Herren behilflich sein?«

Mit einem kurzen Nicken verabschiedete sich der Oberarzt und ging den Flur entlang davon.

Arno Lüttschwager saß in seinem Krankenbett. Er hatte ein Einzelzimmer. Er war bleich. Das wurde durch die schlohweißen Haare zusätzlich unterstrichen, die ein wenig wirr vom Kopf abstanden.

»Aber natürlich«, erwiderte er mit müder Stimme, nachdem Große Jäger gefragt hatte, ob er für ein paar Informationen zur Verfügung stehen würde.

»Ich kann das nicht glauben. Das ist alles so wirklichkeitsfremd«, begann der Apotheker. »Vorhin war ein Arzt aus der Gynäkologie hier und hat mit mir gesprochen. Ein Iraner, der einen netten und kompetenten Eindruck machte.«

»Dr. Al Shami«, fügte Große Jäger ein.

»Ja. Ich hatte noch nie mit ihm persönlich zu tun, aber in

meinem Beruf kennt man die Leute aus dem Gesundheitswesen. Dr. Al Shami ist schon eine ganze Weile in Husum tätig. Er hat mir erzählt, wie es um Hildegard steht. Große Hoffnungen konnte er nicht machen.«

»Wir hätten gern mit Ihrer Frau gesprochen, aber der Arzt meinte, das sei nicht möglich«, sagte Große Jäger. »Uns interessiert, ob die Täter es gezielt auf Ihr Haus abgesehen hatten. Ist Ihnen in der letzten Zeit etwas aufgefallen? Fremde, die Sie in Ihrem Wohngebiet beobachtet haben? Anrufe, bei denen sich niemand gemeldet hat? Fahrzeuge, die dort nicht hingehören?«

»Nein, nichts. Im Nachhinein klingt das alles logisch, was Sie fragen. Aber – ehrlich. Wer achtet auf solche Dinge? Man geht doch stets davon aus, dass solche Ereignisse immer woanders passieren, weit weg. Man selbst ist davon nicht betroffen.«

»Das ist ein gesunder Schutzmechanismus«, fügte Cornilsen ein. »Das ist gut so.«

Lüttschwager nickte versonnen. »Mag sein. Doch, ja. Sie haben recht. Umso schlimmer ist es, wenn das Unheil über einen hereinbricht.« Er klopfte auf die Bettdecke. »Meine Bandscheibe. Ich habe es immer wieder hinausgezögert. Jetzt ging es nicht mehr. Und ausgerechnet dann schlägt das Schicksal zu. Hildegard ist bestimmt nicht überängstlich, aber besonnen vorsichtig. Wir leben in Husum doch in einer friedlichen Welt, gemessen an dem, was woanders geschieht. Wenn man von Verbrechen hört, dann ist das so unendlich weit weg. Deshalb kommt es ja auch so unverhofft.« Er griff zum Wasserglas auf dem Nachttisch und führte es mit zittriger Hand an den Mund. »Ich mache mir Vorwürfe, weil ich nicht da war, als Hildegard mich brauchte. Wir sind seit vierunddreißig Jahren verheiratet. Meine Frau ist so lebensbejahend. Sie ist vielseitig interessiert, entdeckungsfreudig und auch lebenslustig. Wenn wir auf einer Feier sind und Musik erklingt, ist sie immer eine der Ersten auf der Tanzfläche. Jeder mag ihr einnehmendes Wesen.«

»Haben Sie Kinder?«

»Ja. Zwei. Unsere Tochter lebt mit ihrem Partner in Hannover. Sie hat Pharmazie studiert und ist gerade dabei, ihr Examen zu machen. Ich würde mich freuen, wenn sie die Apotheke übernimmt.«

»Sie sprachen von zwei Kindern.«

»Lars, unser Sohn. Er ist Berufsoffizier bei der Bundeswehr. Ich muss gestehen, dass wir als Eltern uns etwas anderes gewünscht hätten. Die Aufgaben unserer Armee sind in den letzten Jahren nicht einfacher geworden. Die vielen Auslandseinsätze lassen uns als Eltern schon ein wenig bange werden.«

»Was macht Ihr Sohn bei der Bundeswehr?«

»Lars hat Geografie und Geschichte studiert. Wir hatten immer gehofft, dass er mit dieser Grundlage ins Lehramt wechselt. Er ist jetzt vierunddreißig.«

Große Jäger räusperte sich. »Ist er in einer fachlichen Verwendung tätig, die seinen Studienfächern entspricht?«

»Was? Wie?« Lüttschwager war irritiert. »Haben Sie Kinder? Sie wissen, dass die Mädchen sich oft zum Vater hingezogen fühlen, während die Söhne zur Mutter hin tendieren. Hildegard und unser Sohn – das kann man nicht beschreiben. Das muss man erlebt haben. Die beiden sind mehr als ein Herz und eine Seele. Deshalb hat meine Frau auch besonders darunter gelitten, dass Lars mehr ein Draufgänger ist. Er hat einfach Spaß am Abenteuer.« Der Apotheker seufzte. »Na ja, was heißt das schon? Es war ein Zufall, dass er damit in Berührung kam. Aber dann hat es ihn fasziniert, und er hat nicht mehr davon ablassen können.«

»Wovon sprechen Sie?«

»Vom Fallschirmspringen. Lars ist Kompaniechef einer Fallschirmjägerkompanie. Noch in diesem Jahr soll er stellvertretender Regimentskommandeur werden. Er ist informiert und kommt heute aus Iserlohn nach Husum. Unsere Tochter ist mit ihrem Partner auch unterwegs.«

»Haben Sie einen Überblick, was die Täter gestohlen haben?«

Lüttschwager hob den Arm, verzog aber schmerzhaft das Gesicht. »Wie denn? Ich bin an dieses verdammte Bett gefesselt.«

»Haben Sie besondere Wertgegenstände im Hause? Hohe Geldbeträge? Schmuck?«

»Nichts Ungewöhnliches. Viel Bargeld haben wir nicht gehortet. Nicht in diesen unsicheren Zeiten.«

»Sie sagten doch, Husum sei sicher«, warf Große Jäger ein.

»Einerseits ja, aber es gab für uns nie die Notwendigkeit, viel Geld im Haus zu haben. Nur das, was man für den Alltag benötigt.«

»Es gibt Jungnationalspieler, die tragen fünfundsiebzigtausend Euro mit sich herum und vergessen es im Taxi«, warf Cornilsen ein.

»Das ist nicht unsere Welt. Schmuck?« Der Apotheker zog die Stirn kraus. »Da hat sich im Laufe einer langen Ehe etwas angesammelt. Auf Anraten unseres Versicherungsvertreters haben wir es vor zwei Jahren fotografiert. Die Datei muss auf dem Rechner sein.«

»Der wurde gestohlen.«

»Es gibt eine Kopie auf einer SD-Karte. Die liegt in der Apotheke.«

»Haben Sie Medikamente zu Hause aufbewahrt? Könnten es die Täter darauf abgesehen haben?«

»Nein. In unserem Badezimmer finden Sie nur die Arzneien für den häuslichen Gebrauch. Und das in kleinen Mengen.«

»Wie sieht es mit Kunstgegenständen aus? Tafelsilber? Wertvolle Elektronik?«

»Wir haben uns ein paar Bilder hingehängt, die keine Reproduktion der ›Zigeunerin‹ sind. Vereinzelt mögen sie einen vier-, vielleicht fünfstelligen Wert im unteren Bereich haben. Und was die Elektronik anbetrifft … Auch in diesem Punkt unterscheiden wir uns nicht von vergleichbaren Familien. Ich habe weder eine Briefmarken- noch eine Münzsammlung. Mein einziges Hobby sind seltene Spirituosen. Die stehen im Wohnzimmer in einer Vitrine. Da stecken für den Kenner Werte hinter.«

»Haben Sie sonst noch Hinweise, die uns weiterführen können?«, fragte Große Jäger.

Lüttschwager sah an ihm vorbei und nagte an seiner Unterlippe. Sein Gesichtsausdruck veränderte sich. »Ich werde alles unternehmen, damit diese Verbrecher zur Rechenschaft gezogen werden.«

»Was meinen Sie damit? Die Strafverfolgung ist Aufgabe der Polizei.«

»Dann stellen Sie sicher, dass mit der nötigen Ernsthaftigkeit nach den Tätern gefahndet wird. Leider hört man oft, dass auf eine Strafanzeige hin nach einer gewissen ergebnislosen Zeit der Einstellungsbescheid der Staatsanwaltschaft zugestellt wird. So etwas will ich nicht. Deshalb werde ich Himmel und Hölle in Bewegung setzen und nicht eher Ruhe geben, bis die Täter zur Verantwortung gezogen werden.«

»Lassen Sie das«, riet ihm Große Jäger. »Wir kümmern uns professionell darum. Ich versichere Ihnen, dass wir nichts unversucht lassen.«

»Wer hindert mich daran, selbst aktiv zu werden?«

»Was wollen Sie unternehmen?«

»Alles«, sagte Lüttschwager entschlossen. »Nun bitte ich Sie, zu gehen. Meine Operation ist auch noch nicht lange her.«

Die beiden Beamten kehrten zum Auto zurück.

»Das sind die kritischen Momente, wenn sich die Bürger einmischen«, stellte Große Jäger unterwegs fest.

»Verstehen kann man es«, wandte Cornilsen ein. »Die Menschen fühlen sich verunsichert. Sie verstehen nicht, dass wir nicht überall präsent sein können.«

Auf der Dienststelle suchten sie Mommsen auf. Der Kriminalrat hörte sich den Bericht an.

»Hilke ist dabei, die Dateien zu durchsuchen. Wir haben zunächst feststellen müssen, dass die Spuren der Täter aus Schobüll nicht bei uns erfasst sind. Die Täter sind offenbar noch nicht straffällig geworden.«

»Ihr Vorgehen wirkte aber nicht, als seien sie Anfänger«, warf Cornilsen ein. »Daraus könnte man schließen, dass es sich um ausländische Straftäter handelt, die in Banden organisiert sind und systematisch die Bundesrepublik abgrasen. Jetzt ist der Norden dran.«

»Diese Spur verfolgen die Kollegen vom Einbruch auch. Sie erstellen eine Matrix, um aufzuzeigen, wo Einbrüche nach ähnlichem Muster verlaufen sind. Leider wird nicht mehr systematisch nach Spuren gesucht. Das ist bei der Vielzahl der Taten auch nicht möglich. Wir können nicht jeden Tatort aufwendig nach Fingerabdrücken oder DNA-Spuren absuchen. Für unseren Bereich zeichnet sich ein Muster ab. Dem können wir sieben Einbrüche in der letzten Woche zuordnen.«

»Also an jedem Tag einer«, stellte Große Jäger fest. »Das widerspricht aber der These, dass es sich um eine gut organisierte größere Bande handelt. Vielmehr scheint ein Duo unterwegs zu sein.«

»Wenn die – angenommen – beiden nachts einbrechen, muss es doch jemanden geben, der ihnen Tipps gibt. Wenn es sich wirklich um reisende Straftäter handelt, sind die nicht mit den Gegebenheiten der Region vertraut. Es muss ein Vorauskommando unterwegs sein, das die Lage sondiert und mit der Erfahrung früherer Beutezüge feststellt, wo es etwas zu holen gibt.«

»Gut, Hosenmatz«, lobte Große Jäger den Kommissar. »Was mich irritiert, ist, dass in all den bisher bekannten Fällen, die wir dieser … nennen wir sie Bande … zuordnen können, noch nie Gewalt gegen Personen angewandt wurde. Wieso fällt man plötzlich über eine Frau her?«

»Die Anzeichen sprechen dafür, dass das nicht geplant war«, sagte Mommsen. »Hildegard Lüttschwager war ein Zufallsopfer.«

»Es ist ein weiter Weg vom Einbrecher zum Vergewaltiger.« Große Jäger zeigte sich skeptisch gegenüber der Vermutung, die Frau habe nur Pech gehabt. »Die Einbrecher gehen skrupellos vor. Dafür spricht auch, dass sie sich keine Zeiten aussuchen, in denen die Bewohner abwesend sind. Sie riskieren die Begegnung mit den Eigentümern. Täter sind in solchen Fällen immer die Brutaleren. Sie müssen fliehen. Sie riskieren beim

Erwischtwerden mehr als der Wohnungsinhaber. Außerdem scheuen sich normale Bürger, Gewalt anzuwenden, selbst gegen Eindringlinge. Am Stammtisch wird oft erzählt, dass *man* einen Baseballschläger hinter der Tür stehen habe. Aber wer glaubt wirklich, dass der Überraschte zuschlägt und dem Einbrecher den Schädel spaltet? Wer nicht kriminell ist, hat Hemmungen davor.«

»Du meinst, die Spirale der Gewalt dreht sich?«, fragte Cornilsen nach.

»Psychologen oder Profiler könnten uns jetzt lange Vorträge halten. Ich kann den Quark nicht hören.« Große Jäger verdrehte die Augen. »Die Täter waren überrascht. Sie haben es nicht gewollt. Von der nur mit einem Nachthemd bekleideten Frau ging ein Reiz auf die Männer aus.« Der Oberkommissar hatte die Stimme verstellt. Urplötzlich knallte er seine Faust auf die Tischplatte, dass Mommsen und Cornilsen erschrocken zusammenfuhren. »Niemand hat die Kerle gebeten, in fremde Häuser einzudringen. Herrje noch mal. Sollen Frauen, die nachts allein in ihren Wohnungen sind, im Taucheranzug schlafen, um keinen Reiz auf potenzielle Vergewaltiger auszuüben? Ich kann das nicht mehr hören. Hildegard Lüttschwager ist achtundfünfzig. Die Verbrecher sind wie Tiere …« Dabei sah er Mommsen an und hob abwehrend die Hand in die Höhe. »Ich weiß, Harm. Du magst es nicht hören, wenn ich solche Täter als Tiere bezeichne.« Er schwenkte den Zeigefinger in Cornilsens Richtung. »Und du, Hosenmatz, gewöhnst dir solche Redewendungen nicht an.«

Mommsen starrte ihn eine Weile gedankenverloren an. »Bist du noch objektiv bei der Sache oder emotional übererregt?«, fragte er.

Große Jäger hob beide Hände in die Höhe, als würde er sich ergeben. »Ich bin okay. Bestimmt«, versicherte er.

»Viel Erfolg«, rief ihnen der Kriminalrat nach, als sie das Büro verließen.

Auf dem Rückweg fragte Große Jäger bei Hilke Hauck nach, ob es Neuigkeiten gebe.

»Ihr nervt mich«, sagte die blonde Kommissarin unwirsch. »Hundt kommt alle fünf Minuten vorbei. Du kannst dir denken, Onkel, dass ich mich in diesem Punkt nicht hinter einem weiblichen Geheimnis verschanze, sondern neue Erkenntnisse sofort mit dir teile.«

»Tante Hilke«, säuselte der Oberkommissar und legte ihr die Hand auf die Schulter. »Ist mir bekannt. Wenn es nach mir ginge, würde ich noch viel mehr als nur Erkenntnisse mit dir teilen.«

»Wenn du ein Kätzchen wärst, hätte das Aussicht auf Erfolg.« Beim Lächeln zeigten sich Grübchen auf ihren Wangen.

»Ich kann genauso verschmust wie ein Kätzchen sein«, behauptete Große Jäger.

»Das meine ich nicht. Eine Katze hat bekanntlich sieben Leben. Dann ginge es vielleicht mit uns. Aber in diesem einen … *never ever.*«

Große Jäger wischte sich mit den Handballen über die Augen. »Du zerstörst mein Lebensglück«, sagte er in weinerlichem Ton. »Bekomme ich wenigstens einen Kaffee?«

»Hau bloß ab«, sagte Hilke Hauck und zeigte zur Kaffeemaschine. »Nimm dir.«

Sie hatten den Nachmittag im Büro zugebracht, Akten gewälzt, Protokolle gesichtet, in Dateien gesucht und mit Experten aus dem LKA in Kiel gesprochen. Die Einbruchswelle beschäftigte die Polizeidienststellen im ganzen Land über Gebühr. Besonders betroffen waren die Städte und Gemeinden im sogenannten Hamburger Speckgürtel und in der Nähe von Autobahnen. Die Schnellstraßen boten den Tätern gute Fluchtmöglichkeiten. Insbesondere osteuropäische Diebesbanden profitierten davon. Im Hamburger Randgebiet waren oft Einbrecher unterwegs, die aus dem Dickicht der Elbmetropole kamen. Hier traf man auch auf Gelegenheitsdiebe, die zur Finanzierung ihres Drogenkonsums in die Beschaffungskriminalität ausgewichen waren.

»Es gibt keine Anhaltspunkte, die eindeutig auf ein bestimmtes Täterverhalten schließen lassen«, stellte Cornilsen kurz vor Feierabend ernüchternd fest. »Einbrüche laufen häufig nach einem bestimmten Muster ab. Selbst in den wenigen Fällen, in denen die Täter gestört oder überrascht werden konnten, waren die Zeugenaussagen unbrauchbar.«

»Ich weiß«, stimmte ihm Große Jäger zu. »Wenn man alle Aussagen zusammennimmt, suchen wir einen hochgewachsenen Mann mit weiblicher Figur, Mitteleuropäer nordafrikanischer Herkunft mit Schlitzaugen, kräftig gebaut mit langen schwarzen Haaren, die zu einer blonden Glatze geschnitten waren. Er ist schlank und höchstens einen Meter sechzig groß, trägt Schuhgröße siebenundvierzig und spricht Plattdeutsch mit bayerischem Einschlag. So ungefähr.«

Cornilsen nickte zustimmend. »Ich suche morgen weiter.«

Große Jäger wünschte ihm einen schönen Feierabend und sichtete noch zwei Stunden weiter die dürftigen Unterlagen, bis auch er sich auf den kurzen Heimweg begab.

Eine halbe Stunde später rollte sein Smart das kurze Stück in die Husumer Neustadt, eine Straße, die im unteren Abschnitt viele sehenswerte kleine Geschäfte beherbergte und zu Recht zu einem beliebten Treffpunkt für Besucher und Einheimische geworden war. Im prächtigen ehemaligen Direktionsgebäude der Schleswig-Holsteinischen und Westbank hatte sich das Storm-Hotel angesiedelt. Im weiteren Verlauf der Straße traf man auf zahlreiche Kneipen, die leider auch oft Ziel von Polizeieinsätzen waren. Dieses Viertel war seit Langem Große Jägers privates Revier. Man kannte ihn. Und er kannte viele Wirte und deren Gäste, davon auch manch zwielichtig wirkende Gestalt.

Er hatte schon drei Gaststätten besucht, mit mehreren Leuten ein paar Bier getrunken und sich umgehört, ob in der Szene etwas über die Einbruchserie gemunkelt wurde, als er die nächste Kneipe betrat und ein Bier bestellte.

»Schweinerei«, schimpfte Lothar, ein polizeibekannter Gelegenheitsdieb, der sporadisch auch mit dem Drogenbereich Kontakt hatte. »Das sind keine von hier. Die Scheißtypen kommen angelatscht, mischen die Szene auf, dass die Bullen wie wild durch die Gegend eiern und hinter jeden Busch gucken. Was soll der Mist? Die sollen doch in ihren Nestern hocken bleiben. Die will hier keiner. Die Bürger nicht, wir nicht und ihr von der Bullerei auch nicht.«

»Hast du irgendetwas gehört, Lothar?«, hakte Große Jäger nach.

»Nee. Nix da. Gesehen hat die noch keiner. Aber was die da mit der Alten in Schobüll gemacht haben … Ist 'ne echte Sauerei. Ist das. Ja. Kannst mir glauben.« Lothar ballte die Faust. »Wenn uns von denen einer unterkommt, den machen wir zu Rührei.«

»Komm, lass hören. Du weißt doch mehr.«

»Ich?« Lothar sah Große Jäger aus weit geöffneten Augen an. »Woher denn? Meinst, ich bin der König vom Husumer Kiez? Nee, du. Ich bin nur 'ne arme Sau. Ganz unten auf der Leiter. Gerade eben, ach was, mit den Füßen noch richtig im Dreck.« Er stierte auf sein leeres Bierglas. »Gibst noch ein' aus?«

Große Jäger bedeutete dem Wirt, nachzuschenken.

»Auch für Lothar?«, fragte der Gastronom.

Der Oberkommissar nickte.

»Mensch, Alter, geh nach Hause. Du musst hier nicht deine Rente versaufen«, machte ihn ein Zwanzigjähriger an.

Große Jäger drehte sich zu dem jungen Mann um. »Meinst du mich, Püppi?«

»Püppi?« Der Mann baute sich vor Große Jäger auf. Er hatte ungefähr die gleiche Größe, war aber im Vergleich zur stabilen Figur des Oberkommissars nahezu ein Hänfling. Das Gelächter seiner beiden Begleiter hatte die Wirkung der Worte verstärkt.

Große Jäger wollte keinen Aufruhr. Kurz entschlossen packte er den jungen Mann am Kragen, drehte den Pullover um neunzig Grad und hob ihn leicht an, sodass sein Gegenüber sich auf die Zehenspitzen stellen musste.

»Sei ruhig, Püppi. Sonst schleife ich dich zu deinem Lehrer, und du musst morgen nachsitzen und hundert Mal schreiben: Ich darf Erwachsene nicht anquatschen.«

»Püppi« röchelte leicht und wollte etwas sagen. Große Jäger ließ ihn los und drückte ruckartig aus dem Kreuz heraus seinen Schmerbauch nach vorn. Er traf den jungen Mann unvermittelt. Der taumelte ein paar Zentimeter zurück.

»Leg dich nicht mit ihm an«, mischte sich Lothar leicht lallend ein. »Der ist Wrestler.«

»Richtig«, ergänzte der Wirt. »Kennst ihn nicht? Sein Kampfname ist ›Gigant der Wikinger‹.«

Große Jäger streckte den Arm aus und klopfte dem jungen Mann auf die Schulter. »Lass gut sein«, sagte er besänftigend. »Spar dir die dummen Sprüche für zu Hause. Aber nicht Oma gegenüber.« Dabei dachte er an Cornilsen.

Dann wandte er ihm den Rücken zu und fragte Lothar: »Du hast doch was in der Birne. Mensch, wir ziehen doch am gleichen Strang. Komm, lass hören. Was weißt du?«

Lothar näherte sich ihm und begann, ihm ins Ohr zu flüstern: »Also, genau weiß ich es natürlich nicht, aber der Heiko soll da was am Laufen haben.«

»Heiko wer?«

»Bist du der Bulle oder ich? Heiko Nebendahl. Probier das mal. Aber ich hab nix gesagt.«

»Klar, Lothar.«

Nach zwei weiteren Bier setzte sich Große Jäger ins Auto und fuhr vorsichtig nach Hause. Ganz wohl war ihm nicht dabei.

DREI

Die Tür flog krachend gegen die Wand. Ein wenig Putz rieselte von der Stelle zu Boden, an der frühere Aktionen dieser Art bereits ein Loch geschaffen hatten. Große Jäger stiefelte zu seinem Schreibtisch, ließ sich auf den Schreibtischstuhl fallen, zog eine Schublade heraus und parkte seine Füße darin. Mit Zeige- und Mittelfinger kratzte er sich den Haaransatz und ließ ein lang gezogenes »Ahhh« hören.

Mats Cornilsen hatte seine Arbeit unterbrochen und sah ihm interessiert zu. Der Kommissar hatte es aufgegeben, auf ein »Moin« zu warten. Er selbst gab auch keinen Laut mehr beim Erscheinen des Oberkommissars von sich.

Große Jäger hatte einmal erklärt: »Warum immer das gleiche Ritual? Ein ›Moin‹ am Montag muss für die Woche reichen.« Heute war Mittwoch.

Cornilsen zeigte mit dem Daumen über die Schulter. »Heute Morgen war noch Kaffee da.«

»Und?« Die Stimme des Oberkommissars klang krächzend.

»Ich habe am Monatsanfang etwas für dich reservieren lassen.«

»Jungvolk. Ihr habt keine Ahnung vom wahren Leben. Was erwähnen die Leute bei Fußballweltmeisterschaften immer? Die haben doch sogar Aufnäher am Ärmel. ›Respect‹ steht dort drauf.«

»Das gilt für die Sportler. Du willst doch nicht behaupten, zu dieser Gruppe zu gehören.«

Der Oberkommissar rekelte sich im Stuhl zurecht, während Cornilsen mit der Hand vor seiner Nase herumwedelte. »War die Schlacht erfolgreich? Jedenfalls weht die Kriegsfahne noch heute Morgen bis zu mir herüber.«

»Ich war im Einsatz. Alles für Volk und Vaterland. Dafür setze ich sogar mein Leben aufs Spiel«, behauptete Große Jäger.

Cornilsen nickte. »Nicht nur das Leben, auch deine Leber.«

»Die hat mehr Lebenserfahrung als du.«

»Stimmt«, pflichtete Cornilsen ihm bei.

Große Jäger drehte sich zum leeren Schreibtisch hinter sich um. »Das waren noch Zeiten, Christoph, als hier noch richtige Männer gesessen haben.«

»Nicht ganz.« Cornilsen klopfte auf die Tischplatte. »An dieser Stelle saß früher *das Kind*.«

»Aus dem haben wir etwas gemacht, Christoph und ich. Bei dir lohnt es nicht mehr. Die eine Woche noch.«

Cornilsen sah ihn ein wenig verunsichert an. »Was soll das heißen?«

»Dich tauschen wir nächste Woche aus. Dann kommt das Original hierher. Was sollen wir dann noch mit dir?«

Cornilsen räusperte sich. »Und wer soll das sein?«

»Deine Oma.« Große Jäger amüsierte sich über Cornilsens verblüfften Gesichtsausdruck. Dann berichtete er von seinem nächtlichen Streifzug durch die Kneipen der Husumer Neustadt. »Und jetzt besorgst du entweder alle Ermittlungsakten der letzten elf Jahre zum Thema Einbruch oder …«

»Oder?«, fragte Cornilsen lauernd.

»Einen ordentlichen Becher Kaffee. Dann fahren wir zu Nebendahl.«

Cornilsen stöhnte laut auf, als er sich erhob und zu Hilke Hauck ging.

Kurz darauf kehrte er mit einem randvoll gefüllten Becher zurück und stellte ihn vor Große Jäger hin. »Wie heißt die Figur?«, fragte er, als er an seinen Arbeitsplatz zurückgekehrt war.

»Heiko Nebendahl.«

Wenig später hatte Cornilsen die elektronische Akte aufgerufen.

»Das ist ja ein munteres Kerlchen. Nicht so blöde wie wir, die für den Lebensunterhalt arbeiten müssen. Der kennt nicht nur die Jugendstrafanstalt in Schleswig, sondern hat auch schon Itzehoe von innen gesehen. Ein sehr mobiler Zeitgenosse. Wiederholtes Schwarzfahren. Fahren ohne Führerschein. Den hat er übrigens nie gemacht. Hehlerei. Und Einbruchdiebstahl. Aber er ist sehr christlich.«

»Hä?«, fragte Große Jäger nach und fluchte im selben Atemzug. »Verdammt. Der Kaffee ist verdammt heiß. Du hast doch behauptet, der wäre vom Montag.« Er spitzte die Lippen und zog hörbar die Luft ein. Dann fragte er: »Wieso christlich?«

»Das steht doch in der Bibel: ›Den Seinen gibt's der Herr im Schlaf.‹ Der hat es auch dringend nötig. Gegen Nebendahl laufen diverse Vollstreckungsbescheide. Die eidesstattliche Versicherung hat er auch abgelegt.«

»Warum heißt das Ding nicht mehr Offenbarungseid?«, dachte Große Jäger laut nach. »Und Ganoven gehören ins Zuchthaus.«

»Du bist ja nicht nur von gestern, sondern sogar von vorgestern. Diese Begriffe kennt nicht einmal mehr Oma. Die Wörter habe ich im ZDF bei Guido Knopp in seiner Sendereihe ›History‹ gehört.«

Bevor sie in den Opel Astra einstiegen, der hinter dem Haus auf dem Parkplatz auf sie wartete, musste Große Jäger noch schnell eine Zigarette rauchen. Gierig inhalierte er den Qualm.

»Es ist unzumutbar, dass das Rauchen am Arbeitsplatz verboten ist«, stellte er fest. »Früher konnte man mit Verdächtigen in aller Ruhe das Geständnis bei einer Zigarette besprechen. Und heute? Man darf ja nicht einmal mehr mit dem Überführten auf den Fahndungserfolg anstoßen.« Er deutete eine Trinkbewegung an. Dann überließ er Cornilsen das Fahren. »Links. Rechts. Links. Rechts«, zählte er unterwegs mit, als sie sich durch das für Fremde nur schwer nachvollziehbare Husumer Straßengewirr bewegten.

Der Treibweg war kopfsteingepflastert. Eine Geschwindigkeitsbeschränkung erübrigte sich. Das Auto rumpelte durch die Straße, an deren Ende sich der Blick auf die Weite des Dockkoogs öffnete. Davor verliefen die Schienen der Marschenbahn. Das Arbeitsamt, eine neue große Aldi-Filiale und ein Getränkemarkt bildeten den Abschluss der Straße. Auf einer Straßenseite säumten solide Einfamilienhäuser den Weg, gegenüber standen eingeschossige Wohnblocks älterer Bauart. Es gab hinreichend Parkmöglichkeiten direkt vor dem Gebäude. Ein schmaler, unebener Plattenweg führte an den Müllboxen vorbei zur Haustür mit den vier Briefkästen, die von offenbar wechselnden Bewohnern immer wieder mit neuen Aufklebern versehen worden waren.

»Millionäre wohnen hier nicht«, stellte Cornilsen fest.

»Aber Menschen, die ein solides Zuhause gefunden haben«, erwiderte Große Jäger und sah zur Außentreppe, die in den Keller führte.

Das Klingeln blieb ungehört. Ein Nachbar öffnete ihnen die Tür und erwartete sie in der oberen Etage. Er zog fragend eine Augenbraue in die Höhe.

»Wir wollen zu Herrn Nebendahl«, erklärte Große Jäger schnaufend.

»Der Gerichtsvollzieher sind Sie aber nicht«, stellte der ältere Mann in der Strickjacke, unter der sich ein mächtiger Kugelbauch spannte, fest. Er machte einen unaufgeregten und gemütlichen Eindruck und zeigte auf eine Wohnungstür. »Da.«

»Danke«, sagte Große Jäger. »Wir kommen allein zurecht, Herr … äh …«

»Hansen. Wie sonst in Husum. Sie haben doch auf meine Klingel gedrückt«, fügte er in vorwurfsvollem Ton an.

»Das war mein Kollege«, behauptete Große Jäger.

Herr Hansen zog sich in seine Wohnung zurück. Sie hörten, wie er die Kette vorlegte, die Tür aber wieder einen Spalt öffnete, um ja nichts vom Folgenden zu versäumen.

Große Jäger betätigte erneut die Klingel an Nebendahls Haustür. Vergeblich. Nach einem weiteren Versuch schlug er mit der geballten Faust gegen das Holz und brüllte: »Polizei!«

Nachdem es hinter der Tür ruhig geblieben war, vermutete Cornilsen: »Der Vogel ist ausgeflogen.«

»Nein. Der ist bestimmt zu Hause. Ganz sicher«, meldete sich hinter ihrem Rücken der Nachbar.

»Sie sollen in Ihre Wohnung gehen«, sagte Große Jäger rau.

Den alten Herrn Hansen beeindruckte das nicht. »Polizei?«, wisperte er. »Was wollen Sie denn von ihm?«

Große Jäger antwortete nicht, sondern zog sein Handy hervor und wählte Nebendahls Mobilfunknummer an. Er erfuhr, dass dieser Anschluss vorübergehend nicht erreichbar sei. Einen Festnetzanschluss gab es nicht.

Große Jäger donnerte erneut gegen das Türblatt. »Sie haben dreißig Sekunden. Dann setzt das SEK den Rammbock zum Türöffnen ein«, drohte er.

Es dauerte vierzig Sekunden, bis die Tür einen Spalt geöffnet wurde und ein verschlafenes Gesicht erschien. Bevor Nebendahl reagieren konnte, hatte der Oberkommissar die Tür aufgestoßen, und die beiden Beamten drangen in die Wohnung ein.

»Donnerwetter. Da ist ja richtig was los«, hörten sie in ihrem Rücken Hansens Stimme, bevor sie die Tür schlossen.

Ein penetranter Geruch hing in der Luft. Große Jäger unterdrückte instinktiv das Atmen. Das gelang aber nur für wenige Sekunden.

»Wir verhaften den wegen massiver Umweltvergehen«, sagte er zu Cornilsen, während Nebendahl sie irritiert musterte.

»SEK?«, fragte der Mann und sah die beiden Polizisten an.

Große Jäger zeigte auf Cornilsen und sich. »SEK.« Er breitete die Arme aus. »Das ist die Abkürzung für: solch eloquente Kommissare.«

Nebendahl roch genauso wie seine Wohnung. Er war unrasiert. Die fettigen Haare hingen in Strähnen in die Stirn herab. Das olivgrüne Unterhemd war fleckig. Zum Glück waren die Boxershorts dunkel gemustert. Das ersparte einen vermutlich weiteren ekelerregenden Anblick. Der Flur schien als Lagerraum genutzt zu werden. Kartons, Leergut, zwei Abfalltüten … Alles lag durcheinander.

Sie drängten Nebendahl ins Wohnzimmer. Der Aschenbecher lief über, der Fernseher war noch in Betrieb. Es lief ein Programm, das Große Jäger für sich stets als »Unterschichtenfernsehen« bezeichnete. Bierflaschen standen herum. Nebendahl hatte sich mehrfach nicht der Mühe unterzogen, Flecken von der Tischplatte zu wischen. Sein Abendessen gestern Abend hatte aus Brot, Margarine, Wurst und Käse bestanden. Er hatte alles offen stehen lassen. Fliegen schwirrten lautstark um die Lebensmittelreste herum.

Cornilsen hatte sich in der Wohnung umgesehen. »Er ist allein«, erklärte der Kommissar, als er zurückkehrte. »Das ist auch nicht verwunderlich. In der Küche und im Bad bleibt man auf den Fliesen kleben. Die Toilette – man könnte meinen, die Spülung ist seit Monaten ausgefallen. Zu behaupten, die Bude wäre clean – das wäre ein Meineid. Nur das hier.« Er hielt einen Teleskopschlagstock und ein Springmesser mit spitzen Fingern in die Höhe. Zuvor hatte er sich Einmalhandschuhe übergestreift.

Große Jäger verstand seinen Kollegen auch ohne Worte. Cornilsen hatte nichts gefunden.

Die zerrissenen Vorhänge dunkelten den Raum ein wenig ab. Für Große Jäger war es eine Art Gnadenakt.

»Los, Nebendahl. Was laufen da für Geschäfte? Wer hat den großen Teil der Beute abgegriffen, den ihr bei den Brüchen eingesackt habt?«

»Wer …? Eingesackt? Ich kapier nicht, was ihr meint.«

»Wenn in Husum und Umgebung irgendwo eingebrochen wird, dann bist du beteiligt.«

»So 'n Scheiß. Meint ihr, ich würde in so 'ner Bruchbude hocken, wenn ich Bruch machen ginge? Euch hat der Ostwind gebissen.« Um seine Worte zu unterstreichen, tippte sich Nebendahl an die Stirn.

»Okay, du bist 'nen Happen doof. Ist schon klar«, sagte Große Jäger. »Die Kumpels in der Neustadt, die lachen auch schon über dich. Du hast dir den letzten Rest Verstand in der Birne mit dem Fusel hier«, dabei trat er gegen eine Batterie leerer Flaschen, »weggeschossen. Blöd nur, dass einige der Leute an den Tresen auf dich zeigen, wenn man herumfragt, wer den Schmiermaxen gemacht hat. Ich kann mir vorstellen, dass du nicht mit drin warst im Haus, als deine Kumpels sich an der Apothekersfrau vergangen haben.«

»Ich? Nix da!« Plötzlich zeigte sich Nebendahl höchst lebendig. »Ist schon eine Weile her, dass ich mal … Na, ihr kennt meine Akte. Der Scheißrichter hat mich das letzte Mal wieder eingebuchtet. Macht kein' Spaß da drin. Da sind richtig harte Kaliber dabei. Was soll der Mist überhaupt? Sehe ich aus wie ein Ölscheich auf Nordseekur? Musst mal Zeitung lesen, Dicker …«

Große Jäger hob die Hand und deutete an, Nebendahl eine Ohrfeige verpassen zu wollen. Der Mann hob schützend die Hände vors Gesicht und machte einen Satz rückwärts.

»Was bist du denn? Kommissar?«

»Oberkommissar«, belehrte ihn Große Jäger.

»Ist schon gut, Mann. Also in der Zeitung kannst du lesen, wie dreckig es uns Hartzern geht. Und dann muss ich noch jeden Monat was abdrücken. Für Gerichtskosten und Wiedergutmachung. Hier irgendwo ist ein Stapel. Lauter Mahnbescheide und so.«

»Viele davon haben Sie gar nicht geöffnet«, mischte sich Cornilsen ein.

»Warum auch? Steht doch überall der gleiche Mist drin. Jetzt wollen sie mich auch aus der Bruchbude hier rauswerfen.«

»Dann kannst du den Herzog spielen«, sagte Große Jäger, und als Nebendahl ihn fragend ansah und die Schultern in die Höhe zog, ergänzte er: »Dann kannst du im Schlosspark übernachten. Also, raus mit der Sprache. Was ist mit der Einbruchserie?«

»Die haben schon recht, die, wo da rumlaufen und ›Ausländer raus‹ brüllen. In äh … in äh … Wo war das noch gleich?«

Die beiden Polizisten ließen die Frage unbeantwortet. »Was haben die Einbrüche mit Fremdenfeindlichkeit zu tun?«, wollte Große Jäger wissen.

»Das sind doch Wichser, die jetzt überall einsteigen. Kommen von sonst wo her. Ganze Banden sind da unterwegs. Unsereiner ist eingestiegen – früher«, überbetonte er, »und suchte das Heil in der Flucht, wenn der Kanarienvogel der Besitzer geschnarcht hat. Gewalt? Nee, Dick… Kommissar. Das kam nicht in die Tüte. Jetzt mischen da so ein paar Idioten unsere Heimat auf. Alles jagt den Einbrecher, auch den harmlosen. Plötzlich sind wir die Dreckskerle der Nation, gefährlicher als alle Terroristen zusammen.« Nebendahl schielte zum Schlagstock hinüber. »Ehrlich, wenn wir die erwischen, dann gnade ihnen Gott. Die Figuren steigen nirgendwo mehr ein. Soll'n die doch in … in … weiß der Geier, wie das dort heißt.«

»Nebendahl! Was weißt du? Raus mit der Sprache. Was läuft da?«, fragte Große Jäger.

Der Mann begann, etwas zwischen seinen Zähnen herauszupulen. Er besah sich das Ergebnis, bevor er antwortete. »Wie beknackt seid ihr eigentlich auf der Bullerei? Das weiß doch jeder. Da ziehen seit einiger Zeit die Asylbewerber herum.«

»Man sagt auch, dass es Banden sein könnten, die durchs Land ziehen, eine Region abgrasen und dann zum nächsten Landkreis weiterreisen«, sagte Große Jäger.

»Gibt's auch.« Nebendahl winkte ab. »Aber dieses … Das sind Figuren, die sich hier breitgemacht haben. Sucht doch mal in deren Buden, statt deutsche Bürger zu überfallen«, beschwerte er sich.

»Hast du was gehört? 'nen Tipp?«

»Ich?« Nebendahl lachte meckernd auf. »Dann heißt das nachher noch, ich hab was gegen Ausländer. Hab ich auch«, setzte er leise hinzu. »Zumindest wenn sie hier Tabula rasa machen. Und das mit der Frau, das ist eine Riesensauerei. Den Scheißkerlen sollte man die Ei…«

»Ist gut«, unterbrach ihn Große Jäger. »Wo finden wir die Leute, die ihr auf dem Kieker habt?«

»Ich bin kein Blauer. An eurer Stelle würde ich mich mal unter den Rumänen umsehen.«

Große Jäger sah sich um. »Nebendahl«, sagte er dann. »Das ist ein Saustall hier. Räume auf. Und lass die Finger von krummen Sachen. Klar?«

»Du mich auch«, grummelte der Mann den beiden Beamten hinterher.

Im Treppenhaus linste der Nachbar durch den Türspalt. »Haben Sie ihn nicht mitgenommen?«, rief er den beiden enttäuscht hinterher.

»Wir haben Skat gespielt«, erwiderte Große Jäger im Gehen.

Bevor sie einstiegen, lehnte sich Große Jäger gegen den Opel Astra und fingerte eine zerknautschte Zigarette aus der Jeanstasche.

»Nebendahl ist ein schlimmer Finger«, sagte er nach zwei tief inhalierten Zügen. »Er ist aber noch nie wegen Gewalttaten straffällig geworden.«

»Ein Mal ist immer das erste Mal«, sagte Cornilsen, der auf der Fahrerseite stand und sich quer über das Fahrzeugdach lehnte.

»Das ist eine platte Phrase«, belehrte ihn Große Jäger. »Natürlich begeht jeder Gewalttäter irgendwann seine erste schwere Körperverletzung. Bemerkenswert fand ich den Spruch, dass die alteingesessene Szene sich über die derzeitige Einbruchserie beklagt. Die Polizei hat aufgrund des öffentlichen Drucks die Fahndung nach den Tätern verstärkt. Die Gewalttat gegen Frau Lüttschwager ist von einer anderen Qualität. Jetzt entsteht gewaltige Unruhe. Außerdem sind die Bürger gewarnt. Das alles sind keine guten Voraussetzungen für Leute wie Nebendahl. Logisch, dass der unruhig wird. Wir wissen, dass er dringend Geld benötigt. Das Wasser steht ihm bis zum Hals. Und selbst wenn er es wagen sollte, irgendwo einzusteigen, muss er sich auf Bargeld beschränken. Schmuck oder Elektronik – das wird er derzeit nicht los, da alle Hehler gewarnt sind und ahnen, dass sie unter Beobachtung stehen. Nebendahl muss ein höheres Risiko eingehen. Er ist zwar keine Leuchte, weiß aber, dass er beim nächsten Mal, wenn er erwischt wird, bei seinem einschlägigen Vorstrafenregister ein ordentliches Päckchen verpasst bekommt.«

Cornilsen öffnete den Mund. »Ah«, sagte er gedehnt. »Du bist ein Fuchs. Natürlich hast du das vorher gewusst. Mit unserem Besuch wolltest du ihn aufschrecken. Nicht nur Nebendahl, sondern seine Berufskollegen, wenn ich die einmal so bezeichnen darf. Mit ein wenig Glück hast du eine Undercover-Hilfstruppe rekrutiert.«

»So würde ich es nicht sagen«, erwiderte Große Jäger, »aber die Idee ist es schon. Gut kombiniert, Hosenmatz«, sagte er anerkennend und schnippte unter Cornilsens missbilligendem Blick die Zigarettenkippe fort. »Los jetzt. Zurück in den heimischen Stall.«

In der Poggenburgstraße wurden sie bereits erwartet. »Besuch für euch«, begrüßte sie Hilke Hauck. »Der Sohn von Frau Lüttschwager. Er sitzt in meinem Büro.«

Lars Lüttschwager war von großer und kräftiger Statur. Der Feldanzug in Flecktarn verbarg nur unzureichend seinen durchtrainierten Körper. Die Füße steckten in Springerstiefeln. Auf den Schulterklappen war das Eichenlaub mit einem Stern zu sehen.

Ein Major, dachte Große Jäger. Der Vater hatte erzählt, Lüttschwager junior stehe vor der Ernennung zum stellvertretenden Regimentskommandeur.

Der Mann stand auf und begrüßte die beiden Beamten mit einem festen Händedruck. In der linken Hand hielt er das bordeauxrote Barett mit dem Fallschirmspringerabzeichen, das einen niederstürzenden Raubvogel darstellte. Große Jäger warf einen Blick auf das ovale Einzelkämpferabzeichen in Grün mit dunklem Rand, das ein Eichenlaub abbildete. Er staunte, als er doppeltes Eichenlaub bemerkte. Das war eine Seltenheit – ein ganz harter Bursche stand vor ihnen. Auf der rechten Brust hatte der Major noch zusätzlich das Abzeichen der Fallschirmjäger, das so ähnlich wie eine Eistüte aussah.

Lüttschwager zupfte kurz an seinem Dienstanzug. »Entschuldigung«, sagte er. »Als mich die Nachricht vom Überfall auf meine Mutter erreichte, bin ich sofort losgefahren. Ich hoffe, es stört Sie nicht.«

»Husum ist der größte Garnisonsstandort in Schleswig-Holstein«, erwiderte Große Jäger. »Die Husumer und ihre Soldaten – das ist eine große Familie.« Er zeigte zur Tür, sagte: »Kommen Sie bitte mit«, und bat Lüttschwager in sein Büro.

Nachdem Lars Lüttschwager Platz genommen hatte, erkundigte sich Große Jäger, ob es Neuigkeiten von der Mutter gebe.

»Ich habe noch nicht mit ihr sprechen können. Sie wird von den Ärzten abgeschirmt und ist medikamentös ruhiggestellt. Das Erlebte hat sich schwer auf ihre Psyche ausgewirkt. Noch ist nicht abzusehen, wie es sich weiterentwickelt.« Er schüttelte gedankenverloren den Kopf. »Ich habe viel erlebt. Ich war in Afghanistan und in Mali im Einsatz. Ich bin es gewohnt, aus dem Hinterhalt heraus angegriffen zu werden. Das ist aber eine ganz andere Situation als diese. Der Bürger fühlt sich in seinem Haus sicher. Es ist seine Burg. Und plötzlich wird dieser Glaube zerstört. Das ist schon schlimm genug. Betroffene tragen dieses Trauma für lange Zeit mit sich herum, wenn sie in ihrer Wohnung auf Einbrecher stoßen, selbst wenn es zu keiner körperlichen Auseinandersetzung kommt. Aber hier drinnen«, dabei klopfte er sich mit der geballten Faust auf das Herz, »da ist etwas kaputtgegangen. Wie viel schwerer hat es meine Mutter getroffen. Die Frau geht auf die sechzig zu. Und dann der Missbrauch … Das kann man nicht einfach abschütteln. Glauben Sie mir – ich weiß, wie Menschen leiden, die traumatisiert sind.«

»Ich kann Ihnen versichern, dass die Polizei alle ihr zur Verfügung stehenden Möglichkeiten ausschöpft«, sagte Große Jäger.

»Verzeihung – das klingt nach Phrasendrescherei.«

»Ich würde an Ihrer Stelle auch so denken. Wir setzen viele kriminaltechnische Mittel ein, nehmen Fingerabdrücke und

DNA-Spuren. Die nützen uns aber nur etwas, wenn wir das Gegenstück in unseren Dateien gespeichert haben.«

»Sie wollen doch nicht behaupten, dass es unbescholtene Ersttäter waren, die das verübt haben?«, fragte Lüttschwager zweifelnd.

»So sieht es nicht aus. Es gehört eine gehörige Portion krimineller Energie dazu, so eine schwere Tat zu begehen. Wir haben Anzeichen dafür, dass es sich um eine Serie handelt.«

»Dann gibt es doch Anhaltspunkte. Sie müssen die Leute kennen, die schon auf diesem Gebiet straffällig geworden sind.«

»Die haben wir auch im Visier. Derzeit machen uns aber ausländische Tätergruppen zu schaffen. Die sind bandenmäßig organisiert, grasen eine Region ab und ziehen dann weiter.«

»Dann gibt es doch ein Verhaltensmuster.«

Große Jäger nickte. »Die Polizei setzt eine Software ein, mit der versucht wird, die Vorgehensweise der Täter vorherzusehen. Es gibt eine Reihe von Faktoren. Zum Beispiel gute Verkehrsanbindungen, die schnelle Fluchtmöglichkeiten bieten. Autobahnen in der Nähe. Die Region muss geeignet sein, innerhalb kürzester Zeit viele lohnende Objekte aufsuchen zu können. Eine Gegend mit teuren Häusern und Villengrundstücken ist eher ein Angriffsziel der Banden als eine mit überwiegend sozialem Wohnungsbau.«

»Wenn Sie das wissen … Weshalb sind Sie nicht präventiv tätig? Warum zeigt sich die Polizei nicht mehr auf den Straßen?«

»Seien wir realistisch: Wir können nicht überall sein.«

Lüttschwager hob die Hand. »Sie sind irgendwo.«

Was sollte Große Jäger ihm antworten? Er verstand, dass dieses Gefühl beim Bürger entstehen musste.

»Ich bin kein Polizist«, sagte Lüttschwager, »aber wenn Sie der Auffassung sind, dass es sich um ausländische Banden handelt, müssen die doch irgendwo untergekommen sein. Die verkriechen sich doch nicht in irgendwelche Erdhöhlen. Hotels. Pensionen. Campingplätze. Wohnmobile am Straßenrand. Das kann doch nicht so schwer sein, die zu finden.«

»Wir sind am Ball«, versuchte Große Jäger, den Sohn des Opfers zu beruhigen.

Der Bundeswehrmajor schien ein besonnener Mann zu sein. Die schwere, gegen seine Mutter gerichtete Straftat hatte ihn aber erregt. Der Oberkommissar hatte dafür Verständnis.

»Unsere Familie kann diesen Eindruck nicht gewinnen. Wir erwarten ganz einfach mehr. Es muss andere Möglichkeiten geben.«

»Die Ermittlungen laufen. Wir haben …«

Lüttschwager schnitt ihm mit einer Handbewegung das Wort ab.

»Das scheint aber nicht genug zu sein. Mein Vater hat eine hohe Belohnung ausgesetzt. Wir versprechen uns davon, dass es Mitwisser aus der Reserve lockt.«

»Ich halte von solchen Aktionen nichts«, widersprach Große Jäger. »Das lockt viele Trittbrettfahrer an. Denunzianten zeigen ihre Nachbarn an, und wir müssen uns mit einer Vielzahl toter Spuren beschäftigen. Das bindet Ressourcen, die wir an anderer Stelle besser einsetzen können.«

»Wenn Sie sich an Ihren Grenzen sehen, ist es gut, dass mein Vater zusätzlich eine Detektei mit privaten Ermittlungen betraut hat. Vielleicht ist die erfolgreicher.«

»Es sei Ihnen versichert, dass niemand effizienter arbeitet als die Polizei«, sagte Große Jäger eindringlich.

Lüttschwager lächelte matt. »Dafür sind Sie den Beweis bisher schuldig geblieben.«

»Wenn Sie Neuigkeiten von Ihrer Mutter hören … Melden Sie sich bitte umgehend bei uns«, wechselte Große Jäger das Thema.

Der Major stand auf. »Ich hoffe, Sie sind bald erfolgreich. Es ist für unsere Familie unerträglich, die Täter auf freiem Fuß zu wissen. Meine Mutter wird sich nicht erholen, solange die Verbrecher, die ihr das angetan haben, nicht zur Rechenschaft gezogen sind.«

»Herr Lüttschwager, wir …«

Der Mann ging zur Tür. Er machte eine wegwerfende Handbewegung, bevor er wortlos das Büro verließ.

Große Jäger lehnte sich so heftig zurück, dass der Bürostuhl bedenklich knarrte.

»Es ist doch verrückt, dass der Apotheker ein Kopfgeld aussetzt. Wie im Wilden Westen.«

»Das sind wir doch«, warf Cornilsen ein.

»Das *wären* wir«, korrigierte ihn der Oberkommissar, »wenn sich hier nicht vernunftbegabte Leute wie wir Westfalen angesiedelt hätten. Wärt ihr unter euch geblieben, würden hier nur Rotbärtige herumlaufen und jeden Eindringling mit einer Keule erschlagen.«

»Das wäre nicht die schlechteste Lösung gewesen«, sagte Cornilsen lachend. »Dann gäbe es keine vagabundierenden Banden, die in fremde Häuser einstiegen.«

Große Jäger stach mit dem Finger in Cornilsens Richtung. »Stimmt. Es würde nicht einmal Häuser geben.« Er tippte sich mit dem Zeigefinger an die Stirn. »Es erleichtert uns mit Sicherheit nicht die Arbeit, wenn wir jetzt auch noch durch Kopfgeldjäger behindert werden. Man darf es nicht laut sagen, aber in Teilen seiner Kritik hat Lüttschwager junior recht. Manchmal hat man das Gefühl, wir verwalten das Verbrechen nur noch. Übrigens – der Major. Das war ein knallharter Typ.« Große Jäger erläuterte die Bedeutung der verschiedenen Abzeichen. »Die Fallschirmjäger tragen grundsätzlich ihr bordeauxrotes Barett wie eine Auszeichnung, selbst zum Flecktarn. Ich habe noch nie einen Fallschirmjäger mit der Feldmütze gesehen, die ja auch der Kopfbedeckung eines mecklenburgischen Treckerfahrers nachempfunden ist. Übrigens tragen die sogenannten Heckklappensurfer, die Panzerjäger, grüne Baretts. In Marinekreisen heißt es: Tritt nie auf einen grünen Stein, es könnte ein Panzerjäger sein. Der natürliche Feind des Panzerjägers ist der Rasenmäher: Nimmt ihm nämlich Nahrung und Deckung.«

Das Telefon klingelte, und der Empfang meldete sich. Dort

stehe jemand, der etwas zum Überfall auf die Apothekersfrau sagen könne, berichtete die Mitarbeiterin.

»Ich höre mir das an«, meinte Cornilsen und ging hinunter.

Nach zehn Minuten kehrte er zurück und winkte ab.

»Das war der erste, aber sicher nicht der letzte Spinner«, meinte er. »Einer aus der oberen Neustadt. »Er behauptete, das müsse sein Nachbar gewesen sein. Der tue immer so, als wäre er gehbehindert. Dabei hockt der den ganzen Tag am Fenster und gafft den Frauen nach. Und nachts, wenn es keiner sieht, ist seine Behinderung wie weggeblasen. Dann würde der Nachbar auf Einbruchstour gehen.«

»Solche Anschuldigungen werden noch mehr erhoben werden«, sagte Große Jäger. »Und wenn erst bekannt geworden ist, dass es ein Kopfgeld gibt, ist das Halali eröffnet. Nebendahl meinte, hinter der Einbruchserie würden Asylbewerber stecken. Es kursieren aber auch Gerüchte, dass Rumänen darin verwickelt sind. Der Gedanke, dass es eine durchreisende Bande ist, muss weiter verfolgt werden. Ich gehe mal eine Runde bellen.«

Der Oberkommissar schraubte sich mühsam in die Höhe und suchte Hauptkommissar Hundt auf.

»Habt ihr schon Anhaltspunkte?«, fragte er.

Hundt sah ihn durchdringend an. »Wir verfolgen Hunderte von Spuren«, übertrieb er. »Hast du die Husumer Nachrichten gelesen?«

»Die haben sachlich über den Vorfall berichtet.«

»Lächerlich. Das war eine einzige Tirade gegen die Polizei.«

Große Jäger ließ seine Hand über Hundts Schreibtisch kreisen. »Dann tu was. Am Schreibtisch fängst du die Leute nicht. Geh raus an die Luft. Nirgendwo ist sie so gesund wie in Nordfriesland.«

»Soll ich durch die Straßen laufen?«

»Nicht blind. Hast du gehört, dass eine reisende rumänische Bande dahinterstecken könnte? Wo wohnen die? Sind die mit Wohnwagen unterwegs? Die werden kaum in einem unserer guten Hotels übernachten. Du musst also nicht bei den Fünf-

und Vier-Sterne-Häusern mit der Suche beginnen. Hast du mit dem Kreis gesprochen? Der Stadt? Dem Amt für Ausländerangelegenheiten? Gibt es eine Liste möglicher Verdächtiger?«

Hundt schnappte nach Luft. »Willst du mir Vorschriften machen?«

»Ich will dir nur Tipps geben.«

»Ich brauche deine Hilfe nicht. Es ist einfach zu viel Arbeit.« Hundt straffte sich. »Schön«, sagte er. »Dann teile ich dich für diese Aufgaben ein.«

»Du tust – was?« Große Jäger stemmte die Fäuste in die Hüften.

»Das hast du doch gehört. Ich bin Hauptkommissar.«

»Du bist ein fauler Hund«, erwiderte Große Jäger. »Sieh zu, dass du in die Puschen kommst. Aber zackig.«

Dann verließ er das Büro des Hauptkommissars und knallte wütend die Tür hinter sich ins Schloss.

»So ein verdammtes Arschloch«, fluchte der Oberkommissar auf dem Flur und stieß mit Mommsen zusammen.

»Wilderich. Was ist los?«, wollte der Kriminalrat wissen.

Große Jäger funkelte ihn böse an. »Du tust mir leid, Harm. Ich möchte deinen Job als Aufseher in dieser Irrenanstalt nicht haben.«

Er ließ Mommsen stehen, kehrte in sein Büro zurück, ließ sich auf den Stuhl fallen und drehte sich zum leeren Schreibtisch hinter sich um. Dann streckte er beide Arme vor.

»Mensch, Christoph. Sag doch mal was. So kann das doch nicht weitergehen.«

Cornilsen hüstelte. »Das ist kein Husumer Problem. Wir werden derzeit von einer Einbruchswelle überrollt. Bundesweit.«

»Aber nirgendwo werden dabei auch Frauen missbraucht.«

»Es ist ein einmaliger Fall«, warf Cornilsen ein.

»Und der ist zu viel, Hosenmatz.«

Der junge Kommissar nickte stumm.

Große Jäger fuchtelte mit der Hand in der Luft herum. »Los

jetzt. Wir gehen noch einmal alle Informationen durch, die wir bisher zusammengetragen haben.«

Sie stöberten in den Berichten, suchten in den Täterdateien, prüften alte Vorgänge und erstellten eine Liste mit einschlägig Vorbestraften. Nirgendwo stießen sie auf Einbrecher, die sich durch Gewalt oder sexuelle Übergriffe hervorgetan hätten.

»Das sind alles keine unbeschriebenen Blätter«, stellte Große Jäger resigniert fest. »Aber so etwas wie in Schobüll … Das traue ich keinem von denen zu.«

»Den Kollegen von der Schutzpolizei liegen mehrere Klagen vor, dass im Stadtgebiet aggressiv auftretende Bettler unterwegs sind«, sagte Cornilsen.

»Das ist eine unschöne Erscheinung, besonders für eine Stadt wie Husum, die vom Tourismus lebt. Wenn niemand diesen Leuten etwas gibt, erledigt sich das Problem von ganz allein.«

»Geschäftsleute in der Innenstadt haben sich beschwert, dass die Bettler in Gruppen vor ihren Läden herumlungern und dadurch Kunden abschrecken. Ich habe vorhin mit einem Kollegen vom Einbruch gesprochen. Die haben noch ein weiteres Problem am Haken. Parallel dazu treiben Taschendiebe ihr Unwesen.«

»Ich weiß«, sagte Große Jäger. »Im alten Ägypten waren es die Heuschreckenplagen. Uns überfallen im Augenblick Heerscharen, die es auf das Eigentum fremder Leute abgesehen haben. Bei den Taschendieben haben die Menschen rumänische Täter im Visier. Dort gibt es die Stadt Iași.«

»Kenne ich nicht«, gestand Cornilsen ein.

»Ich musste auch meine Freundin Google befragen. Iași ist die viertgrößte Stadt Rumäniens und gilt als Wiege der rumänischen Kultur. Dort leben viele Persönlichkeiten und Künstler. Traurige Berühmtheit hat die Stadt aber dadurch erlangt, dass sie europaweit die Hochburg des organsierten Taschendiebstahls ist. Man sagt, sie sei die Schule der Taschendiebe.«

Cornilsen streckte den Arm Richtung Fenster aus. »Die Leute da draußen – die behaupten, es seien die …«

»… Zigeuner«, unterbrach Große Jäger seinen Kollegen.

»Das ist politisch nicht korrekt, abfällig von Zigeunern zu sprechen«, belehrte ihn Cornilsen.

»Jeder weiß, dass ich nie einen Menschen wegen seiner Hautfarbe, Herkunft oder Ethnie diskriminieren würde. Ich verachte die Hohlköpfe, die so etwas tun. Es ist aber hirnrissig, die althergebrachten Begriffe plötzlich zu verwerfen. Soll der Gastwirt statt Zigeunerschnitzel jetzt ›Schnitzel nach Art rumänischer Taschendiebe‹ auf die Speisekarte schreiben? Kennst du die Operette ›Der Sinti-und-Roma-Baron‹? Mir schmeckt immer noch der Negerkuss, und statt des Mohrenkopfs gibt es beim Bäcker den Lumumbaschädel? Dann müssten wir auch die Holländer und Österreicher verklagen. Die nennen uns Moffen und Piefkes. Also – klare Ansage: Für mich ist ›Zigeuner‹ kein Schimpfwort. Die haben von jeher genug gelitten. In ihrer Heimat Rumänien werden sie diskriminiert, und zwar nicht durch Begrifflichkeiten. So ziehen sie hinaus nach Europa, und ein paar betätigen sich bandenmäßig gut organisiert als Taschendiebe. Unter uns … Ist das Diskriminierung, wenn die Kollegen von der Schutzpolizei ein besonderes Auge auf Jugendliche werfen, die vom Äußeren her als Sinti und Roma gelten könnten?«

»Es ist sicher ein Balanceakt zwischen Aufmerksamkeit und Vorurteil«, gestand Cornilsen ein.

Große Jäger sah über die Schulter. »Und was meinst du dazu, Christoph?« Dann zuckte er mit den Schultern. »Siehst du, Hosenmatz«, sagte er zu Cornilsen. »Der ist Diplomat und schweigt.«

Der Versuch, telefonisch etwas über den Gesundheitszustand von Frau Lüttschwager zu erfahren, scheiterte. Dr. Al Shami war nicht zu sprechen. Und niemand anderes wollte eine Auskunft erteilen.

Sie hatten sich nach Dienstschluss mit Mommsen und Karlchen zum Essen verabredet. Große Jäger hatte Cornilsens Angebot, zu fahren, angenommen.

Sie fuhren Richtung Schobüll. Der kleine Ort hatte ursprünglich einen eigenen Hafen, der aber nach Verlandung der Husumer Bucht, verursacht durch den Nordstrander Damm, aufgegeben werden musste.

»Da!« Große Jäger zeigte auf das »Kirchlein am Meer«, in dem oft außergewöhnliche Konzerte stattfanden. »Wusstest du, dass die Kirche am Schobüller Berg steht? Der ist für nordfriesische Verhältnisse schon fast alpin. Seine einunddreißig Meter machen ihn zu einem der höchsten Punkte an der Nordseeküste.«

»Du meinst: an der schleswig-holsteinischen Nordseeküste«, korrigierte ihn Cornilsen.

»Logisch. Gibt es sonst noch eine, ich meine, eine erwähnenswerte? Der Kirchturm ist ein Beispiel dafür. Die Kirche ist ungefähr achthundert Jahre alt.«

»Woher weißt das?«

»Blöde Frage. Ich war bei der Einweihung dabei. Als der Turm kurz vor 1800 einstürzte, hat man einen neuen gebaut, der aber kleiner war und den hiesigen Windverhältnissen angepasst wurde. Inzwischen wissen die Menschen, dass der Wind immer von vorn kommt. Wir merken es derzeit besonders deutlich, wenn es uns nicht gelingt, die Einbruchserie kurzfristig aufzuklären.«

Die Wirtin ihres Stammlokals empfing sie überrascht.

»Ihr wart lange nicht mehr hier.« Dann begrüßte sie Mommsen, Karlchen und Große Jäger mit einer herzlichen Umarmung.

»Das ist unser Nachwuchs«, stellte Große Jäger Cornilsen vor. »Eigentlich heißt er Mats. Tatsächlich ist er unser Hosenmatz.« Der Oberkommissar sah zu Cornilsen hoch. »Wenn er groß ist, will er Polizist werden.« Dann wurde er ernst. »Nichts gegen den Wald …«

Die Wirtin sah ihn fragend an. »Welchen Wald?«

Große Jäger zog Cornilsen am Ohrring. »Der hier. Er ist ein Überbleibsel der Dänen, als die hier noch herrschten. Als die Preußen und die Ösis, natürlich tatkräftig unterstützt von uns

Westfalen«, schob er historisch unkorrekt ein, »die Wikinger in die Flucht schlugen, ließen diese vor Schreck ihre Kanonen zurück. Und alles, was sie nicht mehr gebrauchen konnten. Unter anderem ihn hier. Daher sein dänischer Name: Mats Skov Cornilsen. *Skov* – das heißt Wald. Und *Cornilsen* ist der Sohn vom alten Cornil. Wenn ich es aber genau betrachte, ist der Name falsch. Ich muss mir ständig anhören, was Oma alles kann. Die ist in der Familie das wahre Enfant terrible. Eigentlich müsste er korrekt Hosenmatz Wald Omasen heißen.«

»Und ich habe immer gedacht, die Westfalen sind schweigsame Leute«, erwiderte Cornilsen. »Bis ich dem wilden Erich begegnet bin.«

Die Wirtin führte sie an einen Tisch. »Habt ihr etwas von Anna gehört?«, wollte sie wissen.

»Ich habe versucht, sie für heute einzuladen«, erklärte Mommsen, »sie aber nicht erreicht. Dr. Hinrichsen, mit dem ich gesprochen habe, sagte mir, dass sie sich sehr zurückgezogen und in die Arbeit geflüchtet hat.«

»Noch mehr?«, fragte Große Jäger überrascht. »Das geht doch kaum. Sie hat früher schon gearbeitet. In der Tat kapselt sie sich ab. Ich habe auch öfter versucht, Kontakt zu ihr aufzunehmen. Leider immer vergeblich.«

»Dr. Hinrichsen meint«, ergänzte Mommsen, »dass sie das Haus auf Nordstrand verkaufen will. Sie hat sich seit Christophs Tod dort nicht mehr wohlgefühlt.«

»Wie die Menschen, die Opfer der Einbrecher geworden sind«, fügte Große Jäger an. »Auch dort gibt es welche, die ihr Zuhause aufgeben wollen.«

Während Karlchen sich für einen Rotwein entschied, Große Jäger ein Bier bestellte und Cornilsen zur Überraschung der anderen bei seiner Cola blieb, stellte Mommsen den Getränkewunsch noch zurück und wollte es von der Auswahl des Essens abhängig machen. Sie vertieften sich in das Menüangebot.

»Wie geht es Heidi?«, fragte Mommsen nach der Lektüre der Speisekarte.

»Oh – äh. Ja – doch«, antwortete Große Jäger.

»Das war eine tiefschürfende Antwort.« Mommsen lächelte. Die anderen stimmten ein, nur der Oberkommissar sah irritiert in die Runde.

»Wie soll ich darauf antworten?«, wich er mit einer Gegenfrage aus.

»Das, was du von deinen Kunden auch erwartest: Mit der Wahrheit.«

Große Jäger holte tief Luft. »Man sollte über Privates nicht reden«, sagte er. »Diese Weisheit habe ich von meinem Vater.«

»Von dem hast du noch nie erzählt«, sagte Mommsen.

»Ach.« Große Jäger machte eine wegwerfende Handbewegung. »Das hat er mir auch nicht selbst erzählt. Er war ein schweigsamer Mann. Deshalb hat er sich auch gleich nach meiner Geburt aus dem Staub gemacht.«

»Dann musste deine arme Mutter dich allein großziehen?« Karlchen hatte sich ein wenig vorgebeugt.

»Nicht direkt. Sie ist jetzt das vierte oder schon das fünfte Mal verheiratet.« Er zog die Stirn kraus. »Aber immer erfolgreich. Ich muss sie jedenfalls nicht von meinem schmalen Beamtensalär mit ernähren.« Große Jäger zeigte auf Cornilsen. »Er kann zaubern. Das ist viel interessanter.«

»Ehrlich?« Karlchen stupste Cornilsen an. »Ich arbeite als Animateur, überwiegend mit Kindern. Für mich gibt es keinen schöneren Beruf.«

Große Jäger war froh, dass sie das Thema gewechselt hatten. »Karlchen ist zu bescheiden. Er tritt bei den Husumer Hafentagen auf und ist unbestritten eines der Highlights dieses größten Volksfestes in Nordeuropa«, sagte er.

Alle lachten über die Übertreibung.

»Das hat er von ihm gelernt.« Große Jäger zeigte auf Cornilsen. »Die Dänen sind Meister der Übertreibung. Jede Dorfschwimmhalle wird als das größte Schwimmstadion des Landes angeboten, die kleinste Fußgängerzone gilt als die längste Skandinaviens, alles ist das Preiswerteste, Älteste, Beste und so weiter.«

»Stimmt ja auch«, sagte Cornilsen. »Ich bin ein Beispiel dafür.«

Dann animierte ihn Große Jäger, den Trick mit dem Kugelschreiber zu zeigen. Auch die Wirtin sah begeistert zu.

»Ist das alles?«, fragte Karlchen.

Cornilsen schüttelte den Kopf und holte ein Kartenpäckchen aus der Tasche. Er bat Große Jäger, die Karten zu mischen. Mommsen musste abheben und mehrere Päckchen bilden. Dann zog Cornilsen drei Karten und legte sie verdeckt vor sich auf den Tisch.

»Ich wette, ich habe die höchsten Kartenwerte. Mehr als ihr.«

»Wie soll das gehen?«, fragte Große Jäger und holte einen Zehn-Euro-Schein hervor. »Hältst du dagegen?«

Cornilsen schlug ein.

Große Jäger durchwühlte den Kartenstapel und zog das Kreuz- und das Pik-Ass sowie den Kreuz-König hervor. »Und nun?«, fragte er lauernd.

Blitzschnell steckte Cornilsen den Zehner ein.

»Besser geht nicht«, protestierte der Oberkommissar.

»Doch«, behauptete Cornilsen und deckte seine Karten auf.

»Wo kommen die drei Kreuz-Asse her?« Große Jäger starrte auf die Karten.

»Mit dir möchte ich nicht pokern«, sagte Karlchen anerkennend. »Aber wir sollten überlegen, ob wir nicht gemeinsam auftreten können.«

»Kommt nicht in Frage«, wehrte Große Jäger ab. »Ich habe den Hosenmatz exklusiv für meine Shows gebucht.«

Es war der Auftakt eines langen und fröhlichen Abends.

VIER

Am nächsten Morgen überschlugen sich die Ereignisse. Am Vortag hatte das Innenministerium die Kriminalstatistik veröffentlicht. Es war nur wenig tröstlich, dass die Sicherheitslage insgesamt als stabil bezeichnet wurde. Das reichte für die Titelseite der Zeitung.

»Hier steht«, zitierte Cornilsen aus den Husumer Nachrichten, »dass das Sicherheitsgefühl der Bevölkerung angekratzt ist. Die Anzahl der Taten stieg um zwölf Prozent, die Aufklärungsquote sank auf unter neun Prozent.«

»Das passt zu der Misslichkeit, in der wir im Augenblick stecken«, pflichtete ihm Große Jäger bei. »Wenn man das schablonenhaft betrachtet, passt auch der Hinweis auf ausländische Straftäter. Jeder fünfte Ganove ist ein nicht deutscher Tatverdächtiger. Und darunter wiederum findet sich ein Viertel Zuwanderer. Aber aus politischen Gründen darf darüber nicht gesprochen werden. Ist es nicht schlimm, dass die Mehrheit der bei uns Schutz suchenden Menschen mitverurteilt wird?«

»Wenn alles nach einem Schema abläuft«, Cornilsen wedelte mit der Zeitung, »können wir uns auf diese Personengruppe konzentrieren.«

Er sah auf, als das Telefon des Oberkommissars klingelte. Große Jäger nahm ab, sagte: »Okay«, erhob sich und forderte sein Gegenüber auf, ihm zu folgen.

Mommsen erwartete sie. »Die Sache läuft aus dem Ruder«, begann der Kriminalrat.

»Steht heute in der Zeitung«, stellte Große Jäger fest.

»Das meine ich nicht. An manchen Stellen macht sich Hysterie breit. Es gab gestern einen Zwischenfall in Hattstedt. Dort haben sich ein paar Einwohner zusammengerauft und einen Bürgersicherheitsdienst organisiert, wie sie es nennen. Eine Gruppe von vier oder fünf Leuten ist dabei auf einen Besucher gestoßen. Es kam zunächst zu einer verbalen Auseinandersetzung, dann folgten Handgreiflichkeiten.«

»Verletzte?«

»Zum Glück nur im geringen Maße. Das Opfer ist Arzt. Er wurde im Husumer Klinikum versorgt.«

»Weshalb greift man einen Arzt an?«, fragte der Oberkommissar.

»Wegen seiner Hautfarbe. Dr. Wessam Al Shami …«

»Das kann nicht wahr sein«, ereiferte sich Große Jäger. »Ich weiß, er ist Iraner. Der Mann ist Oberarzt im Husumer Krankenhaus und kümmert sich in vorbildlicher Weise um Hildegard Lüttschwager.«

»Dr. Al Shami und seine Ehefrau waren gestern Abend zu einem privaten Besuch bei Freunden in Hattstedt eingeladen. Als sie aus dem Wagen stiegen, stießen sie auf die Gruppe, die sie anpöbelte und sagte, die Kriminellen sollen verschwinden. Hier gibt es nichts zu stehlen. Der Arzt war irritiert. Das Ehepaar hatte einen Blumenstrauß in der Hand.«

»Der Doktor sieht bestimmt nicht wie ein Strauchdieb aus«, versicherte Große Jäger. »Das ist es, was wir befürchten, wenn auch noch ein Kopfgeld ausgesetzt wird. Die Täter werden sich für diesen Übergriff verantworten müssen.«

»Deshalb habe ich euch hergebeten. Die Leute vom selbst ernannten Bürgersicherheitsdienst sind geflüchtet. Es gibt keine Hinweise auf ihre Identität.«

»Da war doch dieser Fußballer …«, sagte Cornilsen.

»Helmut Rahn aus Hattstedt. Bei dem wurde eingebrochen. Der hat sich fürchterlich aufgeregt und alle möglichen Drohungen ausgesprochen. Ich glaube, wir werden ihn einmal besuchen«, schlug Große Jäger vor.

»Wichtig ist, dass wieder Ruhe einkehrt«, gab ihnen Mommsen mit auf den Weg. »An allen Fronten.«

Bis zur Nachbargemeinde Hattstedt waren es nur wenige Kilometer. Sie parkten direkt vor dem Neubau der Rahns. Aus den

Augenwinkeln registrierte Große Jäger, dass sich nicht nur die Gardine im Haus des Ehepaars Rahn, sondern auch die in den Nachbarhäusern bewegte, als das fremde Auto dort hielt.

Sie hatten kaum die Klingel betätigt, als die Tür aufgerissen wurde. Der schwergewichtige Hausherr öffnete. »Puschi«, wie er seine Frau genannt hatte, lugte ihm neugierig über die Schulter. Rahn hatte sie wiedererkannt.

»Haben Sie endlich ein Ergebnis?«, polterte er los.

»Sie wohnen noch nicht lange in Nordfriesland?«, erwiderte Große Jäger mit säuselnder Stimme. »Hier sagt man ›Moin‹ zur Begrüßung.«

»Sparen Sie sich solche Phrasen. Es wird Zeit, dass Sie endlich Erfolge vorweisen können.«

»Das könnten wir, wenn Sie ein Geständnis ablegen.«

»Na los. Das müssen Sie doch herauskriegen. Das ist doch Ihr Job.« Rahn hatte offenbar nicht zugehört.

Seine blondierte Ehefrau stieß ihn an. »Helmut. Er sagt, du sollst gestehen.«

»Ich?« Jetzt zeigte sich der Mann mit den breiten Hosenträgern überrascht. »Was soll ich gestehen, hä?«

»Dass Sie die Täter angestiftet haben, die gestern Abend den Übergriff auf das Ehepaar Al Shami gestartet haben.«

»Al – was weiß ich. Hat man endlich einen erwischt? Wurde auch Zeit. Hoffentlich haben die ordentlich was abgekriegt. Solche Kanaken haben hier nichts zu suchen.«

»Dr. Al Shami ist Oberarzt am Husumer Krankenhaus. Er hat gestern Freunde in Hattstedt besuchen wollen. Dabei ist das Ehepaar über Ihre Schlägerbrigade gestolpert. Und – die *Kanaken* betreffend: Sie sollten sich vor solchen Sprüchen hüten. Der Paragraf 130 des Strafgesetzbuches definiert den Tatbestand der Volksverhetzung. Sie stören den öffentlichen Frieden, wenn Sie gegen eine Gruppe oder einzelne Personen wegen deren Zugehörigkeit zu einer nationalen, rassischen, religiösen oder ethnischen Herkunft vorgehen.«

Rahn bewegte drohend den Zeigefinger. »Im Strafgesetzbuch

steht, dass man nicht klauen darf. Und im Grundgesetz steht, dass ich meine freie Meinung äußern darf. Sparen Sie sich Ihre Sprüche.« Er drehte sich zu seiner Ehefrau um. »Siehste, Puschi, das ist das, was ich immer sage. Solche Kanaken – die werden von der Polizei geschützt. Aber gegen Verbrecher – da unternehmen die nix. Wo sind wir hier gelandet? Die haben vergessen, wer sie bezahlt. Unsere Steuergelder. Und was nicht für eine unfähige Polizei draufgeht, wird den Hergelaufenen in den Rachen geworfen. So geht es zu bei uns. Das ist doch zum Kotzen.«

»Wenn wir nicht durchgeknallten Typen hinterherlaufen müssten, könnten wir unsere Kräfte bündeln und die Täter suchen, die das Verbrechen in Schobüll begangen haben.«

»Schobüll! Schobüll!« Rahn streckte die Hand aus und zeigte ins Hausinnere. »Und was ist mit uns? Ist das nix? Ich verlange – ja! Ich verlange, dass Sie sich umgehend auf die Suche nach den Einbrechern machen, die uns überfallen haben.«

»Die Behörden werden alles in ihrer Macht Stehende unternehmen«, versicherte Große Jäger und zog sein zerfleddertes Notizbuch aus der Gesäßtasche hervor, das viele Jahre sein Gewicht beim Sitzen hatte erdulden müssen. »Und nun nennen Sie mir die Namen der Leute, die gestern beim Angriff auf Dr. Al Shami beteiligt waren.«

Das ohnehin gerötete Gesicht Rahns lief violett an. »Das ist doch die Höhe. Hörst du das, Puschi? Dieser ungehobelte Klotz droht mir.«

»Gut.« Der Oberkommissar klappte das Buch wieder zu. »Wir werden in Hattstedt von Haus zu Haus gehen und die Einwohner befragen, wer die Straßengang zum Überfall auf das Arztehepaar angestiftet hat. Sie können inzwischen überlegen, mit wem Sie über Kreuz liegen und wer mit dem Finger auf Sie zeigen wird. Viel Spaß in der Gemeinde, die sonst so liebenswert und friedlich ist, wenn nicht Leute wie Sie hier aufgekreuzt wären.«

»Ich … ich … ich werde mich über Sie beschweren. Bei Ihrem Chef. Hauptkommissar … äh …«

»Hundt«, sagte Große Jäger im Weggehen. »Der hört Sie gern an. Ich habe aber noch eine Neuigkeit für Sie: Hauptkommissar Hundt ist ganz dicht davor, die Leute, die bei Ihnen eingebrochen sind, zu schnappen. Und noch eine letzte Warnung: Falls noch einmal ein Übergriff wie gestern Abend erfolgt und Unschuldige behelligt werden – Sie werden als erster Verdächtiger festgesetzt.«

Die beiden Polizisten drehten sich um und kehrten zu ihrem Wagen zurück, ohne sich um das erregte Schimpfen in ihrem Rücken zu kümmern.

»Stimmt das?«, fragte Cornilsen auf der Rückfahrt. »Ich meine, dass Hundt eine Spur hat?«

Große Jäger grinste. »Kannst du dir das vorstellen?«

»Eigentlich nicht.«

»Hundt wird begeistert sein, wenn Rahn bei ihm auftaucht und wissen will, ob man die Einbrecher erwischt hat.«

Cornilsen trommelte mit den Fingern aufs Lenkrad. »Was sollte unser Besuch in Hattstedt? Rahn hat nichts zugegeben, obwohl ich glaube, dass er Mitinitiator des Bürgersicherheitsdienstes ist.«

»Grundsätzlich ist gegen die Wachsamkeit der Bürger nichts einzuwenden«, erwiderte Große Jäger. »Es darf aber nicht die Formen annehmen, dass Menschen auf Verdacht behelligt oder gar angegriffen werden. Ich wollte mit unserem Auftritt bezwecken, dass Rahn und seine Mitstreiter künftig vorsichtiger agieren.«

Cornilsen nickte versonnen.

Große Jäger legte dem Kommissar die Hand auf den Unterarm. »Im Übrigen – für das Bauchgefühl bin ich zuständig. Du hältst dich gefälligst an die Fakten.« Wie zufällig strich er dann mit beiden Händen über seinen Schmerbauch.

Nach der Rückkehr zur Dienststelle wedelte Große Jäger mit dem Kaffeebecher und streckte seinen Arm aus.

»Ich dachte, Lakaien gäbe es nur auf englischen Schlössern«, stöhnte Cornilsen. »Aber nicht auf nordfriesischen Polizeirevieren.«

»Das gehört zur Ausbildung«, behauptete der Oberkommissar und parkte seine Füße in der herausgezogenen Schreibtischschublade. Er sah überrascht auf, als Cornilsen viel zu schnell zurückkehrte und den leeren Becher auf den Schreibtisch stellte.

»Komm. Die haben im Kaufhaus einen Taschendieb gestellt. Die Schutzpolizei ist schon vor Ort.«

»Bei Schm…«

»Wo sonst«, unterbrach ihn der Kommissar. »Wir müssen hin, weil Blut geflossen ist.«

Mehr konnte Cornilsen nicht sagen. Sie fuhren am Bahnhof und am Finanzamt vorbei, bogen in die Norderstraße ab und stellten das Dienstfahrzeug direkt vor dem Eingang in der Großstraße neben dem Streifenwagen ab. Auf dem Gehweg stand ein Rettungswagen.

»Richtig«, rief ihnen einer der Schaulustigen zu. »Packt die Verbrecher richtig hart an. Wir müssen jeden Diebstahl über höhere Preise mitfinanzieren.«

Große Jäger streckte ihm den ausgestreckten Daumen entgegen und erntete dafür Szenenapplaus. Auf dem Weg durch die Verkaufsgondeln begegneten ihnen die beiden Rettungsassistenten. Sie stützten einen jungen Mann mit einer dick bandagierten Hand.

An den Treppen hatte sich ein Pulk gebildet. Einer der uniformierten Beamten kam ihnen entgegen.

»Eine merkwürdige Sache«, erklärte er. »Das Personal war vorgewarnt. Die Mitarbeiter haben drei Jugendliche im Auge gehabt, die sie schon öfter beobachtet haben. Auf der Treppe kam es dann zum Klassiker. Ein männlicher Kunde, die Zeugen schätzen ihn auf Ende vierzig, ging abwärts. Er trug einen Rucksack, dessen Klappe nicht festgezurrt war. Die drei Jugendlichen näherten sich dem Mann. Während zwei den Zieher abschirmten, griff der blitzschnell in den Rucksack. Eine leichte Beute. Genauso schnell kam die Hand wieder zum Vorschein.

Der junge Mann ging in die Knie, schrie auf und hielt sich die rechte Hand, aus der das Blut hervorschoss. Seine beiden Komplizen sind sofort verschwunden, bevor jemand eingreifen konnte.«

»Und der Bestohlene?«

»Das ist das Eigentümliche«, sagte der Polizist. »Im einsetzenden Tohuwabohu ist er auch untergetaucht.«

»Der muss doch etwas bemerkt haben«, meinte Große Jäger.

»Davon gehen wir aus. Es gab zahlreiche Zeugen. Die haben sich natürlich auf den Jugendlichen mit dem Kapuzenpulli konzentriert. Niemand hat auf den Mann mit dem Rucksack geachtet.«

»Wo ist der junge Mann?«

»Auf dem Weg ins Krankenhaus. Ihr seid ihm eben begegnet. Seine Hand ist arg zugerichtet.« Der Polizist zeigte auf die Blutspuren auf der Treppe. »Wie soll es weitergehen?«

»Wir nehmen eine Blutprobe, nachdem der Tatort fotografiert worden ist. Notiert ihr die Namen und Adressen der Zeugen.«

Der Beamte zeigte auf einen Mann Ende dreißig. »Der ist für die Sicherheit zuständig. Er hat sofort seine Hilfe angeboten und gesagt, man könne auch auf Aufzeichnungen zurückgreifen.«

Herr Kirchner, wie er sich vorstellte, führte Große Jäger und Cornilsen in sein Büro. Dort standen mehrere Monitore, die verschiedene Stellen des Kaufhauses zeigten. Der Sicherheitsbeauftragte erklärte, dass er sich auf jede andere der Kamerapositionen einloggen könne.

»Uns liegt der unbeschwerte Besuch unseres Hauses am Herzen«, erklärte er. »Für das Einkaufserlebnis sind wir weit über die Grenzen Nordfrieslands hinaus bekannt. Deshalb sind wir ein beliebtes Ziel für Besucher aus einem großen Einzugsbereich.«

Während Kirchner sprach, huschten seine Finger über die Tastatur und das Mousepad.

»Hier«, er zeigte auf einen Bildschirm, »das war vorgestern. Da sind die drei schon auffällig geworden. Wir haben sie aber nicht auf frischer Tat ertappt. Vielleicht haben sie nur das Terrain erkundet.«

»Und heute?«, fragte Große Jäger ungeduldig.

»Da muss ich suchen gehen.« Kurz darauf hatte Kirchner die drei im Bild. »Sie sind von der Krämerstraße gekommen, haben sich im Damenhaus in der Nähe der Umkleidekabinen aufgehalten und wurden dort offenbar von einer unserer resoluten Verkäuferinnen verscheucht.« Die Spitze eines Kugelschreibers wanderte über den Bildschirm. »Die drei sind dann in die Abteilung junge Mode und haben sich auffällig oft umgesehen. Auch dort sind sie unserem Personal aufgefallen. Dann findet sich ihre Spur auf dem Weg in die siebte Ebene. Da ist das Restaurant, aber auch die Toiletten. Dort gibt es keine Überwachung. Minuten später tauchen sie wieder auf. Bezeichnend ist, dass sie immer als Gruppe in Erscheinung treten. In keiner Einstellung ist übrigens eine Kaufabsicht erkennbar. Man bekommt im Laufe der Zeit einen Blick dafür.« Es klang fast entschuldigend. »Auf dem Weg abwärts ist es dann zu diesem Zwischenfall gekommen.«

Große Jäger starrte auf das eingefrorene Bild. »Davon brauchen wir eine Kopie. Ich meine, von der ganzen Aktion. Können wir jetzt noch einmal den Weg des Mannes mit dem Rucksack verfolgen?«

»Das ist ein wenig aufwendiger«, sagte Kirchner. »Der Mann ist nicht so auffällig wie die Gruppe Jugendlicher.«

Es dauerte lange, bis sie den Weg des Mannes durch das Haus nachvollziehen konnten. Er war durch den Eingang Großstraße hereingekommen und hatte sich scheinbar ziellos im Haus bewegt. Es sah aus, als würde er auf etwas warten. Als er auf die Jugendlichen stieß, verfolgte er sie in gebührendem Abstand. Das tat er so geschickt, dass er den jungen Leuten offenbar nicht auffiel. Große Jäger zeigte auf den Bildschirm und bat, den Ablauf zu stoppen.

»Können Sie mit dem Zoom auf den Mann gehen?«

»Wir sehen nur die Rückseite«, wandte Kirchner ein.

»Das möchte ich sehen.« Dann machte der Oberkommissar darauf aufmerksam, dass der Rucksack zu diesem Zeitpunkt noch geschlossen war. Sie konnten im weiteren Verlauf rekonstruieren, dass der Mann den dreien bis ins Restaurant folgte.

»Der hat sie aufgespürt. Das war kein Zufall«, sagte Große Jäger. »Er hat es auf die Taschendiebe abgesehen und sie mit dem offenen Rucksack provoziert. Das war eine Falle.«

»Wer macht so etwas?«, fragte Kirchner.

»Das müssen wir herausfinden.« Der Oberkommissar stieß Cornilsen an. »Ist dir noch etwas aufgefallen?«

Der Kommissar nickte. »Das ist kein unbedarfter Amateur. Zu keinem Zeitpunkt ist sein Gesicht zu erkennen. Er trägt einen albernen Schlapphut, der seine Gesichtspartie im Schatten hält.«

»Gut, Hosenmatz. Nachdem der Taschendieb in den Rucksack gegriffen hat, dreht er sich nicht einmal um, sondern verlässt in aller Seelenruhe das Kaufhaus auf dem kürzesten Weg.«

Danach verlor sich seine Spur.

Kirchner war sprachlos. »Das habe ich auch noch nie erlebt. Der hat regelrecht auf die Taschendiebe gewartet.«

Große Jäger stimmte ihm zu. »Eine außergewöhnliche Methode der Selbstjustiz.«

»Ist das überhaupt Selbstjustiz?«, wagte Cornilsen zu bezweifeln. »Der Rucksackmann hat nichts getan. Das wird eine spannende Frage für die Juristen. Schließlich hat sich der Taschendieb selbst verletzt.«

»Das hängt davon ab, was der Mann in seinem Rucksack transportiert hat«, sagte Große Jäger. »Aber darüber haben wir nicht zu befinden.«

Sie bedankten sich bei Kirchner und fuhren zum Krankenhaus. Der Taschendieb wurde noch in der Notaufnahme versorgt. Nach zwanzig Minuten bat sie eine Krankenschwester in den Behandlungsraum.

Auf der Liege saß ein Junge mit dunkler Hautfarbe. Wenn jetzt ein Unbedarfter dieses Bild sehen würde, dachte Große Jäger, würden bestimmt Vorurteile gegen Südländer genährt werden. Der Junge trug einen fleckigen Kapuzenpulli. Die Jeans war gerissen, aber nicht in der Art und Weise wie bei hiesigen Jugendlichen, die es als modisches Accessoire verstanden. An den schmutzigen Turnschuhen löste sich die Sohle. Er hielt seinen bandagierten Arm abwehrend vor dem Körper.

»Hat er etwas gesagt?«, fragte Große Jäger den Arzt.

»Nichts. Keinen Ton. Ich weiß nicht, ober er uns überhaupt versteht.«

»Schwer zu sagen.«

Der Junge zuckte zurück, als Große Jäger ihm vorsichtig mit der Hand über das Kinn fuhr. »Der ist von zahlreichen schlechten Erlebnissen geprägt. Deshalb sieht er vermutlich älter aus, als er ist. Da ist kein Anzeichen von Bartwuchs ersichtlich. Es mag sein, dass er noch nicht einmal vierzehn ist.«

»Dann wäre er noch nicht strafmündig«, sagte der Arzt, »und Sie müssten ihn wieder laufen lassen. Aber das hier – das hat er sich selbst eingebrockt. Ich möchte nicht missverstanden werden, aber wir können doch nicht aus unserem Gutmenschentum heraus alles tolerieren, was gegen unsere Art zu leben gerichtet ist. Entschuldigung. Das war jetzt ein wenig emotional und nicht professionell«, stellte er fest. »Es ist auch nicht so gemeint. Aber hier im Hause spricht man unter den Ärzten über die Frau des Apothekers, die schwer traumatisiert ist. Nicht zu vergessen das Leid, das die Familie getroffen hat.«

Große Jäger wollte das nicht kommentieren. Einerseits konnte er den Arzt verstehen. Andererseits musste eine Gesellschaft wie unsere auf ihre Weise mit solchen Problemen umgehen.

»Können wir ihn mitnehmen?«, fragte Große Jäger und zeigte auf den Jungen.

»Er ist geschwächt. Sein Allgemeinzustand ist nicht der beste. Es gibt deutliche Anzeichen von Mangelernährung. Er hat viel

Blut verloren. In Verbindung mit den Schmerzmedikamenten, die ich ihm verabreicht habe, ist seine Wahrnehmung eingeschränkt. Aus medizinischer Sicht muss die Wunde beobachtet und weiter versorgt werden. An der Hand sind multiple Schnittverletzungen entstanden. Ich bin kein Experte, aber mit ein wenig Phantasie könnte man sich vorstellen, dass er in zahlreiche Rasierklingen gegriffen hat. Ein Schnitt hat sich tief zwischen Daumen und Zeigefinger eingegraben. Wir müssen kontrollieren, ob Sehnen verletzt sind. Dann wären unter Umständen bleibende Schäden nicht ausgeschlossen.« Der Arzt nickte dem Jungen aufmunternd zu. »Wiederkommen«, sagte er eindringlich. »Verstanden? Wichtig!«

Cornilsen packte den Jungen am Ellenbogen und führte ihn zum Dienstwagen. Dann fuhren sie zur Poggenburgstraße.

Auf der Dienststelle besorgte Cornilsen Mineralwasser und stellte es vor dem Jugendlichen auf den Tisch. Der warf einen kurzen Blick darauf, biss trotzig die Lippen zusammen und ignorierte das Getränk. Er wehrte sich auch gegen eine Durchsuchung, die Cornilsen von zwei uniformierten Polizisten durchführen ließ.

»Nichts«, stellte einer der Beamten fest. »Lediglich ein durchfeuchtetes Papiertaschentuch und ein gebrauchtes Kaugummi. Keine Papiere, kein Identitätsnachweis – einfach nichts.«

Große Jäger rückte seinen Stuhl vor und setzte sich dem Jungen gegenüber, sodass sich ihre Knie fast berührten.

»Wie heißt du?«, wollte er wissen. Die Frage blieb ebenso unbeantwortet wie die, ob er überhaupt Deutsch verstehe. Der Oberkommissar versuchte es auf Englisch. Er bemühte sich, etwas aus dem Blick des Jungen herauszulesen. Es waren leidenschaftslose Augen, die ihm mit einer fast stoischen Leere antworteten.

»Kommst du aus Iași?«, fragte er und hoffte, es richtig ausgesprochen zu haben – Jiasch.

Seine Frage schien ins Schwarze getroffen zu haben, denn

beim Namen der Stadt zuckten fast unmerklich die Augenlider des Jungen. Es war kein stichhaltiger Beweis, aber es nährte die Vermutung, dass der Junge zu einer Bande rumänischer Taschendiebe gehörte, die gut organisiert von Ort zu Ort zog und auf Diebstahl abgerichtete Kinder einsetzte. Die Kinder waren gedrillt, im Fall einer Enttarnung eisern zu schweigen. Sie sprachen kein Deutsch. Auch sonst hielt man sie möglichst von jeder Bildung fern. Das garantierte ihre Abhängigkeit von den Bossen.

Es half nichts. Der Junge schwieg.

»Bist du schon vierzehn?«, fragte Große Jäger ohne Aussicht auf eine Antwort. Falls nicht, war sein Gegenüber strafunmündig, und sie mussten ihn wieder freilassen. Und am nächsten Tag würde der Bursche seine Diebestour fortsetzen. Der Oberkommissar teilte seine Befürchtungen Cornilsen mit.

»Und wenn wir ihn freilassen und beschatten?«, schlug der Kommissar vor.

»Das ist nicht möglich. Die Hintermänner wissen genau, wo er sich aufhält. Sie behalten ihn im Auge, und bei passender Gelegenheit fangen sie ihn wieder ein.«

»Aber wir sind Profis«, argumentierte Cornilsen.

»Die auch«, erwiderte Große Jäger. »Ich habe eine andere Idee. Wir stehen in der Verantwortung für seine Gesundheit. Er muss morgen unbedingt zum Arzt ins Krankenhaus. Wir glauben, herausgehört zu haben, dass er schon vierzehn ist. Wir behalten ihn über Nacht bei uns. Morgen soll ein Dolmetscher antreten.«

»Welche Sprache?«

»Rumänisch. Für mich besteht kein Zweifel. Er gehört zur Gruppe der Roma. Wir werden eine Nachricht an die Presse lancieren.«

Sie ließen den Taschendieb abführen. Dabei schärfte Große Jäger dem Diensthabenden ein, ein besonderes Augenmerk auf den Arrestanten zu werfen, ihn mit Essen und Trinken zu versorgen und auch auf die Verletzung zu achten.

»Lass mich mal allein«, sagte er anschließend zu Cornilsen und führte ein Telefonat.

»Ich mache jetzt Feierabend«, erklärte der Kommissar, als er in das gemeinsame Büro zurückkehrte.

»Irrtum«, widersprach ihm Große Jäger. »Der Mann mit dem Rucksack muss irgendwo untergetaucht sein. Wir klappern jetzt alle Hotels und Pensionen in Husum und Umgebung ab.«

»Wir haben weder einen Namen noch eine Personenbeschreibung«, protestierte Cornilsen.

»Wir wissen, dass er einen Rucksack trug.«

»Das ist aber sehr vage.« Cornilsen war skeptisch.

»Richtig. Aber eine andere Möglichkeit als die gute alte Ermittlung per pedes kenne ich nicht.«

Dann erstellten sie eine Liste, wer welche Beherbergungsbetriebe aufsuchen sollte.

»Und wenn er auf der Durchreise ist und gar nicht in Husum übernachtet hat? Oder es handelt sich um einen Einheimischen?«

»Dann sind wir einer blinden Spur gefolgt. Das wäre nicht das erste Mal.« Der Oberkommissar drehte sich um. »Nicht wahr, Christoph? Oder?« Er nickte heftig mit dem Kopf und bewegte zwischendurch die Lippen. Die Pantomime unterstrich er durch lebhafte Gestik. Dann sah er wieder Cornilsen an.

»Wir beide haben uns eben abgestimmt. Christoph hält das auch für eine gute Idee.«

Cornilsen wirkte mürrisch. »Na denn dann.«

FÜNF

Inzwischen hatte die Schicht gewechselt, aber der Wachhabende vom Vortag hatte eine ordnungsgemäße Übergabe gemacht. Große Jäger steuerte als Erstes am frühen Morgen die Wache an und ließ sich berichten, dass der Roma-Junge sich ruhig verhalten und auch die angebotene Nahrung zu sich genommen hatte, selbst das Frühstück hatte er regelrecht verschlungen. Gesprochen hatte er kein Wort.

Einer der Beamten von der vorhergehenden Schicht hatte dem Jugendlichen ein privates Videospiel in die Zelle gereicht. Damit hatte sich der Arrestant die halbe Nacht beschäftigt. Nach Auskunft des Beamten hatte er dabei fast eine kindliche Freude gezeigt.

»Das bestätigt, dass er noch sehr jung ist«, hatte Große Jäger gemeint.

Es beschäftigte ihn, dass sie dem Jungen keinen Ton entlocken konnten. Er organisierte eine Streife, die den Jungen zum Verbandswechsel und zur Nachsicht ins Krankenhaus fuhr. Danach mussten sie eine Entscheidung treffen. Im Zweifelsfall musste ein Arzt schätzen, ob sie ein strafunmündiges Kind vor sich hatten oder einen Jugendlichen, den man zur Rechenschaft ziehen konnte.

In seinem Büro empfing ihn Cornilsen mit einem Gähnen.

»Ich habe mir die halbe Nacht um die Ohren geschlagen.« Der Hauch eines Vorwurfs schwang mit. »Husum ist doch Provinz. Abends ist in den meisten Hotels oder Pensionen kein Personal erreichbar. Das ist wie die Innenstadt. Da wird alles hochgeklappt. Ich habe jedenfalls kaum jemanden erreicht, der mir etwas zum Mann mit dem Rucksack sagen konnte. Bei mir ist es Fehlanzeige.«

»Du meinst, in Niebüll ist das anders?«

Cornilsen warf sich in die Brust. »Da steppt abends der Bär.«

»Der dänische?«

Der Kommissar ging nicht darauf ein und hielt den Lokalteil der Husumer Nachrichten in die Höhe.

»Hier. Interessant, was die schreiben: ›Aus gut unterrichteten Kreisen ist zu hören, dass die Polizei einen Tatverdächtigen gefasst hat. Der noch nicht volljährige Jugendliche gehört einer reisenden Diebesbande aus Osteuropa an. Die Polizei ist optimistisch, dass der teilgeständige Täter mit den Ermittlungsbehörden kooperiert und sie zu den Hintermännern führt. Der Jugendliche wurde gestern in einem Husumer Kaufhaus von aufmerksamen Mitarbeitern gestellt. Dabei verletzte sich der Täter ohne Fremdeinwirkung.‹ Das ist doch falsch. Eine Ente. Wie kommen die auf so etwas?«

Große Jäger zuckte mit den Schultern.

»Ah, ich habe eine Ahnung. Das Telefonat gestern, als du mich rausgeschickt hast. Du hast das deinem Spezi von der Zeitung gesteckt. Und jetzt?«

»Die Bande muss jetzt den vermeintlichen Verräter zurückhaben. Er kennt die Struktur und einige Hintermänner, die die Aktivitäten vor Ort lenken. Und der Mann mit dem Rucksack wird irritiert sein, da nichts über ihn in der Zeitung steht. Erfahrungsgemäß beunruhigt das solche Leute, und sie wollen sich vergewissern, ob dem Jungen wirklich nichts passiert ist. Möglicherweise wird er im Krankenhaus nachfragen, weil er mitbekommen hat, dass der Junge mit dem Rettungswagen fortgebracht wurde.« Er erwähnte kurz, dass er sich um den Verbandswechsel gekümmert hatte. »Wir wissen immer noch nicht, ob der Junge strafmündig ist.«

Dann gestand Große Jäger, dass er beim Aufsuchen seiner Hotels und Pensionen ebenfalls erfolglos gewesen war.

Ein Kollege vom Einbruch steckte seinen Kopf zur Tür herein.

»Hundt hat die Einbrecher geschnappt«, sagte er und war sogleich wieder verschwunden.

Große Jäger sah Cornilsen an. »Wie hat er das geschafft?« Dann stand er auf und besuchte den Hauptkommissar.

Hundt sah ihn mit einem breiten Grinsen an.

»Wie hast du das zuwege gebracht?«

Der Hauptkommissar tippte sich gegen die Stirn. »Köpfchen«, sagte er.

»Haben die Täter alles gestanden?«

»Der wird schon singen.«

»Moment.« Große Jäger stutzte. »Einer?«

»Das ist der Anfang.«

Mehr war Hundt nicht zu entlocken.

Große Jäger versuchte sein Glück im Nachbarzimmer und erntete bei seiner Frage ein schallendes Gelächter.

»Es gab heute Nacht einen Einbruchsversuch in einem Mehrfamilienhaus in der Matthias-Claudius-Straße.«

Der Oberkommissar runzelte die Stirn. »Das ist atypisch für die bisherige Vorgehensweise.«

»Nicht nur das«, erklärte der Sachbearbeiter vom Einbruch. »Die Haustür war unverschlossen. Das findet man häufig in Husum. Der Täter hat dann versucht, mit Hilfe einer Kreditkarte die Wohnungstür zu öffnen. Dabei ist ihm die Karte abgebrochen. Anhand des am Tatort hinterlassenen Fragments war er leicht zu identifizieren. Hundt hat ihn heute Morgen mit einer Streife festnehmen lassen. Es ist ein Bekannter von uns. Ein Junkie.«

»Also Beschaffungskriminalität«, stellte Große Jäger fest.

Der Kollege nickte. »Wir kennen Hundt. Der sonnt sich in seinem angeblichen Erfolg. Dieser Fang hat aber nichts mit unseren anderen Sorgen zu tun.«

Große Jäger gab ihm recht.

»Ich wollte euch ohnehin aufsuchen. Es gibt eine neue Schreckensmeldung. Hundt hat es uns eigentlich verboten, aber da es sich um Todesfälle handelt …«

»Todesfälle?«, rief Große Jäger erbost. »Und das wollte der blöde Hundt unter den Teppich kehren? Was sagt Harm Mommsen dazu?«

»Der ist heute in Flensburg. Dieser neue Fall wird auch vom

dortigen K1 bearbeitet. Wir haben in Husum schließlich keine Mordkommission, auch wenn es in vielen lustigen Krimis immer wieder so dargestellt wird.«

»Gibt es Mordopfer?«

Der Kollege vom Einbruch wiegte den Kopf hin und her.

»Das ist eine merkwürdige Sache. Ein altes Ehepaar. Beide tot. Bei der Frau, sie war dreiundachtzig, scheint auf den ersten Blick die Todesursache eindeutig. Sie ist vermutlich am Knebel erstickt. Der neunundsiebzigjährige Ehemann lag tot auf dem Sofa. Bei ihm wurden keine äußeren Merkmale einer Gewaltanwendung festgestellt.«

»Wer hat die Opfer entdeckt?«

»Eine Nachbarin hat sich gewundert, heute Morgen nichts von den Nebendahls …«

»Nebendahls?«, unterbrach Große Jäger. »Aus Schwabstedt? Kirchenstraße?«

»Du kennst sie?«

»Nicht persönlich. Aber wir haben vor Kurzem mit Heiko Nebendahl gesprochen.«

»Ein alter Kunde von uns«, bestätigte der Kollege. »Einbruch und so. Das alte Ehepaar ist in der Tat mit ihm verwandt. Heiko Nebendahls Opa ist ein Bruder von Heinz Nebendahl, dem alten Herrn aus Schwabstedt. Wir müssen davon ausgehen, dass die sich kannten.«

»Das vermute ich auch. Wir sind hier in Nordfriesland. Da werden verwandtschaftliche Kontakte gepflegt. Wer ist in Schwabstedt? Keiner aus Husum?«

»Nein«, erwiderte der Kollege. »Das K1 aus Flensburg. Und natürlich Klaus Jürgensen mit seinen Leuten.«

»Seitdem Christoph nicht mehr da ist, herrscht hier Chaos«, fluchte der Oberkommissar und tippte sich mit dem Zeigefinger an die Stirn. »Danke, Hans«, sagte er und kehrte in sein Büro zurück.

Cornilsen hatte Mühe, Große Jäger zu besänftigen. »Ich traue dir zu, dass du deine Drohung wahr machst und Hundt verprügelst«, sagte der Kommissar. »Jetzt hat er überzogen. Aber wir müssen einen kühlen Kopf bewahren.«

Große Jäger schüttelte sich wie ein nasser Hund. Es war ihm nicht recht, dass der junge Cornilsen ihn belehren musste.

»Komm«, sagte er. »Wir fahren an den Tatort.«

Der Weg führte sie durch das lebhafte Mildstedt und die weite nordfriesische Landschaft ins idyllische, an einer Schleife des Flüsschens Treene gelegene Schwabstedt. In Sichtweite der neunhundertjährigen St.-Jakobi-Kirche standen die Fahrzeuge der Flensburger Kripo auf der Straße.

»Da drüben«, Große Jäger zeigte auf die romanische Feldsteinkirche, »hat Nicolaus Bruhns gespielt.«

»In welcher Band?«, wollte Cornilsen wissen.

Große Jäger tat so, als würde er ihm eine Ohrfeige verpassen wollen. »Das ist ein berühmter Barockkomponist gewesen, der hier in Schwabstedt das Licht der Welt erblickt hat.«

Hauptkommissar Lundelius aus Flensburg empfing sie.

»Ein weiter Weg von Husum hierher«, lästerte der Flensburger.

»Wir mussten den Hundefriedhof überqueren«, erklärte Große Jäger und unterließ es, die gegen Hundt gerichtete Spitze aufzuklären.

»Wir gehen davon aus, dass es sich um einen Einbruchdiebstahl handelt«, fasste Lundelius die bisherigen Erkenntnisse zusammen. »Ich hätte euch informiert, nachdem wir hier fertig sind. Wir haben noch keinen Überblick, was gestohlen wurde. Moderne Elektronik dürfte es nicht gewesen sein in Anbetracht des Alters der beiden Toten. Dr. Hinrichsen meint, Heinz Nebendahl könnte einem Herzinfarkt erlegen sein. Die Frau ist, ohne der Rechtsmedizin vorgreifen zu wollen, eindeutig erstickt. Merkwürdig ist, dass ihre Bluse aufgerissen war.«

»Vielleicht hat sie sich gewehrt«, warf Große Jäger ein.

»Dann hätten wir noch mehr Spuren einer Gegenwehr gefunden«, widersprach Lundelius. »Ich will nicht voreilig sein, aber jemand könnte die Bluse auch aufgerissen haben. Es gibt einen Kratzer auf der Haut der alten Frau, aus dem man vermuten könnte, dass ein Finger auch unter den Büstenhalter gegriffen hat, um diesen herunterzureißen.«

»Die Frau war dreiundachtzig«, sagte Cornilsen entsetzt. »Das ist doch absurd.«

Große Jäger bewegte den Zeigefinger hin und her. »Da gab es die unfassbare Vergewaltigung einer neunundsiebzigjährigen Friedhofsbesucherin in Ibbenbüren durch einen Flüchtling aus Eritrea. Und wir selbst haben die schwer traumatisierte Apothekersfrau aus Schobüll. Es würde mich nicht wundern, wenn es hier Parallelen gibt. Zeugen?«

Lundelius schüttelte bedauernd den Kopf. »Leider nicht. Niemand hat etwas gehört.«

Sie begrüßten noch kurz Klaus Jürgensen. Der Hauptkommissar versprach, sich umgehend in Husum zu melden, wenn die ersten Abgleiche der Spuren vorliegen würden.

»Suchen wir Heiko Nebendahl auf«, schlug Große Jäger vor und hockte sich zunächst schweigend auf den Beifahrersitz. Sie hatten den Nachbarort passiert, als er sich rekelte.

»Noch wissen wir nicht viel, aber falls sich wieder ein sexuell motivierter Übergriff auf eine ältere Frau ereignet haben sollte, hätten wir es mit denselben Tätern zu tun. Was sind das für Menschen, die sich nicht nur mit dem Einbruch zufriedengeben, sondern zusätzlich auch Missbrauch begehen?«

»Es könnte aber auch eine Abwehrverletzung sein«, gab Cornilsen zu bedenken.

Der Oberkommissar gab einen Knurrlaut von sich, der wie eine halbherzige Zustimmung klang.

»Falls es dieselben Leute sind, heißt es, sie treiben sich noch in der Region rund um Husum herum. Schwabstedt und Schobüll liegen über zwanzig Kilometer voneinander entfernt. Die Täter müssen also motorisiert sein. Schobüll – das könnte man von Husum aus mit dem Fahrrad erreichen. Aber nachts nach Schwabstedt … Das halte ich für ausgeschlossen. Wenn es sich um eine durchreisende Bande handelt, müssten sie in Husum ihr Quartier aufgeschlagen haben. In den kleineren Orten Nordfrieslands würden Fremde sofort auffallen.«

»Wir haben die Hotels und Pensionen abgeklappert«, warf Cornilsen ein. »Erfolglos.«

»Dann werden wir unser Augenmerk noch einmal auf die Campingplätze richten. Und wenn die irgendwo wild campen, dürfte es auch nicht unentdeckt bleiben. Es ist ärgerlich, dass die Polizei mangels Ressourcen nicht mehr regelmäßig Streife fährt. In manche Gegend kommen wir überhaupt nicht mehr, in andere nur in großen Zeitabständen. Dem Schutzmann in besseren alten Tagen wären Fremde sofort aufgefallen.«

»Ist es da verwunderlich, wenn sich die Bürger zum Selbstschutz organisieren wie in Hattstedt? Man kann es den Leuten doch nicht verdenken. Wenn der neue Fall in den Medien erscheint, wird die Unruhe noch weiter zunehmen.«

Große Jäger nickte zustimmend.

»Heiko Nebendahl ist auch vom Fach. Könnte er als Trittbrettfahrer seine Verwandten überfallen haben?«

»Nein«, sagte Große Jäger entschieden. »Nebendahl ist ganz bestimmt kein Musterknabe. Aber an der achtzigjährigen Großtante würde er sich nie vergreifen.«

»Und wenn das aus dem Ruder gelaufen ist? Oder er damit nur den Verdacht auf die Schobüller Täter lenken wollte?«

»Grundsätzlich müssen wir auch an eine solche Möglichkeit denken.« Der Oberkommissar klopfte sich mit der Faust an die Schläfe. »Aber Heiko Nebendahl hat nichts in der Birne. So weit denkt der nicht.«

»Auf der Fachhochschule haben wir gelernt, dass man keine Option unberücksichtigt lassen soll«, sagte Cornilsen.

»Theoretisch richtig, aber in der Praxis zeitaufwendig und nicht immer realistisch. Glaube einfach der hundertjährigen Erfahrung eines nordfriesischen Gangsterjägers.«

Cornilsen lachte. »Bingo. Immerhin bist du ein *Großer* Jäger.« Dann war er abgelenkt durch die Parkplatzsuche.

Es dauerte wieder eine Weile, bis ihnen Heiko Nebendahl öffnete. Die Wohnung war genauso dreckig wie beim ersten Besuch.

Große Jäger fragte beim Türöffnen nicht, ob sie eintreten dürften. Er schob Nebendahl zur Seite, packte ihn am Oberarm, führte den überraschten Mann ins Wohnzimmer und drückte ihn in den Sessel.

»Nebendahl. Deine Verwandten in Schwabstedt sind tot. Beide«, sagte er.

Der Mann im fleckigen olivgrünen Unterhemd und den Boxershorts, die Spuren eines längeren Gebrauchs aufwiesen, sah ihn fassungslos an. Dann kicherte er.

»Nee. Nix da. Du laberst Scheiß. Richtig blöden Scheiß. Mit so was scherzt man nicht. Oma und Opa … Du spinnst doch.«

»Oma und Opa? Ich meine deine Großtante und den Großonkel.«

»Sag ich doch. Oma Anneliese und Opa Heinz. Ich hab sie immer so genannt. Schon als lütter Buttje. Die sind zwar alt, und Opa ist ganz schön was klapprig, aber tot? Und dann alle beide?«

»Mit so etwas spaßen wir nicht«, sagte Große Jäger streng. »Gibt es noch andere Verwandte?«

»Die hatten mal 'nen Sohn, aber der ist schon vor zehn Jahren eingegangen. Der hat gequalmt wie eine alte Lokomotive. Dann hat er sich zu Tode geröchelt. Der hat aber keine Kinder gehabt. Ich weiß nicht, ob der überhaupt jemals im Leben gepoppt hat.«

»Bist du der einzige Verwandte?«

Nebendahl zuckte mit den Schultern. »Hab mich nie dafür interessiert. Wart mal. Da muss es noch 'nen ganzen Haufen geben. Die haben damals ja alle Kinder wie die Karnickel gehabt. Mein Vater hatte fünf Geschwister, Mutter nur drei. Alle verheiratet, und alle haben geworfen. Keine Ahnung, wo die ganze Sippe steckt.«

»Hast du Geschwister?«

»Logo. Zwei Schwestern. Die sind aber über alle Berge. Keine Ahnung, wo die abgeblieben sind. Ich war der Einzigste, der noch hier war und sich um Oma und Opa gekümmert hat. Einkaufen und so.«

»›Der Einzige‹ heißt das«, murmelte Große Jäger. »Ein reiner Liebesdienst?«

»Nee. Die haben mir manchmal was zugesteckt.«

»Waren die begütert?«

»Reich? Tickst du nicht sauber? Opa hat beim Küstenschutz gemacht. Und Oma war überall. Hat im Krug mitgeholfen, war früher aufm Bauernhof, hatte mal 'ne Heißmangel in der Garage. Die haben gespart. Sich nix gegönnt. Kein Urlaub, kein Auto. Und nun so was.«

Nebendahl sah Große Jäger aus glasigen Augen an. »Nun mal ehrlich – ohne Scheiß: Stimmt das wirklich?«

Große Jäger klopfte dem Mann auf die Schulter. »Tut mir leid, aber das ist so.«

»War'n das dieselben Kanaken, die auch die Frau in Schobüll …« Nebendahls Stimme erstarb.

»Das wissen wir noch nicht.«

»Diese Scheißtypen. Ich hab's schon früher gesagt, die sollte man auspeitschen und zurückjagen. Im Winter – mit nacktem Arsch über die Grenze.«

»Langsam«, mahnte Große Jäger. »Noch weiß niemand, wer für diese Tat verantwortlich ist.«

Nebendahl wollte aufspringen, aber der Oberkommissar drückte ihn wieder in den Sessel zurück.

»Wo warst du letzte Nacht?«

»Tickst du nicht richtig?«, erboste sich Nebendahl. »Willst du mir das Ding mit Oma und Opa in die Schuhe schieben?«

»Sag uns einfach, wo du warst. Am besten, du nennst ein paar Zeugen.«

»Hier war ich, du Klops.«

Der Oberkommissar gab Cornilsen ein Zeichen mit dem Kopf. »Sieh dich mal um.«

»Eh – darf er das?« Nebendahl unternahm den nächsten Versuch, aufzuspringen. Wieder vergeblich.

»Er darf das«, beruhigte ihn Große Jäger. »Ich habe ihm das erlaubt.«

»Hör mal.« Nebendahl war plötzlich aufgebracht. »Das ist alles ganz anders.«

Es dauerte keine zwei Minuten, bis Cornilsen zurückkehrte. »Nicht sehr originell«, sagte der Kommissar. »Hinter der Schlafzimmertür stand dieser Rucksack. Kuhfuß. Ein großer Schraubenzieher. Handwerkerqualität. Und das hier.« Er ließ ein paar Schmuckstücke durch seine Finger gleiten.

Große Jäger lachte meckernd auf. »Nun willst du behaupten, dass du das von einer deiner vielen Tanten geerbt hast, oder?«

»Ich habe nur …«

Große Jäger verpasste dem Mann einen leichten Stups an den Hinterkopf.

»Hör auf, Nebendahl. Erzähl keinen Stuss. Das war ein Bruch. Wir kriegen das sowieso heraus. Also?«

»Das war …«

»Okay, dann eben das große Geschütz. Du bist vorbestraft. Mehrfachtäter. Hast sogar ohne Bewährung im Bau gehockt. Und nun dieser Scheiß. Jemand, der so hartnäckig kriminell ist, steht auf unserer Liste ganz oben. Du fährst wieder ein. Nach Neumünster, wo die harten Jungs sind. Einbruch. Sexueller Missbrauch. Und das Ding mit dem alten Ehepaar Nebendahl.«

Der Mann hielt sich wie ein kleines Kind die Ohren zu. »Das ist doch Kacke, was du da erzählst. Okay, ich habe Bockmist gebaut.« Wütend schlug Nebendahl mit der Faust auf die Sessellehne. »Ich war gestern Abend in Fahrdorf bei Schleswig und bin da eingestiegen. Frag doch eure Kumpels.«

Große Jäger versicherte, dass sie es überprüfen würden, und forderte Nebendahl auf, sich etwas anzuziehen. Dann nahmen sie ihn mit zum Revier und übergaben ihn samt Einbruchswerkzeug und Beute den Kollegen vom Fach.

Plötzlich fing Nebendahl an zu schreien: »Eins sag ich euch. Die Scheißtypen, die Oma und Opa auf dem Gewissen haben … die mach ich alle. Die werden nicht mehr lachen können, wenn ich mit denen fertig bin. Diese dreckigen Hunde, die …«

»Spar dir deine Kräfte«, schlug Große Jäger vor. »Wenn du wieder rauskommst, ist der Fall gegessen.«

»Ich mach alle mobil. Ganze Heerscharen werden die Verbrecher jagen …«

Der Rest ging unter, als Große Jäger und Cornilsen das Büro der Kollegen vom Einbruch verließen.

Im Büro fand Große Jäger eine Nachricht von Hauptkommissar Lundelius vor. Man hatte doch noch einen Zeugen gefunden. Der Oberkommissar erreichte den Leiter des K1 auf dem Mobiltelefon.

»Ein Nachbar der beiden Nebendahls aus Schwabstedt hat sich gemeldet. Er war sich nicht sicher, ob seine Beobachtung von Bedeutung sei, hat er erklärt. Der Mann will vor ein paar Tagen einen alten, klapprigen Golf gesehen haben, der verdächtig langsam durch Schwabstedt fuhr. Darin saßen zwei Männer. ›Wie sahen die aus?‹, haben wir gefragt. Leider war die Antwort nicht sehr aussagekräftig: ›Wie soll man die beschreiben? Wie Ganoven eben. Habe gleich meiner Frau gesagt, dass ich da ein komisches Gefühl habe. Dunkle Gestalten. Ausländer. Wie Zigeuner‹«, äffte Lundelius den Zeugen nach. »Zigeuner – das waren nicht meine Worte«, ergänzte er. »Farbe, Kennzeichen und so weiter – Fehlanzeige. Es soll sich aber um ein älteres Modell gehandelt haben – ziemlich heruntergekommen.«

»Wie kann man es einschätzen, was von dieser Aussage Tatsache und was Phantasie ist, zusammengereimt aus Vorurteilen?«, fragte Große Jäger rhetorisch und erwartete keine Antwort.

»Wir melden uns«, versprach Lundelius, bevor er das Gespräch beendete.

»Wir fahren durch Husum und suchen Verdächtige«, sagte Große Jäger zu Cornilsen.

»Was für Verdächtige?«

»Alle. Den Mann mit dem Rucksack, Leute, die zum Umfeld

des verletzten Jungen gehören könnten, klapprige VW Golf mit verdächtigen Insassen.«

Cornilsen runzelte skeptisch die Stirn.

Große Jäger legte die Hand auf den oberen Bildschirmrand seines Rechners.

»Diese Kiste verrät uns auch nicht das Geheimnis, wo sich die Täter gerade aufhalten.«

Vom Auto aus fragte Große Jäger bei Kirchner nach. Der Kaufhausdetektiv bedauerte, ihm nicht behilflich sein zu können.

»Ich habe bei den Videoaufzeichnungen ein besonderes Augenmerk auf einen Kunden gelegt, der Ähnlichkeiten mit dem Mann mit dem Rucksack haben könnte. Da war nichts. Und die jugendlichen Taschendiebe sind auch nicht wieder aufgetreten. Ich bleibe aber am Ball«, versprach Kirchner.

Sie ließen das Dienstfahrzeug langsam durch Husum rollen, steuerten bekannte Parkplätze und Abstellmöglichkeiten an, kontrollierten die Freiheit, eine größere Freifläche am Rand der Stadt, die gern als Parkplatz von Besuchern, aber auch von Lkws genutzt wurde. Die Polizei hatte hier auch schon Camper und Landfahrer aufgespürt. Zwei Mal stießen sie auf ältere Golfs, die keinen gepflegten Eindruck machten. Die Halteranfragen ergaben keine Hinweise, die zu den Einbrechern führen könnten. Es war ein aufwendiges und mühsames Suchen.

Immerhin hatte Hundt nicht widersprochen, als Große Jäger ihm empfohlen hatte, Kontakt zum Sozialzentrum der Stadt aufzunehmen und eine Liste mit den Namen von Asylbewerbern anzulegen, die als Täter in Frage kommen könnten.

»Die Anlaufstelle verfügt auch über die Adressen der betreffenden Personen von den umliegenden Ämtern«, hatte Große Jäger ergänzt.

Zum Glück hatte der Hauptkommissar keine Diskussion über Vorurteile gegenüber diesem Personenkreis gestartet. Aber der vage Hinweis vom Schwabstedter Zeugen wies vorsichtig in diese Richtung.

Es war monoton und nervtötend. Große Jäger erwischte sich dabei, dass seine Konzentration nachließ. Ein Seitenblick auf seinen Partner zeigte ihm, dass es Cornilsen nicht besser erging. Der Anruf von Hilke Hauck war nahezu eine Erlösung.

»Der Empfang des Krankenhauses hat eben angerufen. Dort ist ein Mann aufgetaucht, der der Mitarbeiterin merkwürdig vorkam. Er schien etwas zu suchen, zog aber keine Erkundigungen bei ihr ein.«

»Hat sie ihn beschrieben?«

»Ja. Normal bekleidet. Vielleicht um die fünfzig. Deutscher. Er unterschied sich nicht von anderen Besuchern. Einzig seine Unsicherheit ist aufgefallen.«

»Ist er noch in der Klinik?«

»Vor fünf Minuten war er es noch.«

»Los«, wies Große Jäger Cornilsen an. »Jetzt aber zackig zum Klinikum.«

Wenige Minuten später erreichten sie die Anlage neben dem Husumer Schlosspark.

»Stell dich einfach in die Auffahrt«, wies Große Jäger seinen Kollegen an. »Wir haben keine Zeit zur Parkplatzsuche.«

Ein weiterer Pkw folgte ihnen prompt. Als sie vor der Tür stehen blieben und das Fahrzeug verließen, brüllte ihnen der kahlköpfige Opel-Fahrer hinterher: »Eh. Und nun? Wie soll ich hier rauskommen? Den Weg blockieren. Wo gibt's so was?«

»In Husum«, rief ihm Große Jäger zu. »Und raus kommt man mit dem Rückwärtsgang. Außerdem ist hier Parken verboten.«

»Hä?«

Dann waren sie durch die Drehtür ins Krankenhausfoyer verschwunden.

»Sie können dort nicht …«, setzte die Mitarbeiterin am Empfang an, die das Geschehen durch die Fensterfront beobachtet hatte.

Große Jäger hielt ihr den Ausweis hin. »Polizei. Sie hatten uns informiert, dass sich ein verdächtiger Besucher im Haus aufhält.«

»Oh. Das ist etwas anderes. Wir haben inzwischen den allgemeinen Hausdienst hinzugezogen. Unsere Hausmeister suchen das Gebäude ab. Der Mann war zunächst auf der Unfallchirurgie, ohne mit jemandem zu sprechen. Dann hat er die Frauenklinik aufgesucht und nach einer Patientin gefragt.«

»Nach Frau Lüttschwager?«

Die Frau bedauerte. Das wisse sie nicht.

»Du bleibst hier, falls er auftaucht«, sagte Große Jäger. »Ich gehe nach oben.«

»Gehen?«, fragte Cornilsen mit spöttischem Unterton, als der Oberkommissar den Fahrstuhl ansteuerte.

Auf der Gynäkologie fragte er nach Dr. Al Shami, erfuhr aber, dass der Oberarzt heute freihabe.

»Wo liegt Frau Lüttschwager?«

Das wollte ihm die Krankenschwester nicht verraten, auch nicht, nachdem er sich ausgewiesen hatte. »Da war vor zehn Minuten schon mal einer da, der zu ihr wollte«, sagte sie resolut. »Nix da. Die Patientin braucht Ruhe. Da kommt keiner rein.«

»Wie geht es ihr?«, wollte Große Jäger wissen.

Die untersetzte Frau mit den stämmigen Oberarmen sah ihn spöttisch an. »Sind Sie wirklich von der Polizei? Dann sollten Sie wissen, dass Sie keine Auskunft bekommen. Und nun muss ich weitermachen. Oder wollen *Sie* auf dem vorletzten Zimmer das durchnässte Bettzeug wechseln?«

»Wo ist der Besucher abgeblieben?«, blieb er hartnäckig.

»Dahin, wo Sie jetzt auch verschwinden.« Sie streckte den Arm Richtung Treppenhaus aus. »Raus.« Es klang barsch und endgültig.

»Sie gefallen mir.« Er zwinkerte ihr zu und hob den Daumen zur Anerkennung in die Höhe.

Sie warf ihm einen spöttischen Blick zu. »Nun will er mich auch noch anbaggern.« Mit einem Schulterzucken zog sie von dannen.

Große Jäger suchte noch die anderen Abteilungen des Krankenhauses auf. Der Mann war nicht zu entdecken. Schließlich benutzte er den Fahrstuhl und fuhr ins Erdgeschoss zurück. Als sich die Lifttüren öffneten, stand dort Cornilsen und hielt einen Mann dezent am Jackenärmel fest.

»Wo bleibst du denn?«, fragte der Kommissar.

Der Mann war etwas kleiner als Große Jäger. Er hatte kurz geschnittene dunkle Haare, in denen sich das Grau breitmachte. Ein markant geschnittenes Gesicht und ein leichter Blauschimmer auf den Wangen, die von einem kräftigen Bartwuchs zeugten, vervollständigten den ersten Eindruck.

»Was soll das bedeuten?«, fragte er, nachdem Cornilsen auf Große Jäger gezeigt und gesagt hatte, das sei der Einsatzleiter.

»Was wollten Sie hier im Klinikum?«

»Darüber bin ich Ihnen keine Rechenschaft schuldig.« Der Mann sprach mit fester Stimme, ohne dass es aggressiv klang.

»Sie waren gestern in einem Husumer Kaufhaus«, erklärte Große Jäger.

»Ich? Kann sein. Oder nicht.«

»Kommen Sie. Geht es so? Oder müssen wir Ihnen Handschellen anlegen?«

»Das ist ein schwerwiegender Übergriff, den Sie da einleiten«, sagte der Mann bestimmt.

»Wir möchten nur Ihre Personalien feststellen.«

»Eine Verdachtskontrolle? Ich bin mir keiner Schuld bewusst.«

»Bitte.« Große Jäger zeigte zum Ausgang. Inzwischen waren ein paar andere Leute stehen geblieben und beobachteten die drei interessiert. Das hatte der Mann auch mitbekommen.

»Nur unter Protest«, sagte er und ließ sich aus dem Haus führen.

Hinter ihrem Dienstwagen hatte sich eine kleine Schlange gebildet. Ein Taxifahrer ballte seine Faust und rief aus dem geöffneten Fenster: »Sag mal, seid ihr besoffen, hier zu parken?« Er stutzte und erkannte Große Jäger. »Doch.« Der Taxifahrer nickte heftig. »Ich kenn den nur nach Feierabend in der Neustadt. Dass der aber auch schon am Tag …«, ließ er den Satz offen.

Sie verfrachteten den Mann auf den Rücksitz und fuhren mit ihm zur Poggenburgstraße.

Nachdem sie ihn in ihr Büro geführt und ihm Platz angeboten hatten, wiederholte Große Jäger seine Frage: »Was wollten Sie im Klinikum? Und mein Kollege hätte gern Ihren Ausweis.«

Der Mann kramte in seiner Jackentasche, fingerte den Ausweis hervor und überreichte ihn Cornilsen.

»Machen Sie es uns nicht so schwer«, forderte ihn Große Jäger auf. »Sie waren zunächst auf der Unfallchirurgie und dann auf der Gynäkologie und haben dort nach Frau Lüttschwager gefragt.«

»Ist das verboten?«

»Zumindest verdächtig. Die Patientin darf keinen Besuch empfangen. Das wissen Sie aber.«

Der Mann bestritt es nicht. Er hob gleichmütig die Schultern.

Cornilsen hatte inzwischen etwas in seinen Rechner eingegeben und wedelte jetzt mit dem Personalausweis.

»Michael Baumkemper, siebenundvierzig, aus Wunstorf bei Hannover.« Cornilsen bewegte kaum merklich den Kopf, um dem Oberkommissar zu signalisieren, dass Baumkemper ohne weitere Einträge war. Gegen ihn lag nichts vor.

»Nun wissen Sie, wer ich bin.« Baumkemper stand auf. »Es ist kein Vergehen, im Krankenhaus nach einer Patientin zu fragen.«

Das traf leider zu.

»Sind Sie ein Verwandter oder ein Freund der Familie?«, fragte Große Jäger.

Baumkemper hob lediglich ein wenig die Hand. Er deutete damit an, dass der Oberkommissar sich die passende Antwort selbst aussuchen könne.

»Sie waren gestern im Husumer Kaufhaus. Wo ist der Rucksack abgeblieben?«

»Welcher Rucksack?« Der Mann sah Große Jäger an und hob fragend eine Augenbraue in die Höhe.

»Sie wurden dabei von Zeugen gesehen.«

»Kann es sein, dass die sich irren?«

»Es gibt Videoaufzeichnungen.«

»Wenn die eindeutig wären, würden Sie nicht fragen«, sagte Baumkemper gelassen, als Hauptkommissar Hundt eintrat, der Baumkemper fragend ansah. Dann ging er auf ihn zu und streckte ihm die Hand entgegen.

»Sie sind in Sachen der Einbruchserie hier?«, fragte er. »Mein Name ist Hundt. Ich bin der zuständige Hauptkommissar.« Das »Haupt« betonte er so, als wäre jeder Zweifel an seiner Führungsrolle ein Vergehen. Hundt ließ seinen Arm kreisen. »Meine Mitarbeiter kümmern sich um Ihr Anliegen«, sagte er generös. »Falls Sie spezielle Fragen haben, erreichen Sie mich jederzeit in der Kriminalpolizeistelle.« Mit einem Kopfnicken verließ er den Raum.

In Große Jäger kochte es. Nur mit Mühe gelang es ihm, seinen Unmut in Gegenwart Baumkempers zurückzuhalten.

Der Mann stand auf und zeigte auf die Tür. »Darf ich?«

Es gab keinen Grund, ihn weiter auf der Dienststelle festzuhalten. Große Jäger nickte.

»Auf Wiedersehen«, sagte Baumkemper fast fröhlich, als er das Büro verließ.

»Und nun?«, fragte Cornilsen.

»Ich gebe ihm zwei Minuten. Dann …«

»… folgen wir ihm«, sagte Cornilsen.

Große Jäger schüttelte den Kopf. »Er ist mit Sicherheit motorisiert. Sein Auto steht irgendwo am Erichsenweg in der Nähe des Krankenhauses. Wir werden ihn dort erwarten. Entweder nimmt er eine Taxe, oder er geht zu Fuß.«

Baumkemper wählte den Fußmarsch. Als er die Parkplätze in Kliniknähe erreichte, hatten sich die beiden Beamten bereits in der Nähe eines Wagens mit hannoverschem Kennzeichen postiert.

Der Mann erschrak, als Große Jäger von hinten an ihn herantrat und sagte: »So schnell sieht man sich wieder.«

»Sie … Wo kommen Sie her?«

Große Jäger zeigte die Straße entlang. »Von dort. Uns interessierte, welches Auto Sie fahren.«

»Gar keins«, behauptete Baumkemper.

Der Oberkommissar zeigte auf einen VW Sharan. »So viele Gäste mit diesem Kennzeichen haben wir nicht vor dem Krankenhaus.«

»Das ist ein Zufall.«

Große Jäger nickte in Cornilsens Richtung. »Darf mein Kollege bei Ihnen nach den Schlüsseln suchen?«

Baumkemper weigerte sich und wollte sich abwenden.

»Moment.« Große Jäger hielt ihn am Oberarm fest. »Wir wollen in den Kofferraum sehen.«

»Damit habe ich nichts zu tun«, behauptete der Mann.

Große Jäger erklärte, dass sie eine Halterabfrage starten würden. Wenig später lag das Ergebnis vor.

»Sagt Ihnen ›ad signum Hubert Bleche e. K.‹ aus Hannover etwas?«

Einen kurzen Moment zögerte Baumkemper, dann gab er auf.

»Okay«, sagte er, griff in seine Jackentasche und zog eine eingeschweißte Karte hervor. »Mein Ausweis.«

Große Jäger warf einen Blick darauf und brach in ein herzhaftes Gelächter aus. »Ein Kollege«, sagte er prustend in Cornilsens Richtung und wedelte mit der Karte. »Sein Dienstausweis.«

Cornilsen sah ihn ungläubig an.

»Baumkemper ist Mitarbeiter der Detektei ›ad signum‹.« Er ließ den Mann los. »Hat Arne Lüttschwager Sie beauftragt?«

»Ich bin dienstlich hier«, bestätigte Baumkemper und forderte die Karte zurück. »Die Polizei ist offenbar nicht in der Lage, den Fall aufzuklären. Deshalb hat man uns hinzugezogen, um private Ermittlungen anzustellen. Es geht nicht nur um den Schutz der Bürger vor Einbrüchen, sondern auch um die Sondierung im Fall des Missbrauchs.«

»Der Ehemann hat ein Kopfgeld ausgesetzt. Wollen Sie sich

wie im Wilden Westen als eine Art Pinkerton-Detektiv an der Jagd nach dem Schuldigen beteiligen? Ihn stellen und zum Showdown auf der Mainstreet fordern?« Lüttschwager hatte so etwas angedeutet, dachte Große Jäger im Stillen. Waren Leute wie Baumkemper wirklich der Überzeugung, in Nordfriesland herrsche Anarchie? »Es ist schon eine ganze Weile her, dass man hier den letzten Missionar erschlagen hat«, murmelte er grimmig.

»Kein Wunder, dass die Ermittlungen erfolglos bleiben, wenn hier alle Polizeibeamte so sind wie Sie«, sagte Baumkemper keck, der den letzten Satz nicht gehört hatte.

»Warum kommen Sie aus Hannover?«

»Weil unsere Detektei gut ist. Das spricht sich herum. Wir können zahlreiche Erfolge vorweisen.«

»Mag sein, aber Hannover ist ein wenig abseits aus unserer Perspektive.«

»Ein Berufskollege des Ehemannes hatte Probleme mit Diebstählen in seiner Apotheke. Daran hat sich Herr Lüttschwager erinnert.«

Große Jäger streckte den Finger in Richtung Kofferraum aus. »Öffnen Sie«, forderte er den privaten Ermittler auf.

»Dazu gibt es keinen Grund.« Baumkemper weigerte sich.

»Es gibt einen anonymen Hinweis, dass sich in Ihrem Fahrzeug ein Baseballschläger befindet, mit dem vor Kurzem ein Arztehepaar überfallen wurde. Öffnen Sie jetzt das Fahrzeug? Oder sollen wir es sicherstellen?«

»Ich protestiere.«

Große Jäger ließ sich nicht erweichen. Er zog sein Handy hervor und wählte seine eigene Festnetznummer an. Niemand meldete sich. »Hallo«, sagte er. »Wir haben hier am Krankenhaus ein Täterfahrzeug sichergestellt. Es müsste mit dem Tieflader abgeholt und zur Kriminaltechnik nach Kiel verbracht werden.«

»Ganz bis nach Kiel?«, fuhr Baumkemper dazwischen.

Große Jäger hielt die Sprechmuschel zu. »Ja. Dort befindet sich die zentrale KT.«

»Warten Sie.«

Baumkemper kapitulierte. Er griff in die Hosentasche und zog die Fahrzeugschlüssel hervor. Große Jäger bedeutete ihm, den Kofferraum zu öffnen.

Die beiden Polizisten waren erstaunt, als sie im Fahrzeug einen blauen Rucksack fanden. Sie erkannten ihn wieder. Es war das gleiche Modell, das auf dem Überwachungsvideo im Kaufhaus zu sehen war.

»Lassen Sie uns einen Blick hineinwerfen«, schlug Große Jäger vor.

»Das sind nur private Dinge drin.«

»Dann ist es ja gut. Nur einmal kurz.« Er wollte den Rucksack aufnehmen, aber Baumkemper hielt ihn zurück.

»Stopp«, sagte er laut.

Mit spitzen Fingern öffnete Große Jäger die Klappe des Behältnisses. Dann stieß er einen Überraschungspfiff aus und hielt den Rucksack Cornilsen hin.

»Natodraht«, sagte der Kommissar. »Mit rasiermesserähnlichen Schneiden. Wer daran hängen bleibt, reißt sich gefährliche Wunden.«

»Oder verletzt sich die Hand schwer.« Große Jäger trat dicht an Baumkemper heran. »Welch eine teuflische Falle. Sie haben die Taschendiebe regelrecht provoziert und die Klappe Ihres Rucksacks geöffnet. Sie wollten, dass dort jemand hineingreift und sich verletzt.«

Baumkemper trat einen Schritt zurück. »Ich weiß nicht, wovon Sie reden. Das ist mein Rucksack. Richtig. Ich bin nicht dazu gekommen, ihn auszuleeren. Den Natodraht habe ich mir bei einem Bekannten besorgt. Wir haben auf unserem Grundstück eine dunkle Ecke, in der immer wieder Unbefugte eindringen. Die wollte ich schützen. Natürlich«, überbetonte er, »wird ein Warnschild angebracht.«

Große Jäger schenkte dem Mann keinen Glauben. »Das werden die Gerichte zu entscheiden haben«, sagte er. »Ein solcher Fall von Selbstjustiz ist uns auch noch nicht untergekommen. Wer hat Sie mit dieser Aktion beauftragt?«

Baumkemper war blass geworden. »Welche Aktion?«, sagte er. »Ich habe Ihnen erklärt, weshalb ich den Natodraht im Rucksack habe.«

»Und mit dem gehen Sie seelenruhig in Husum spazieren?«

Baumkemper breitete die Arme aus. »Ich hatte vergessen, dass ich den Draht noch im Rucksack hatte. Den habe ich mitgenommen, falls ich irgendetwas einkaufen wollte.«

»Sie werden uns noch einmal zur Dienststelle begleiten müssen«, sagte Große Jäger und nahm den Rucksack an sich. Mehr fanden sie nicht im Fahrzeug.

Ergiebiger war die anschließende Durchsuchung des Hotelzimmers. In einem verschlossenen Metallkoffer entdeckten die Beamten eine Pistole Heckler & Koch USP.

»Die ist für behördenspezifische und militärische Aufgaben konzipiert«, erklärte Große Jäger und roch am Lauf. Die Waffe war gepflegt, aber offenbar längere Zeit nicht benutzt worden. »Der Volksmund würde sagen: eine Polizeiwaffe. Was wollen Sie damit?«

»Ich habe einen Waffenschein«, erwiderte Baumkemper und zeigte das Dokument vor.

Er begründete den Waffenbesitz damit, dass die Detektei auch im Personenschutz tätig sei.

Die Waffe war nicht die einzige Überraschung.

»Sind Sie eine Art James Bond?«, fragte Große Jäger überrascht, als sie zwei weitere Mobiltelefone vorfanden. Außerdem enthielt der Koffer einen GPS-Tracker zur Verfolgung von Fahrzeugen oder Personen, eine noch eingeschweißte Software für das Monitoring und die Überwachung aller Aktionen eines Handynutzers wie das Abhören und Aufnehmen von Gesprächen, gesendeten und empfangenen Nachrichten, Lokalisierung des Handys und vieles mehr. Ein Stethoskop mit einem seismischen Mikrofon ermöglichte das Abhören von Gesprächen durch Wände hindurch.

»Das ist ebenfalls sichergestellt«, erklärte Große Jäger. »Wir werden in jedem Einzelfall prüfen, ob die Verwendung dieser

Gerätschaften«, dabei kreiste seine Hand über dem Kofferinhalt, »rechtlich zulässig ist.«

Auf der Dienststelle wurde das Protokoll aufgenommen. Baumkemper beschwerte sich unablässig über die Behandlung und die Vorgehensweise der Polizei. Mit der Drohung, das Ganze werde Konsequenzen für die Beamten haben, verließ er die Kriminalpolizeistelle.

»Vielleicht können uns die Kollegen aus Hannover eine Auskunft geben«, überlegte Große Jäger laut, suchte eine Telefonnummer heraus und wartete ungeduldig, bis am anderen Ende abgenommen wurde.

»Putensenf«, meldete sich eine ältere Männerstimme.

»Mensch, Hühnerketchup. Ich wollte dich einladen, mit mir eine Nebelfahrt durch das Wattenmeer bei Cuxhaven zu unternehmen«, sagte Große Jäger zur Begrüßung und spielte auf einen früheren gemeinsamen Einsatz vor Neuwerk an. Für einen Moment war es still in der Leitung.

»Sie sollen mich nicht Hühnerketchup nennen«, sagte Putensenf wütend.

»Reg dich nicht auf, Jakob. Ich brauche eure Hilfe.«

Der Kriminalhauptmeister aus Hannover prustete in die Leitung. »Habe ich mir gedacht. Der dicke Jäger bringt nichts auf die Reihe.«

»Soll ich nach deiner Chefin fragen? Oder kannst du mir behilflich sein? Wir haben hier einen krummen Vogel eingefangen, der euch entflogen ist. Sagen dir die Meisterdetektive von ›ad signum‹ etwas?«

»Hör mit denen auf«, polterte Putensenf los. »Sind die zu euch ausgewandert? Jeder bekommt, was er verdient. Das ist eine sogenannte Detektei und ein Sicherheitsdienst. Sie behaupten, sie würden zuverlässig arbeiten. Unter der Hand verkaufen sie ihre Dienstleistungen auch mit dem Argument, unkonventionelle Mittel zur Verbesserung der Effizienz einzusetzen.«

Große Jäger berichtete vom Rucksack mit dem Natodraht.

»Solche Schweinereien passen zu denen. Der Gründer und Inhaber …«

»Hubert Bleche«, warf Große Jäger ein.

»Quatsch mir doch nicht immer hinein«, beklagte sich Putensenf. »Bleche ist ein ehemaliger Kollege von uns. Schutzpolizist. Vor acht Jahren hat er sich selbstständig gemacht. Bei ihm sind lauter Leute untergekommen, die am liebsten bei Dunkelheit arbeiten.«

»Kennst du Michael Baumkemper?«

Putensenf verneinte. »Bleche – wie der Name schon sagt. Der redet nur Blech und Stuss.«

»Habt ihr Kenntnisse, dass die ›ad signum‹-Leute schon durch Straftaten aufgefallen sind?«

»Sonst könnte ich dir nichts über sie erzählen.« Es klang altklug. »Körperverletzung. Hausfriedensbruch. Verstoß gegen das Post- und Fernmeldegeheimnis. Anmaßung von hoheitlichen Befugnissen. Die sind immer mit Einstellungen gegen Auflagen davongekommen. Die bereiten unseren Kollegen vom Wach- und Wechseldienst manche Probleme. Wir sind uns nicht sicher, ob deren Objektschutz nicht gelegentlich auch mal auf frischer Tat erwischten Dieben handfest klarmacht, wo Barthel den Most holt.«

»Gibt es keine Beweise dafür? Zeugen?«

»Wo hast du denken gelernt?«, erwiderte Putensenf. »Wenn ein Langfinger erwischt wird und sich eine Tracht Prügel einfängt, geht er doch nicht zu den Bullen und sagt: ›Mich haben sie beim Bruch geschnappt. Das blaue Auge und die gebrochenen Finger – das ist von denen.‹«

Große Jäger musste dem hannoverschen Polizisten zustimmen.

»Was ist, Jakob – wann lösen wir wieder einmal gemeinsam einen Fall?«

»Bloß nicht. Das eine Mal hat mir gereicht. Ich habe noch zwei Monate. Dann wartet die Pension auf mich.«

»Pass auch dich auf«, sagte Große Jäger.

»Das macht schon die Tante mit dem Schuhkauftick. Die Dobermann lässt mich nicht mehr in den Außendienst. Meine alten Tage verbringe ich damit, Briefmarken abzulecken.«

»Sei dankbar dafür.«

Eine Weile war es still in der Leitung.

»Ich weiß«, sagte Putensenf mit belegter Stimme. »Schöne Scheiße, was bei euch mit Christoph passiert ist. Die alte Dobermann mag ja recht haben und es gut meinen, aber kann man das gegenüber einer Frau zugeben? Bist du immer noch so ein wilder Kaffeetrinker?«

»Während der Dienstzeit – ja«, gab Große Jäger zu.

»Dann würde es ja passen. Ihr nehmt die Dobermann zurück. Die kann dann bei euch Kaffee kochen. Eine sinnvolle Beschäftigung für eine Frau bei der Polizei.«

»Lass das nicht die Gleichstellungsbeauftragte hören«, erwiderte Große Jäger.

»Na und? So eine habe ich auch. Nur nennt man es hier in Hannover Ehefrau.«

Große Jäger wünschte Putensenf alles Gute. »Melde dich mal, wenn du Pensionär bist. Nordfriesland ist ein wunderbares Ziel. Und – hier gibt es auch Watt.«

»Auch Seenebel?«

Mit einem beiderseitigen Lachen beendeten sie das Gespräch.

»Dann hat Lüttschwager sich ja den richtigen Ermittler eingekauft«, stellte Cornilsen fest, nachdem er von Große Jäger informiert worden war.

»Dazu sollten wir ihn befragen«, sagte Große Jäger und stand auf.

Cornilsen seufzte.

»Na denn dann.«

Arne Lüttschwager hatte nach seiner Bandscheibenoperation das Krankenhaus verlassen. Sie trafen ihn zu Hause in Gegenwart von Sohn und Tochter an. Der Apotheker saß auf einem gepolsterten Holzstuhl. Er blieb sitzen und entschuldigte sich für seine Unbeweglichkeit.

»Wir sind heute einem Mitarbeiter von ›ad signum‹ begegnet, der vorgab, in Ihrem Auftrag zu handeln.«

Lüttschwager kniff die Augen ein wenig zusammen und musterte die beiden Polizisten. »Und?«

»Er hat sich auch im Krankenhaus herumgetrieben und wollte Ihre Frau besuchen.«

»Meine Frau ist nicht ansprechbar. Allerdings verstehe ich es. Die von mir beauftragte Detektei benötigt Detailinformationen, um effizient arbeiten zu können.«

»Die Vernehmung Ihrer Frau als Betroffene steht zuerst der Polizei zu.«

Lüttschwager schüttelte leicht den Kopf. »Darüber haben nicht Sie zu befinden. Die Entscheidung über die Möglichkeit, Fragen an sie zur richten, liegt allein bei den Ärzten.«

»Es darf nicht sein, dass private Ermittler vor uns mit Einzelheiten zur Tat betraut werden.«

Der Apotheker hob die Hand und deutete eine Rundumbewegung an. »Sie waren mit dem großen Geschirr hier. Bisher ohne Ergebnis. In der Zeitung können Sie nachlesen, dass die Täter sich durch nichts abschrecken lassen. Gehen Sie einmal durch Husum. Sie finden an jeder Ecke eine Apotheke. Konkurrenz belebt das Geschäft. Warum soll das bei Ihnen anders sein?«

»Es macht einen Unterschied, ob wir gefährliche Straftäter jagen oder Salbe gegen Fußpilz verkaufen.«

Große Jäger erntete für diese Bemerkung einen strafenden Blick.

»Wenn die laienhaften Aktionen der Amateurdetektive die Täter aufschrecken, könnte das Spuren verwischen.«

»Sie sagen es.« Lüttschwager hatte eine zu hastige Bewegung gemacht und verzerrte schmerzerfüllt das Gesicht. »Mit dem ganzen Ihnen zur Verfügung stehenden Apparat schaffen *Sie* es nicht, die Täter zu vergraulen. Vergessen Sie nicht, dass ich doppelt bezahle: Mit meinen nicht geringen Steuern finanziere ich die Polizei. Und die erfolgreiche Detektei verlangt auch ihren Preis. Nein, Herr, äh … Ich sehe in der Beauftragung der Detektei eine sinnvolle Ergänzung Ihrer Arbeit. Es würde uns allen guttun, wenn Sie endlich Erfolge vorweisen könnten.«

»Wie geht es Ihrer Frau?«, wechselte Große Jäger das Thema. Ihm war bewusst, dass Lüttschwager nicht von der Beauftragung der Detektei absehen würde.

»Man hat sie in eine Art künstliches Koma versetzt. Nicht direkt, aber doch ruhiggestellt. Die Familie hat auch noch nicht mit ihr sprechen können. Es ist nur möglich, eine halbe Stunde an ihrem Bett zu sitzen und ihre Hand zu halten.«

»Die Ärzte …«

»Können nicht viel mehr machen«, unterbrach der Apotheker den Oberkommissar. »Meine Frau wird morgen in eine Klinik nach Bad Malente verlegt, die sich auf psychosomatische Krankheitsbilder spezialisiert hat, darunter auch sexuellen Missbrauch. Wir«, dabei nickte er in Richtung der beiden Kinder, die das Gespräch aus dem Hintergrund verfolgten, »wollen nichts unversucht lassen, um meine Frau, ihre Mutter, wieder an die Normalität heranzuführen.« Lüttschwager schluckte heftig. »Verstehen Sie, was das heißt?« Er schlug mit der Faust auf das Knie. Erneut zuckte er zusammen, als habe ihn ein stechender Schmerz durchbohrt. »Da tauchen diese Verbrecher auf und zerstören Leben. Nicht nur eines, sondern das einer ganzen Familie. Bis zum vergangenen Dienstag waren wir glücklich. Mit Fleiß und persönlichem Engagement haben wir es geschafft, mehr Sonne als Schatten vom Leben geschenkt zu bekommen. Und nun sind wir in ein tiefes Loch gefallen. Verstehen Sie, dass uns sehr viel daran gelegen ist, dass die Verursacher dieser Katastrophe zur Rechenschaft gezogen werden?«

Lüttschwager schlug die Hände vors Gesicht. Er begann zu schluchzen. Sein Oberkörper bebte rhythmisch.

Lars Lüttschwager trat einen Schritt vor. »Kommen Sie«, forderte er die beiden Polizisten auf. »Sie sehen, meinem Vater geht es nicht gut. Er hat selbst erst vor Kurzem eine Operation hinter sich gebracht und muss in die Reha.«

Die Aufforderung, zu gehen, war unmissverständlich. Große Jäger nickte und winkte Cornilsen zu.

»Ihre Schwester …«, sagte Große Jäger an der Haustür.

»… ist genauso betroffen wie wir alle, auch wenn sie nichts sagt. Sie müssen meinen Vater verstehen. Die Eltern führen seit Jahrzehnten eine vorbildliche und glückliche Ehe. Einer ist ohne den anderen verloren. Wenn mein Vater Nachtdienst hatte, war es für meine Mutter selbstverständlich, dass sie ihm in der Apotheke Gesellschaft leistete. Nach einem arbeitsreichen Leben machten sie sich Gedanken über die Zeit nach der Selbstständigkeit. Und jetzt passiert so etwas.«

»Ich verstehe Ihre Betroffenheit, aber das rechtfertigt noch keinen Rachefeldzug«, entgegnete Große Jäger.

»Das ist es auch nicht, sondern das Gefühl der Ohnmacht, der Hilflosigkeit. Mein Vater kann nicht dasitzen und tatenlos zusehen. Das würde ihn verrückt machen. Die Beauftragung der Detektei gibt ihm das Gefühl, für seine Frau da zu sein. Meine Schwester und ich haben versucht, ihn von dieser Idee abzubringen. Vergeblich. Ich glaube auch nicht, dass die ›ad signum‹-Leute Erfolg haben werden. Es beruhigt aber auch ein wenig das schlechte Gewissen meines Vaters. Er hat jetzt eine Aufrüstung der Sicherheitsmaßnahmen rund um das Haus und im Inneren in Auftrag gegeben. Vater fragt sich, weshalb er nicht früher auf diese Idee gekommen ist. Er hat mir gegenüber gemeint, dann wäre die Tat möglicherweise verhindert worden. Die Menschen verstehen nicht, dass sie privat hochrüsten müssen, um sich und ihr Eigentum zu schützen. Es ist eine Absurdität, dass dem Opfer noch eine Mitschuld zugesprochen wird, wenn es solche Sicherungsmaßnahmen unterlässt. Da wird manche Stimme erhoben, die Richtung Amerika weist und meint, dass es verständlich sei, wenn dort Hauseigentümer mit einer Waffe in der Hand ihr Eigentum verteidigen.«

»Dann passieren Dinge wie der Mord an dem deutschen

Austauschschüler, der beim Diebstahl aus einer Garage vom Hausbesitzer erschossen wurde«, gab Große Jäger zu bedenken.

»Glauben Sie nicht, dass ich es billige, aber jeder Einbrecher in den USA weiß um dieses Risiko.« Lars Lüttschwager öffnete die Haustür. »Eine Diskussion darüber ist fruchtlos. Es wäre gut, wenn Sie meine Eltern in der nächsten Zeit in Ruhe lassen würden. Das ist das Beste, was man für sie tun kann.«

»Raten Sie Ihrem Vater, sich an die Opferhilfeorganisation Weißer Ring zu wenden«, riet der Oberkommissar. »Femke Sievers ist die Leiterin der Außenstelle. Sie und die ehrenamtlichen Opferhelferinnen und Opferhelfer stehen kompetent als Ansprechpartner bei so ziemlich allen Delikten aus dem Strafgesetzbuch, sei es bei Diebstahl, Überfällen oder Raub, Trickbetrug namentlich bei Senioren, Körperverletzung oder bei sexuellem Missbrauch bis hin zum Mord, zur Verfügung. Der Weiße Ring hat viel Erfahrung und ist die richtige Institution für Opfer von Straftaten.«

Lars Lüttschwager schien gar nicht zugehört zu haben. Er wies mit der Hand ins Freie. »Bitte.« Dann schloss er hinter den Beamten die Tür.

»Ich verstehe die Familie«, sagte Cornilsen auf dem Weg zum Auto.

»Aber nicht den Aufruf zur Selbstjustiz«, erwiderte Große Jäger.

»So sehe ich das nicht«, widersprach der junge Kommissar. »Es ist das Gefühl der Hilflosigkeit. Der Ehemann steht unter dem Zwang, etwas tun zu müssen. Man hat den Eindruck, am liebsten würde er sich ins Auto setzen und die Täter selbst suchen.«

»Dann wünschen wir ihm viel Erfolg dabei«, sagte Große Jäger lakonisch. »Und wir werden morgen früh seinem Beispiel folgen.«

SECHS

Es war nicht der nächste Tag, sondern der Montag, an dem Große Jäger wieder an den Fall dachte. Das Wochenende hatte er in Garding zugebracht, war mit Heidi Krempl und deren Sohn zum Westerhever Leuchtturm hinausgefahren und hatte sich überreden lassen, die »unübersehbar weite Distanz« vom Parkplatz zu dem wohl bekanntesten Leuchtturm Deutschlands zu Fuß zurückzulegen. Am Sonntag waren sie im »Multimar« in Tönning gewesen und hatten in der urigen Schankwirtschaft unterhalb des Deichs von Katingsiel rustikal zu Abend gegessen. Es war Große Jäger gelungen, den Fall und seine Begleiterscheinungen über das Wochenende komplett auszublenden. Erholt und entspannt traf er am Montagmorgen auf der Husumer Polizeidienststelle ein.

Mommsen fing ihn schon auf dem Flur ab und bat ihn in sein Büro. Der Kriminalrat sah demonstrativ auf seine Armbanduhr.

»Ich habe Gleitzeit«, erwiderte Große Jäger. »Ich sehe auch abends nicht auf die Uhr.«

»Niemand hat etwas gesagt«, entgegnete Mommsen gereizt. »Aber hier überschlagen sich die Ereignisse.« Dann berichtete er, dass sich acht Bürger bei der Polizei gemeldet und Leute aus der Nachbarschaft denunziert hätten.

»Haben die Einbrecher wieder zugeschlagen?«, wollte Große Jäger wissen.

»Nein, aber die Hysterie greift um sich. Ein Hausbesitzer aus der Hattstedtermarsch, er ist Sportschütze und darf Waffen zu Hause aufbewahren, hat geglaubt, Eindringlinge würden sich in der Nacht zu Sonntag an seinem abseits gelegenen Haus zu schaffen machen, und hat wild in der Gegend herumgeballert.«

»Mit Folgen?«

»Nein. Er konnte auch nichts getroffen haben. Der nächste

Nachbar, der vierhundert Meter entfernt wohnt, hat uns alarmiert. Darauf sind mehrere Streifenwagen in die Marsch gefahren. Sie konnten aber keine Einbruchspuren oder andere Hinweise auf unerwünschten nächtlichen Besuch entdecken. Die Nerven liegen blank bei den Menschen. Jetzt müssen wir uns auch noch mit solchen Fällen beschäftigen.«

»Gibt es unter den acht Hinweisen aus der Bevölkerung verwertbare Spuren?«

»Der Kollege Hundt kümmert sich darum. Er kann aber nicht alles allein überprüfen. Deshalb müsst ihr mit ran.«

»Wir sollen mit dem blöden Hundt …«

»Wilderich«, rief Mommsen ihn zur Ordnung.

Große Jäger winkte ab. »Ist ja gut«, sagte er. »Wir kümmern uns darum.«

Vom Büro des Kriminalrats ging er direkt zu Hauptkommissar Hundt und betrat das Büro, ohne anzuklopfen. Zur Begrüßung bellte er statt des hier üblichen »Moin«.

»Ihr seid mir zugeteilt worden«, sagte Hundt.

Große Jäger tippte sich an die Stirn. »Wir sollen dir Arbeit abnehmen, weil du zu unflexibel bist.«

Hundt zeigte auf einen Papierstapel. »Das sind die acht Fälle, die ihr überprüfen müsst. Und dann will ich einen ausführlichen Bericht über jeden einzelnen Vorgang.«

»Du hast wohl Tinte gesoffen«, erwiderte Große Jäger und griff sich die beiden obersten Meldungen. »Der Rest ist für dich. Schließlich bist du Hauptkommissar.«

»Und deshalb weise ich dich an, auch …«

»Das war ein Fehler, dass man einen Hundt wie dich ohne Kette auf die Menschheit loslässt«, unterbrach ihn Große Jäger und beeilte sich, das Büro zu verlassen.

Er holte Cornilsen im Büro ab und fuhr mit ihm in die Goethestraße. Es schien fast so, als wäre dieser Straßenzug mit den Wohnblocks von einer Einfamilienhausbebauung umzingelt. Auf einer Straßenseite zogen sich frisch renovierte Mehrfamilienhäuser entlang, die in einem sauberen Weiß strahlten und denen ein kreativer Architekt durch bunte Farbschilde neben den Fenstern und gut abgestimmte dunkelblaue Balkongeländer eine fröhliche Leichtigkeit verliehen hatte.

Ihre gesuchte Adresse befand sich in einem der schräg zur Straße stehenden Blocks am Ende der Sackgasse, nahe der Kehre. Irgendjemand hatte seine ausgediente Polstergarnitur auf der Grünfläche vor dem Haus entsorgt. Gleich nebenan befand sich die Sammlung der Satellitenschüsseln. Am Ende des Zuweges gab es einen Trockenplatz für die Wäsche. Große Jäger machte seinen Kollegen auf ein Metallgestell aufmerksam.

»Weißt du, was das ist?«

»Ein Fußballtor?«, riet Cornilsen.

»Eine Teppichklopfstange. Aber so etwas kennt eure Generation ja nicht mehr.«

Große Jäger legte seinen Finger auf den Klingelknopf neben dem Namensschild »Eisbrenner«.

Sie erklommen die Treppe zur ersten Etage und wurden dort von einem Mann mit einer zu weiten Stoffhose empfangen, die von breiten Hosenträgern gehalten wurden. Er sah ihnen neugierig entgegen.

»Polizei Husum«, sagte Große Jäger laut.

»Pst.« Der Mann legte den Zeigefinger auf die Lippen. Dann packte er den Oberkommissar am Arm und zog ihn eilig in die Wohnung hinein, nachdem er zuvor mit einem Blick auf die Treppe überprüft hatte, ob ein Mitbewohner den Besuch registriert hatte. Er schloss die Tür hinter den beiden Polizisten so hastig, dass sie Cornilsen in die Hacken schlug.

»Das muss nicht jeder mitkriegen, wer Sie sind«, sagte er vorwurfsvoll.

»Es geht um Ihren sachdienlichen Hinweis. Sie wollen beobachtet haben, dass …«

»Genau«, fuhr der Mann dazwischen. »Kommen Sie. Ich muss Ihnen etwas zeigen.«

Er führte sie durch den kleinen engen Flur in ein winziges

Wohnzimmer. Große Jäger fühlte sich in ein Museum der fünfziger Jahre zurückversetzt. Er warf Cornilsen einen schnellen Blick zu. Der Kommissar rollte mit den Augen. Es sollte wohl bedeuten: »Genau wie bei Oma.«

Sie umrundeten den niedrigen mit Kacheln belegten Tisch. Eine bunte Wolldecke war auf dem grünen Sofa ausgebreitet. Über dem Tisch hing ein Kronleuchter mit Kunststoffteilen. Gegenüber stand die Stollenwand mit dem beleuchteten Fach, hinter dessen Glasscheibe Sammeltassen und Nippes standen. Der Mann blieb am Fenster stehen und zeigte durch die Gardine nach draußen.

»Da drüben.«

Große Jäger wollte die Gardine zur Seite schieben, aber der Mann hinderte ihn daran.

»Nicht doch. Sonst sieht man uns.«

»Was ist daran verwerflich?«, wollte der Oberkommissar wissen.

»Ich möchte nicht, dass jemand mitbekommt, dass ich die Polizei gerufen habe. Sonst heißt es noch, der alte Eisbrenner ist ein Denunziant.«

Das bist du doch auch, dachte Große Jäger. Laut sagte er: »Ich muss sehen, was Sie uns zeigen wollen.«

Gegen den Widerstand des Wohnungseigentümers schob er die Gardine zur Seite. Sie sahen auf die Rückfront des nächsten Wohnblocks aus Rotklinker. Dazwischen lag eine Grünfläche.

Eisbrenner blieb hinter dem Mauervorsprung stehen. »Sehen Sie den Balkon mit den Blumenkästen? Auf der rechten Seite. Da wohnt er.«

»Wer?« Der Oberkommissar wurde ungehalten.

»Der merkwürdige Ausländer. Das kann doch nicht mit rechten Dingen zugehen, dass er immer abends das Haus verlässt und sich tagsüber hier herumtreibt. Aber nicht nur das. Der neue rote Audi da unten. Auf dem Parkplatz, der nur für Mieter ist. Das ist seiner. Wie kann man sich so einen Wagen leisten, wenn man nicht arbeitet?«

»Haben Sie noch andere Anhaltspunkte für Ihre Verdächtigungen?«

»Reicht das nicht?«, fragte Eisbrenner empört und hakte seine Daumen hinter die Hosenträger. »Ich habe den schon lange im Visier. Seit Jahren.«

»So lange wohnt er hier?«

»Ja. Und niemand schaut ihm auf die Finger.«

»Gut«, sagte Große Jäger. »Wir werden jetzt rübergehen und Ihren Nachbarn befragen. Dabei werden wir Sie als Referenz nennen.«

»Als – Referenz?«

»Wir werden sagen, dass der Tipp, er sei der lang gesuchte Verbrecher, von Ihnen kommt.«

Eisbrenner wich entsetzt zurück. »Bloß nicht. Das will ich nicht. Es reicht doch, wenn Sie meinen Namen notieren für die Belohnung, die ausgesetzt ist.«

»Dann drücke ich Ihnen die Daumen, dass Ihr Tipp richtig ist. Das Kopfgeld zahlt aber nicht die Polizei, sondern ein Privatmann. Wir sorgen nur dafür, dass Ihr Name groß in der Zeitung erscheint.« Große Jäger deutete mit beiden Händen eine überdimensionale Überschrift an. »Der mutige Bürger Eisbrenner. Der, der den meistgesuchten Husumer Verbrecher dingfest machte.«

Der Mann fuhr erschrocken zurück. »Das will ich aber nicht. Muss das sein?«

»Es soll ein Ansporn für andere Bürger sein, Ihre Nachbarn zu verpfeif… Äh. Aufmerksam zu beobachten. Sie hören von uns.« Große Jäger zeigte mit dem Daumen aus dem Fenster. »Oder von ihm. Wegen falscher Verdächtigung.«

Eisbrenner wirkte konsterniert, als er die Polizisten zur Wohnungstür begleitete.

»Das sind die Folgen solcher Aktionen wie die des Apothekers.« Große Jäger schüttelte den Kopf. »Ein Blutgeld auszusetzen. Und wir müssen uns mit solchen schwachsinnigen Anschuldigungen auseinandersetzen. Das kann man nicht einmal

Lüttschwager erklären, dass wir unsere Zeit mit solchen Dingen verplempern.«

»Und nun?«, wollte Cornilsen wissen.

»Wir erfüllen unsere Pflicht und sehen uns den Verdächtigen an.«

Sie suchten den Hauseingang auf und sahen auf die Namensschilder.

»Hansen. Petersen. Christiansen. Nur der hier klingt fremd.« Große Jäger zeigte auf ein geprägtes Schild. José Sequeira.

»Das klingt spanisch«, vermutete Cornilsen.

»Eher portugiesisch«, erwiderte Große Jäger.

Er behielt recht.

»Polizei?« Die kleine verhärmt aussehende Frau in der bunten Kittelschürze hielt sich erschrocken die Hand vor den Mund. *»Santa Mãe de Deus«*, flüsterte sie.

»Wir hätten gern Ihren Mann gesprochen.« Große Jäger hatte Cornilsen vorgeschickt.

»Aber warum? Der schläft. Er arbeitet nachts.«

Die beiden Polizisten wechselten einen schnellen Blick.

»Als was?«

»Wir sind seit fast dreißig Jahren in Deutschland. Mein Mann. Ich bin später gefolgt. Er arbeitet in der Instandsetzung bei der Eisenbahn in der Werkstatt. Das geht nur nachts, wenn die Züge nicht im Einsatz sind.«

In Große Jäger brodelte es. Da gab es Zeitgenossen, die auf alles einen Blick richteten und daraus falsche Schlüsse zogen.

»Sie haben ein schönes neues Auto«, sagte er. »Einen roten Audi.«

»Der erste Neuwagen, den wir uns geleistet haben. José ist ganz stolz darauf.« Sie wirkte erschrocken. »Ist etwas mit dem Auto? Kaputt? Gestohlen?« Sie zeigte auf Große Jäger. »Weil – Polizei.«

»Nein. Alles in Ordnung.«

Sie war sichtlich erleichtert. »Wir haben etwas gespart für das Auto. Den Rest – dafür haben wir einen Kredit bei der Nord-

Ostsee Sparkasse aufgenommen.« Sie drehte sich unbeholfen um. »Irgendwo ist der Kreditvertrag. Darum kümmert sich José.«

»Alles in Ordnung. Das wollen wir gar nicht wissen.« Große Jäger fragte, ob er einmal aus dem Fenster sehen dürfe.

»Ja«, sagte sie, ohne den Grund zu hinterfragen.

Das Wohnzimmer war gemütlich eingerichtet. Auf der Anrichte war eine kleine Marienstatue aufgestellt, davor stand in einem kleinen Glasgefäß ein Teelicht. An der Wand hing ein Kreuz.

Große Jäger schob die Gardine zur Seite und sah zur Wohnung Eisbrenners hinüber. Er sah, wie auf der gegenüberliegenden Seite die Gardine einen Spalt geöffnet war. Der Oberkommissar hob die Hand und winkte. Er musste lächeln, als der Spalt abrupt geschlossen wurde.

»Lassen Sie Ihren Mann schlafen, damit er heute Abend wieder fit für die Arbeit ist«, sagte er zum Abschied. »Und haben Sie viel Freude an Ihrem neuen Auto.«

Cornilsen ging nicht darauf ein, als Große Jäger auf dem Weg zum Auto unentwegt fluchte. »Ich kann für nichts garantieren, wenn uns der nächste Denunziant begegnet«, schimpfte er.

»Wollen wir zu dessen Sicherheit lieber nicht hinfahren?«, schlug Cornilsen grinsend vor.

»Los, Hosenmatz. Wir haben noch anderes zu erledigen.« Sie überquerten die Bahngleise Richtung Schobüll, bogen aber an der zweiten Möglichkeit rechts ab.

»Diesen Teil der Stadt kennen nur wenige Husumer«, behauptete Große Jäger. »Fahr bis zum Ende durch. Das Hochhaus an der Ecke müsste es sein.« Mit sieben Etagen gehörte das Haus zu Husums »Wolkenkratzern«. Davon zeugte auch der rote Kasten im Zugangsbereich mit der Aufschrift »Löschwassereinspeisung«, von dem aus eine Leitung an der Außenseite der Fassade emporführte. Auf jeder Etage befanden sich auf den Balkonen, die offensichtlich zu den Wohnungen führten,

Anschlüsse für Feuerwehrschläuche. Immerhin sah diese Seite des Hauses mit den gelben Klinkern nicht so renovierungsbedürftig aus wie die Rückseite.

»Wer hat hier wen angeschissen?«, fragte Cornilsen, als sie vor der Tür des Hauses standen.

»Noch schlimmer als der Eisbrenner«, sagte Große Jäger. »Anonym. Das könnte ein rassistischer Anwurf sein. Wir suchen eine Wohnung, die von der Stadt angemietet wurde und in der Asylbewerber untergebracht sind. Ich war erstaunt, als ich sah, dass Hundt etwas vorgearbeitet hat. Er hat schon mit dem Sozialzentrum gesprochen. In der Wohnung leben drei Männer. Zwei Afghanen und ein Albaner. Ich habe bei den Kollegen vom Wach- und Wechseldienst nachgefragt. Die sind schon zwei Mal hier gewesen, weil Nachbarn Streit gehört haben. Offenbar gibt es öfter Meinungsverschiedenheiten zwischen den Afghanen und dem Albaner. Letzterer weiß, dass er keine Chance auf Anerkennung hat. Die Afghanen hoffen noch.«

Sie klingelten vergeblich. Niemand öffnete. Sie versuchten es bei einem Nachbarn. Es dauerte eine Weile, bis der Summer ertönte.

»Sie sind Herr Bierhenke?«, fragte Große Jäger, als sie ein Mann mittleren Alters erwartete, der sich mit einer Krücke abstützte.

Nachdem Bierhenke es bestätigt hatte, erklärte der Oberkommissar: »Wir wollen zu Ihren Nachbarn. Sind die nicht da?«

»Die Penner? Die kommen nie vor nachmittags aus der Falle. So gut möchte ich das auch haben.« Er hob die Krücke leicht an. »Ohne diesen Scheiß würde ich jetzt arbeiten. Aber das haben die ja nicht nötig. Was wollen Sie von denen?«

»Polizei. Jemand hat uns einen anonymen Hinweis gegeben.«

Bierhenke musterte die beiden Beamten. »In Zivil? Sonst kommt immer die Streife, weil da Rabatz ist. Wird Zeit, dass da was passiert. Wollen Sie die abholen und dann …« Er gab einen missglückten Pfeifton von sich. »Ab in die Heimat?«

»Haben Sie sich bei der Polizei gemeldet?«

»Ich? Ist doch egal, wer. Alle klagen über dieses Pack. Die sind laut. Aus der Wohnung stinkt es. Und da herrscht ein ständiges Kommen und Gehen.«

»Nicht nur die drei offiziellen Bewohner?«

»Was weiß ich denn. Die sehen doch alle gleich aus. Sehen Sie zu, dass wir die wieder loswerden«, schimpfte Bierhenke und schlug die Wohnungstür mit einem lauten Knall zu.

»Du bist dran«, sagte Große Jäger und trat einen Schritt zurück.

Cornilsen klopfte und hämmerte gegen die Tür. Sie vermieden es, »Polizei« zu rufen.

Alles blieb ruhig.

Noch einmal öffnete sich die andere Wohnungstür, und Bierhenke lugte durch einen Spalt.

»Die sind da. Bestimmt«, versicherte er.

Große Jäger fingerte aus seiner Lederweste mit dem Einschussloch sein Spezialwerkzeug hervor.

»Wir gehen da jetzt hinein«, sagte er. »Mit Waffe zur Eigensicherung.«

Cornilsen sah ihn erstaunt an.

»Wir hatten hier in Husum einen Fall, da musste ein Kollege einen somalischen Asylbewerber in Notwehr erschießen, weil der zuvor zwei Mitbewohner mit einem Messer angegriffen und verletzt hatte und dann mit der Waffe in der Hand auf die Streife zugestürmt ist.«

»Ich habe davon gehört«, sagte Cornilsen.

Große Jäger öffnete die Tür und stieß sie auf. Dann sprangen sie in den dunklen Flur. Eine üble Wolke schlug ihnen entgegen. Cornilsen stolperte über aufgeschichteten Müll.

»Wie sieht das denn hier aus?«, fragte er, als er die nur noch in den Angeln hängende Tür bemerkte. In der Küche schien sich niemand um den Abwasch bemüht zu haben. Scherben lagen auf dem Boden. Im leeren Bad häufte sich bergeweise schmutzige Wäsche. Cornilsen warf einen Blick in die Toilettenschüssel.

»Boooah«, sagte er entsetzt. »Wenn das ein Schweinestall wäre, würde das den Tierschutz auf den Plan rufen.«

Ein Wohnzimmer gab es nicht. Stattdessen fanden sie einen Raum mit einem Kleiderständer und zwei ungemachten Betten. Das Zimmer war leer. Die Tür zum zweiten Raum war geschlossen. Große Jäger drückte vorsichtig die Klinke herab und stieß die Tür mit dem Fuß auf. Vor dem Fenster hing eine Wolldecke, die nur spärlich Licht hereinließ. An der Wand standen zwei Betten. Auf einem lag ein Schlafsack. Im zweiten Bett hatte sich eine Gestalt zusammengerollt.

»Polizei« rief Große Jäger. *»Police«*, schob er hinterher, um sicherzugehen, dass er verstanden wurde.

Cornilsen baute sich in Combatstellung leicht versetzt neben Große Jäger auf. Dann packte der Oberkommissar mit zwei Fingern einen Zipfel und zog die Decke mit einem Ruck weg. Die Gestalt darunter lag zusammengekrümmt wie ein Fötus im Mutterleib. Dort mochte es auch so blutig sein wie auf dem schmutzigen Laken, ging Große Jäger durch den Kopf. Kaum wahrnehmbar hob und senkte sich der Brustkorb.

»Was ist mit dem passiert?«, fragte Cornilsen.

»Den hat man übel zugerichtet.« Große Jäger beugte sich über den Mann. »Der ist zusammengeschlagen worden. Mit einem Knüppel, Baseballschläger oder Ähnlichem.«

»Ich rufe den Notarzt«, sagte Cornilsen.

Der Oberkommissar konnte nicht erkennen, ob dem Mann Knochen gebrochen worden waren. Vermutlich. Mit Sicherheit hatte er auch innere Verletzungen. Große Jäger vergewisserte sich, dass die Atemwege frei waren. Mehr konnte er nicht unternehmen. Der Notarzt würde in wenigen Minuten da sein und konnte dann sachkundige Rettungsmaßnahmen einleiten.

Cornilsen starrte auf das Bündel.

»Wer ist das?«, fragte er. Dann erstarrte er in der Bewegung. »Du stehst inmitten blutiger Schleifspuren.«

»Da werden noch mehr Fremdspuren hinzukommen«, erwiderte Große Jäger. »Das müssen wir in Kauf nehmen. Wichtig ist, ihm zu helfen. Sieh dich mal um.«

»Wollen wir nicht zuerst auf die Spurensicherung warten?«

»Die soll kommen. Ich gehe aber davon aus, dass er nicht hier zusammengeschlagen wurde, sondern woanders. Gibt es Spuren in der Wohnung?«

»Die ist total verdreckt. Aber offensichtliche Kampfspuren habe ich nicht entdeckt.« Mit spitzen Fingern durchsuchte Cornilsen die wenigen Habseligkeiten. »Hier ist ein zerknitterter Brief der Ausländerbehörde. Empfänger ist Ridvan Dushi mit dieser Anschrift.«

»Dushi. Ist das ein afghanischer Name? Oder ein Albaner?« Warum können diese Typen nicht Petersen heißen. Dann wüssten wir, dass es kein Bayer ist.«

Der Mann trug abgenutzte Turnschuhe. In der Ecke des Raumes stand ein weiteres Paar Schuhe.

»Die sehen größer aus«, murmelte der Oberkommissar. »Und dann das zweite Bett mit dem Schlafsack. Hier haust noch einer.«

Kurz darauf kehrte Cornilsen zurück. »Es sieht so aus, als hätten in dem anderen Raum auch zwei Leute gewohnt. Bei diesem Chaos fällt es schwer, den Überblick zu behalten. Gemeldet sind drei für die Wohnung. Wer ist der Vierte? Er da?«

»Wir wissen von der Streife, dass es öfter Auseinandersetzungen zwischen den Bewohnern gab. Vielleicht ist das eskaliert.«

»Hast du einen Knüppel oder Baseballschläger entdeckt?«, wollte Große Jäger wissen.

»Nein. Den könnten die anderen bei der Flucht mitgenommen haben.«

»Das ist eher unwahrscheinlich. Wer läuft mit einem blutigen Knüppel durch die Stadt? Der Nachbar Bierhenke wusste viel Negatives über die Bewohner der Wohnung zu berichten. Mit seiner Behinderung scheint er auch nicht sehr mobil zu sein. Wenn es hier hoch hergegangen wäre, hätte er es uns berichtet, wenn er nicht zuvor schon die Polizei angerufen hätte. Ich vermute, er hier«, dabei zeigte Große Jäger auf die zusammengekrümmte Gestalt, »ist woanders so zugerichtet worden.«

Sie horchten auf, als sich das erlösende Martinshorn des Rettungswagens näherte. Fast zeitgleich trafen die Notfallsanitäter aus dem Rettungswagen und der Notarzt ein. Der Arzt, ein junger Mann mit Vollglatze, drängte die beiden Polizisten energisch aus dem Raum, nachdem er die Nase über den Zustand der Örtlichkeiten gerümpft hatte.

»Unser Kollege Klaus Jürgensen aus Flensburg ist auch ein Feingeist«, erwiderte Große Jäger. Außer Hörweite des Rettungspersonals flüsterte er Cornilsen zu: »Man versteht es nicht. Die Leute sollen doch hier leben. Sie haben alle Zeit der Welt. Da würde ich mir mein eigenes Umfeld ein bisschen wohnlich einrichten, aber doch nicht in einem solchen Dreckloch vegetieren.«

»Die Frage stellt man sich auch in Wohngemeinschaften, zum Beispiel bei Studenten«, antwortete Cornilsen. »Wenn sich einer aus der Gemeinschaftsarbeit ausklinkt, sehen die anderen nicht ein, weshalb sie für ihn die Arbeit miterledigen sollen. So verkommt alles.«

»Davon habe ich auch gehört. Aber das hier – so läuft das doch nicht.« Er schüttelte verständnislos den Kopf. »Das ist auch nicht mit einer anderen kulturellen Herkunft erklärbar.«

Dann durchsuchten sie den anderen Schlafraum. Sie fanden nichts, was sie weiterführen konnte. Cornilsen versuchte, etwas über Ridvan Dushi in Erfahrung zu bringen.

»Dushi ist einundzwanzig Jahre alt und stammt aus Shkodra. Er ist 2015 mit der großen Flüchtlingswelle nach Deutschland gekommen und hat hier um Asyl gebeten. Das hat kaum Aussichten auf Anerkennung. Ihm droht die Abschiebung.«

»Gib es Hinweise auf Familienangehörige, Vorstrafen, Freunde oder anderes Brauchbares?«, fragte Große Jäger ungeduldig.

Cornilsen hob sein Smartphone in die Höhe. »Das ist alles, was wir wissen.«

Sie hörten es im Nebenraum rumoren. Dann trugen zwei Notfallsanitäter den Verletzten auf einer Trage aus der Wohnung.

»Können Sie etwas sagen?«, fragte Große Jäger den Notarzt.

»Wenig. Dem Patienten wurden Schläge zugefügt. Ich habe mehrere Brüche an den Unterarmen feststellen können. Es könnten Abwehrverletzungen sein, so als hätte er die Arme schützend hochgehoben, als auf ihn eingeschlagen wurde. Ich bin kein Rechtsmediziner, aber es sieht wie ein stumpfer Gegenstand aus. Er hat auch ein paar gebrochene Rippen.«

»Besteht Lebensgefahr?«

Der Arzt zog eine Grimasse. »Das wird die Untersuchung in der Klinik ergeben. Wir bringen ihn nach Flensburg in die Diako.« Dann steckte er die Hand in seine Hosentasche. »Hier«, sagte er. »Das trug er am Handgelenk. Ziemlich ungewöhnlich.«

Er übergab Große Jäger zwei Damenarmbanduhren.

Der Oberkommissar sah erstaunt auf die Zeitmesser. »In der Tat«, murmelte er.

Sie mussten noch zwanzig Minuten warten, bis Klaus Jürgensen und sein Team eintrafen.

»Was ist das für eine Behausung?« Der Leiter der Spurensicherung zuckte zurück, als er die Wohnung betrat. »Wohnst du hier?«, wollte er von Große Jäger wissen.

»Meine Wohnung sieht nicht so gut aus. Im Unterschied zu diesen Bewohnern habe ich leider nicht aufgeräumt.«

»Ihr habt hier doch eine gut organisierte Volkshochschule. Schlag doch vor, dass die Kurse wie ›Saubermachen im Kollektiv‹ anbieten.«

Große Jäger klopfte Jürgensen auf die Schulter. »Nordfriesland ist für seine gesunde, saubere Luft berühmt.«

Jürgensen hob schnuppernd die Nase. »Davon ist nichts zu spüren.«

»Wir vermuten, dass die Tat nicht in der Wohnung passiert ist.« Große Jäger zeigte auf die blutigen Schleifspuren auf dem

Fußboden. »Vielleicht im Haus oder in der Umgebung des Gebäudes.«

Der Flensburger stöhnte auf. »Wie groß ist Nordfriesland?«

»Fast so groß wie das Saarland.«

»Mensch. Ich werde in zwanzig Jahren pensioniert. Das wird knapp.«

»Du machst es schon«, munterte Große Jäger den Hauptkommissar auf.

Als sie die Wohnung verließen, bemerkten sie den geöffneten Türspalt beim Nachbarn. Große Jäger stieß gegen das Türblatt. Prompt war ein »Aua« zu hören, dann erschien Bierhenke und rieb sich die Nase.

»Oh, gut, dass wir Sie noch einmal sehen. Haben Sie gestern, in der Nacht oder heute etwas Verdächtiges gehört?«

»Da ist doch immer Lärm«, behauptete Bierhenke.

»Warum haben Sie nicht wie sonst die Polizei gerufen?«

»Na – gestern war da nichts.«

»Und heute Nacht?«

Bierhenke hob die Krücke kurz an. »Da habe ich geschlafen.«

»Indem Sie nachgeholfen haben?« Große Jäger deutete die Geste des Trinkens an.

»Ach – hören Sie doch auf. Sie haben ja keine Ahnung.« Bierhenke zeigte auf die Nachbarwohnung. »Was ist mit dem? Ist er hin?«

»Was sind das für Worte?«

»Nehmen die Rücksicht auf uns? Sollen die sich doch zu Hause die Köppe einschlagen.«

Dann fiel die Tür zu.

Große Jäger zeigte ihm den Stinkefinger hinterher.

Danach fuhren sie Richtung Dienststelle. Unterwegs überlegten sie, wie der zusammengeschlagene Mann in den Besitz der Damenuhren gekommen sein könnte.

»Wart mal«, sagte Große Jäger, als sie auf Höhe der Klappbrücke waren, die den Binnen- vom Außenhafen trennte. »Fahr noch einmal nach Schobüll.«

Dieses Mal öffnete die Tochter. »Mein Vater hat sich etwas hingelegt«, sagte sie. »Ich möchte ihn nicht stören. Und mein Bruder ist nicht da.«

Große Jäger zog die beiden Armbanduhren hervor. »Erkennen Sie die wieder?«

Die Tochter sah auf die Uhren. Der Oberkommissar konnte gerade rechtzeitig die Hand zurückziehen, bevor sie darauf tippen konnte. »Das ist die meiner Mutter. Ich bin mir ganz sicher. Sie war stolz darauf. Mein Vater hat sie ihr in Genf gekauft, als die beiden einmal dort waren. Sie hat mir anvertraut, dass sie ein Vermögen gekostet hat. Die Uhr, meinte meine Mutter, hätte man in Deutschland zum halben Preis bekommen. Aber mein Vater hatte darauf bestanden, dass es unbedingt aus diesem teuren Juweliergeschäft in der Rue du Rhône sein musste. ›Die oder keine‹, hat er gesagt. ›So wie ich bei dir gedacht habe, als wir uns das erste Mal begegnet sind.‹« Sie sah Große Jäger an. »Wo haben Sie die gefunden?«

»Wir sind im Zuge unserer Ermittlungen darauf gestoßen«, erwiderte Große Jäger ausweichend.

»Heißt das, Sie haben die Täter gefunden?«, fragte sie hastig.

»Sie hören von uns, wenn wir ein Stück weiter sind.«

»Ja, aber …«

»Ich bedauere, aber mehr können wir im Moment noch nicht dazu sagen.«

Irritiert sah die junge Frau den beiden Beamten hinterher.

Mit dieser Neuigkeit trafen sie in der Poggenburgstraße ein.

»Diese Adresse ist genauso berühmt wie 221B Baker Street«, stellte Große Jäger fest, als sie auf den Parkplatz abbogen, nachdem sie den grünen Stadtbus mit der auffälligen Werbung für einen Regionalkrimi hatten passieren lassen.

Cornilsen lachte laut auf. »Das sind Vergleiche. Sherlock Holmes war ein bekennender Junkie. Davon sind wir weit entfernt.«

»Dafür sind wir besser. Wir jagen nicht ständig hinter Professor Moriarty her.« Leiser fügte er hinzu: »Unsere Probleme sind profaner. Aber es gibt eine andere Gemeinsamkeit.«

Cornilsen sah ihn fragend an, nachdem er den Wagen geparkt und den Motor abgestellt hatte.

»Holmes hatte Ärger mit dem Hund von Baskerville. Wir müssen uns mit dem Hundt von Husum auseinandersetzen.«

Der hatte schon vom Einsatz in der Schönlanker Straße gehört und erwartete sie im Flur. »Habe ich richtiggelegen, als ich euch zu diesem Einsatz abgeordnet habe?«, sagte er selbstbewusst. »Endlich führen meine Ermittlungen zu greifbaren Erfolgen. Jetzt erwarte ich euren Bericht. Aber zeitnah.«

Große Jäger strafte ihn mit Missachtung. Als Nächstes erkundigte er sich nach dem Roma-Jungen. Mommsen hatte sich der Sache angenommen und das Jugendamt eingeschaltet. Man hatte den Jungen, der immer noch beharrlich schwieg, mitgenommen und würde sich in einer Jugendeinrichtung um ihn kümmern. Über seine Herkunft, seine Identität und sein Alter herrschte Unsicherheit. Das Jugendamt wollte ihn wie einen Vierzehnjährigen behandeln. Dann wäre er strafmündig. Dazu mussten ihm aber erst einmal Diebstähle nachgewiesen werden. Große Jäger beschloss, diese Aufgabe dem »großen Strategen« Hundt zu überlassen. Einigkeit bestand nur darin, dass der vermeintliche Taschendieb nichts mit den gewalttätigen Einbrechern zu tun hatte. Große Jäger hielt es für unwahrscheinlich, dass eine durchreisende organisierte Bande beide Deliktgruppen abdeckte.

»Warum haben wir die anderen Bewohner der Asylunterkunft nicht angetroffen?«, fragte Große Jäger, als sie wieder in ihrem Büro saßen. »Der Nachbar sagte doch, die würden nie vor dem frühen Nachmittag auf der Bildfläche erscheinen.«

»Dann sollten wir die Fahndung nach ihnen einleiten, auch wenn der Verdacht sehr vage ist. Es gab bereits früher Streit zwischen ihnen und dem Albaner. Und wenn das Opfer auf der Straße zusammengeschlagen worden wäre, was nicht auszuschließen ist, dann hätten die Täter ihn mit Sicherheit nicht in seine Wohnung geschleift und auch noch gewusst, welches sein Bett ist.«

»Gut kombiniert, Hosenmatz«, lobte Große Jäger sein Gegenüber. »Und wem gehört das Paar Schuhe in der anderen Größe, das wir dort gefunden haben? Und wer hat im Schlafsack genächtigt? Nummer vier ist aber nicht von der Stadt dort eingewiesen worden.«

»Wir suchen zwei Täter, die vermutlich die Einbrüche begangen haben. Ist der Unbekannte der zweite Mann? Wo ist der klapprige Golf, den Zeugen in Schwabstedt gesehen haben wollen? Afghanen sind vermutlich selbst ernannte Naturtalente – das Autofahren betreffend. Es bedeutet aber einen Unterschied, ob man über staubige unbefestigte Straßen kutschiert oder sich ohne Schulung in unseren geordneten Straßenverkehr stürzt.«

»Sind Albaner da besser?«, fragte Cornilsen spöttisch.

»Ich würde ihnen in diesem Punkt Vorteile einräumen. Die beiden Armbanduhren erhärten den Verdacht, dass Ridvan Dushi an den Einbrüchen beteiligt war oder zumindest in Verbindung zu den Tätern steht.«

»Das bedeutet, die Tat könnte auch im Streit um die Beute verübt worden sein. Ein Komplize schlägt Dushi nieder. Der wollte die Beute nicht ehrlich teilen und hat die beiden Uhren an seinem Unterarm versteckt. Der Mittäter kennt natürlich die Unterkunft und zerrt Dushi dorthin, weil er ihn nicht auf offener Straße liegen lassen will. Dort wäre er sofort entdeckt worden. Danach flüchtet er.«

»Und die beiden Afghanen?«

»Die sind auch verdächtig. Es ist nicht auszuschließen, dass sie etwas von den Einbrüchen mitbekommen haben und Dushi die Beute abjagen wollten. Es gibt eine ganze Reihe von möglichen Tätern.«

»Hmh«, knurrte Cornilsen. »Mir fallen noch weitere ein. Heiko Nebendahl hatte gedroht, diejenigen, die für diese Taten und die damit entstandene Unruhe an der Einbruchsfront in

Nordfriesland verantwortlich sind, gemeinsam mit den Leuten aus seinem *Berufsstand* zu jagen. Er hätte noch ein zusätzliches Motiv: seine sogenannten Großeltern, an denen er wohl zu hängen schien.«

»Und wie verhält es sich mit dem Bürgersicherheitsdienst, den vermutlich Helmut Rahn organisiert hat? Die haben dem harmlosen Dr. Al Shami zugesetzt. Wir wissen nicht, ob Dushi denen in die Hände gefallen ist.«

»Die werden ihn kaum nach Hause bringen, nachdem sie ihn so zugerichtet haben«, sagte Cornilsen zweifelnd.

»Es besteht aber die Möglichkeit, dass der Hattstedter Selbstschutz nur einen Einbrecher erwischt hat, während der andere flüchten konnte. Der ist anschließend zurückgekehrt, hat seinen Kumpel in den Golf verfrachtet und ihn in die Schönlanker Straße geschleppt. Dann ist er mit dem Wagen in Panik abgehauen.«

»Und was ist nun die Lösung?«, fragte Cornilsen stirnrunzelnd.

Große Jäger grinste breit. »Frag doch deine Oma.«

»Tu ich machen«, erwiderte Cornilsen.

»Aber erst, nachdem du Heiko Nebendahl aufgesucht hast. Zeig ihm die zweite Uhr und erkundige dich, ob er sie kennt. Moment.«

Er griff zum Telefon und erkundigte sich, wann man Nebendahl wieder laufen lassen müsse. Dann berichtete er Cornilsen: »Nebendahl hat gestanden. Man hat sich mit Schleswig in Verbindung gesetzt. Es stimmt. Es gab einen Einbruch in Fahrdorf. Die bei Nebendahl gefundene Beute konnte diesem Tatort zugeordnet werden. Damit kommt er für den Einbruch bei seinen Verwandten nicht in Frage. Ein merkwürdiges Alibi«, stellte Große Jäger fest. »Durch eine andere Straftat kann Nebendahl beweisen, dass er am Tod seiner Verwandten unschuldig ist.«

»Freigelassen? Er darf weiter seinem Tun nachgehen?«, wunderte sich Cornilsen.

»Er hat einen festen Wohnsitz, und es besteht keine Fluchtgefahr, hatte der Richter gesagt und sich geweigert, einen Haftbefehl auszustellen. Die Freiheit ist ein hohes Rechtsgut in Deutschland. Was macht es da, wenn die Bürger nachts nicht schlafen können und sich davor fürchten, dass sie als Nächste heimgesucht werden.«

Der Sarkasmus troff aus jedem Wort des Oberkommissars.

»Ich bin dann mal weg«, erklärte Cornilsen kopfschüttelnd und nahm die zweite Uhr an sich.

Er hatte kaum das Büro verlassen, als eine Nachricht aus Kiel eintraf. Kriminaltechnik und Rechtsmedizin hatten sehr schnell reagiert. Der alte Heinz Nebendahl war einem Herzinfarkt erlegen. Für ihn war die Aufregung um den Überfall tödlich gewesen, überlegte Große Jäger. Wie sollte die Mitschuld der Einbrecher daran bewertet werden? Das galt auch für die Ehefrau. Anneliese Nebendahl war am Knebel erstickt. Ihr war zum Verhängnis geworden, dass sie erkältet war und nicht durch die Nase atmen konnte. In beiden Fällen mit tödlichem Ausgang konnte man die Täter nicht wegen Mordes zur Rechenschaft ziehen.

Dafür lag der Beweis vor, dass die Taten von Schwabstedt und bei Lüttschwagers von denselben Tätern begangen worden waren. Man hatte identische Fingerabdrücke gefunden. Außerdem gab es Übereinstimmungen beim DNA-Abgleich. Die Kratzspuren auf der Haut der alten Frau Nebendahl hatten dieselbe DNA, die man aus den Spermaspuren bei Frau Lüttschwager gesichert hatte.

»Wir werden vermutlich nie gesichert wissen, ob die Kratzspuren bei einem Abwehrversuch der alten Frau entstanden sind oder ob die Schweine sie auch vergewaltigen wollten«, murmelte Große Jäger.

Bei »Schweine« sah er instinktiv zur Tür. Mommsen billigte es nicht, wenn man in dieser Weise von Tätern sprach. Für den Kriminalrat war das unprofessionell. »Macht nichts«, setzte

Große Jäger sein Selbstgespräch fort. »Dann bin ich eben kein Profi. Aber dafür darf ich Mensch sein.« Er drehte sich um und sah über die Schulter. »Nicht wahr, Christoph?«

Cornilsen kehrte zurück und berichtete, dass Nebendahl die Uhr wiedererkannt hatte. »Er wollte sie gleich behalten und hat behauptet, als Erbe stünde sie ihm zu. Für den gestrigen Abend konnte er kein Alibi nachweisen. Er will allein zu Hause gehockt und sich die Kante gegeben haben. Das galt dem Frust, dass man ihn mit dem Einbruch in Fahrdorf in Verbindung gebracht hat. Es wird für ihn dieses Mal wohl keine Bewährung mehr geben.«

»Hoffentlich trifft er auf einen unnachgiebigen Richter«, sagte Große Jäger. »Es ist den Menschen da draußen nicht zu vermitteln, dass kriminellen Elementen fortwährend ihr Handeln ermöglicht wird. Dann wollen wir als Nächstes mit dem Hattstedter Sheriff Helmut Rahn sprechen.« Große Jäger schüttelte den Kopf. »Mannomann. Da trägt der Kerl einen so berühmten Namen, und dann schießt er nur noch Eigentore.«

Die Fahrt verlief überwiegend schweigend. Nur als sie am neuen Stadtteil Kronenburg vorbeikamen, meinte Große Jäger: »Da verzichten Menschen auf vieles, stecken alle Ersparnisse und allen Mut in ihr eigenes Haus, sind zu Recht stolz darauf, auch wenn es sie für lange Zeit belasten wird, und wenn sie Pech haben, steigt dort irgend so ein Idiot ein, und der ganze Lebensinhalt der Menschen, der in diesem Haus investiert wurde, gerät ins Wanken. Ein Einbruch ist kein Kavaliersdelikt für die Betroffenen, sondern ein einschneidendes Erlebnis. Es geht um viel mehr als den Verlust irgendwelcher Gegenstände. Deren Gegenwert ersetzt die Versicherung. Keine Entschädigung kann aber die zerstörte Sicherheit im eigenen Heim aufwiegen.«

Ob Leute wie Helmut Rahn vielleicht doch ein wenig recht hatten?, überlegte er, hütete sich aber, es auszusprechen. Selbstjustiz war kein probates Mittel gegen Kriminelle.

Nach ihrem Klingeln und geduldigem Warten öffnete Frau Rahn die Tür.

»Mein Mann ist nicht da«, sagte sie, ohne den Grund des Besuchs zu erfragen.

Die Polizisten wollten wissen, wann er wieder zurückkommen würde.

Sie druckste herum.

»Gib ihr eine Karte«, forderte der Oberkommissar Cornilsen auf. Zu Frau Rahn gewandt fuhr er fort: »Das ist unsere Adresse. Wenn wir uns schon vergeblich der Mühe unterziehen, zu Ihnen zu kommen, sind Sie jetzt am Zug.«

»Ich weiß nicht, ob er will«, sagte sie leise.

Große Jäger lachte laut auf. »Das ist keine Frage. Wir schicken zur Not auch eine Fahrgelegenheit. Unsere blau-silbernen Limousinen haben sogar uniformierte Chauffeure.«

»Was wollen Sie denn von meinem Mann?«

Große Jäger setzte eine nachdenkliche Miene auf. »Uns interessiert, weshalb er und seine Freunde Menschen brutal zusammenschlagen.«

Puschi Rahn, wie der Mann seine Ehefrau genannt hatte, senkte den Blick. Sie scharrte mit dem rechten Fuß.

»Das macht Helmut doch nicht. Ich weiß auch nicht …« Der Blick, den sie auf Große Jäger richtete, wirkte hilflos.

»Wo war er gestern Abend?«

»Gestern Abend … Gestern Abend …«, wiederholte sie mehrfach. Es war ihr anzumerken, dass sie nach einer Ausrede suchte. Sie schlug die Augen nieder. Ein typisches Zeichen dafür, dass sie log. »Wir waren gestern Abend zu Hause«, erklärte sie dann und bekräftigte es noch einmal. »Ja! Zu Hause.«

»Sie wissen, dass es strafbar ist, die Polizei anzulügen«, sagte Große Jäger.

Frau Rahn nagte an der Unterlippe. »Ich sage die Wahrheit«, behauptete sie.

»Schön. Wo ist Ihr Mann jetzt?«

»Bei Bendlers.«

Der Oberkommissar spürte, dass es ihr herausgerutscht war. Er fragte nach, wo Bendlers wohnen würden. Frau Rahn zeigte die Straße hinunter. »Zwei Häuser weiter. Auf der linken Seite.«

Vor dem Neubau mit dem gepflegten Vorgarten standen mehrere Paar Schuhe sauber nebeneinander. Ein melodischer Gong ertönte. Dann tauchte hinter der Riffelglasscheibe ein Schatten auf, bevor die Tür geöffnet wurde. Ein Mann, vielleicht Mitte vierzig, sah sie an.

»Ja?«, fragte er.

»Polizei«, erklärte Große Jäger. »Wir würden gern an Ihrer Strategieplanung teilnehmen. Da werden Sie und Helmut Rahn sicher keine Einwände erheben.«

»Wir machen …« Bendler war überrumpelt worden.

Große Jäger drückte die Tür weiter auf.

»Aber das ist …«

»Vielen Dank für die Einladung, Herr Bendler. Wie heißen Sie eigentlich mit Vornamen?«

»Harald. Wie kommen Sie …«

»Lassen Sie es gut sein«, sagte Große Jäger in jovialem Ton. »Sie haben jetzt mehrfach versucht, einen Satz zu beginnen. Wir würden gern mit Ihnen gemeinsam sprechen.«

Bendler gab auf. »Es ist nicht so, wie Sie vermuten.«

»So? Was vermuten wir denn?«

»Was weiß ich denn.« Es klang aggressiv.

Im Wohnzimmer hatten sich, Bendler eingeschlossen, vier Männer um den Esstisch versammelt, darunter Helmut Rahn. Große Jäger tippte sich mit dem Zeigefinger an den Haaransatz.

»Moin. Polizei Husum.« Er ließ es fast fröhlich klingen. Sein Blick wanderte zu Rahn weiter. »Ah, der prügelwütige Rentner ist auch da.«

Flammende Röte überzog Rahns Gesicht. Fast hätte er das Weißbierglas vor sich umgestoßen.

»Das ist die Höhe«, mischte sich ein Mann mit Halbglatze ein. Er trug eine Brille mit schmalem Goldrand.

»Und Sie sind?«, fragte der Oberkommissar.

»Zunächst weisen Sie sich aus«, forderte der Mann mit dem Sporthemd.

Große Jäger fingerte seinen ramponierten Dienstausweis hervor und reichte ihn dem Mann, der das Dokument mit spitzen Fingern entgegennahm. Nachdem er den Ausweis zurückerhalten hatte, wiederholte der Oberkommissar die Frage nach dem Namen.

»Ich weiß, was Sie dürfen. Und was nicht«, sagte der Mann mit Schärfe in der Stimme. »Ich bin auch Beamter.«

»Und in welcher Behörde?«

»Finanzamt.«

»Sie haben Ihren Namen noch nicht genannt«, erinnerte ihn der Oberkommissar.

»Andreas Joostmeier. Steueramtmann.« Joostmeier griff zum Glas und nippte an seinem Mineralwasser.

»Und Sie?«, fragte Große Jäger den vierten Anwesenden.

»Bodo Roggensack. Ich arbeite als Verkäufer in einem Baumarkt.« Der Mann mit den langen blonden Haaren nannte den Namen eines allen Einheimischen bekannten Betriebs im Husumer Gewerbegebiet.

»Vor Kurzem wurde ein Arzt mit seiner Frau angefeindet, als sie hier Freunde besuchen wollten. Gestern hat man einen albanischen Asylbewerber zusammengeschlagen. Wir sind auf der Suche nach den Tätern.«

»Und die vermuten Sie hier, bei uns?« Joostmeier schien der Wortführer zu sein.

»Nennen Sie uns einfach Ihre Alibis für den gestrigen Abend.«

»Sie wollen uns doch nicht verdächtigen«, empörte sich Joostmeier.

»Wo waren Sie gestern Abend bis …« Große Jäger spitzte die Lippen. »Sagen wir, drei Uhr nachts.«

»Darauf werde ich nicht eingehen.« Der Finanzbeamte sah seine Mitstreiter der Reihe nach an.

»Ich war hier. Bei Harald«, durchbrach Rahn die Strategie. »Nicht wahr?«

Bendler nickte eilfertig. »Das stimmt.«

»Wie lange?«

Die beiden Männer wechselten rasch einen Blick. »Bis …«, wollte Rahn schon ansetzen, aber Große Jäger sagte schnell: »Stopp.«

Er forderte Cornilsen auf, ein Stück Papier hervorzuholen und es in zwei Teile zu zerreißen. Dann mussten Bendler und Rahn jeweils ihre Zeitangaben notieren. Der Oberkommissar nahm die Notizen an sich und grinste.

»Herr Bendler behauptet, Sie hätten sich gegen elf Uhr abends getrennt. Rahn meint, er wäre erst nach ein Uhr nach Haus gegangen. Wie erklären Sie sich das?«

Rahn zuckte hilflos mit den Schultern. Bendler wich dem Blick des Oberkommissars aus.

»Haben Sie einen Zwillingsbruder?«, wollte Große Jäger von Rahn wissen.

»Nein. Wieso denn?«

»Wir waren vorher bei Ihrer Puschi. Die hat Stein und Bein geschworen, Sie wären den ganzen Abend mit ihr zu Hause gewesen. Können Sie mir sagen, wie das geht?«

»Was sind das für hinterhältige Methoden?«, ereiferte sich Joostmeier.

Große Jäger schenkte ihm ein süffisantes Lächeln. »Die beiden Herren haben sich gegenseitig entlastet. Nun stehen Sie ziemlich allein da.«

»Auch wenn ich es nicht nötig habe, Ihnen zu antworten … ich war gestern Abend mit zwei Kollegen aus dem Amt unterwegs. Wir treffen uns unregelmäßig und gehen etwas essen. Hinterher sitzen wir auf ein Bier zusammen.«

»Dann nennen Sie uns die Namen der Kollegen und des Lokals, wo Sie sich aufgehalten haben.«

»Nur unter Protest«, antwortete Joostmeier, kam aber der Aufforderung nach.

»Und Sie?«, richtete Große Jäger die Frage an den Vierten in der Runde.

»Ich habe bis neun Uhr gearbeitet«, erwiderte Roggensack.

»Am Sonntag?«

»Wir haben viel zu tun. Da war ich auch am Sonntag im Baumarkt. Das kann ich mit der Zeiterfassung nachweisen. Außerdem war ich nicht allein. Zwei Kollegen haben auch gearbeitet. Dann bin ich nach Hause gefahren, habe etwas gegessen und noch ein wenig ferngesehen.«

»Welches Programm? Was gab es?«

Roggensack blies die Wangen auf. Hörbar ließ er die Luft entweichen.

»Ja, was gab es …«, sagte er.

»Sie sind alle verheiratet?« Große Jäger erntete ein einmütiges Nicken auf seine Frage.

»Dann werden Ihre Ehefrauen Ihre Alibis bestätigen können.«

»So dürfen Sie nicht mit uns umgehen. Wir sind unbescholtene Bürger, die nichts getan haben. Ihr Generalverdacht ist lächerlich. Gut. Wir sind beunruhigt in der Nachbarschaft und haben überlegt, wie man sich gegen diese massive Einbruchswelle schützen kann«, erklärte Joostmeier.

»Das ist durchaus legitim. Die Grenze wird nur dort überschritten, wo man sich bewaffnet und das Gesetz in die eigenen Hände nimmt.«

»Doch nicht bei uns. Sehen Sie sich doch um. Hier wohnen lauter redliche Menschen, die nichts anderes als ihren Frieden haben wollen. Unsere Häuser, unsere Frauen und Kinder – das wollen wir beschützen, indem wir sporadisch durch unser Viertel gehen und auf Verdächtiges achten. Wir haben auch miteinander gesprochen, dass wir tagsüber die Nachbarhäuser im Blick haben. Fast alle sind berufstätig. Da ist man auf eine verlässliche Nachbarschaft angewiesen.«

»Auf eine schlagkräftige Truppe.«

Joostmeier drehte sich zu Bendler um. »Harald, du hast hier Hausrecht. Fordere die Herren auf, zu gehen.«

»Wir möchten jetzt gern allein sein«, sagte Bendler zögernd und schob ein flehendes »Bitte« hinterher.

»Wir werden uns noch eingehend mit Ihnen auseinandersetzen. Mit allen«, sagte Große Jäger in drohendem Tonfall, bevor die Polizisten aufbrachen.

»Die haben uns doch angelogen«, stellte Cornilsen fest, als sie vor der Tür standen.

»Richtig. Alle Aussagen standen im Widerspruch zueinander. Unser Problem ist, dass wir noch nicht den Zeitpunkt kennen, zu dem der Albaner zusammengeschlagen wurde. Den wird uns in diesem Fall die Rechtsmedizin auch nicht nennen können. Wir müssen zunächst die Alibis von Joostmeier und Roggensack prüfen. Beide benennen Dritte als Zeugen.« Er zeigte auf Cornilsen. »Schaffst du das auch ohne Omas Unterstützung?«

»Und weiter? Was ist mit den Ehefrauen?«

»Deren Aussagen sind momentan wertlos. Du hast es an Puschis Behauptung, ihr Helmut wäre den ganzen Abend zu Hause gewesen, gesehen. Wir könnten im Nachhinein möglicherweise ein paar Anzeigen wegen Falschaussagen schreiben. Das führt uns in der Sache aber nicht weiter. Und jetzt …« Große Jäger kramte in der Hosentasche seiner viel zu engen Jeans und betrachtete gedankenverloren das zerdrückte Zigarettenpäckchen. »Das Wetter ist gegen uns«, behauptete er. »Wenn es kälter wird oder regnet, trägt man eine Jacke, in der man die Zigaretten besser unterbringen kann. In der Hose werden sie zu Krümeln zermalmt.«

»Das liegt an der Enge deiner Hose.«

Der Oberkommissar winkte ab. »Du als Niebüller hast keine Ahnung, was en vogue ist. Husum – da ist man modebewusst.« Große Jäger zupfte an seiner schmuddeligen Jeans. »Man trägt Slimline.«

Cornilsen lachte laut auf. »Dir passt doch höchstens Schlimmline.«

Nachdem Große Jäger seine Zigarette gierig inhaliert hatte,

setzte ihn der Kommissar in der Poggenburgstraße ab und fuhr zur Zeugenbefragung weiter.

Zwei Stunden später kehrte Cornilsen zurück.

»Die Aussagen von Joostmeier und Roggensack sind bestätigt worden«, berichtete er. »Joostmeier war tatsächlich mit ein paar Kollegen unterwegs. Sie hatten sich in einem griechischen Restaurant verabredet und sind gegen elf Uhr abends auseinandergegangen. Ich habe auch nach dem Alkoholkonsum gefragt. Joostmeier hat ein Alsterwasser getrunken, danach ist er auf alkoholfreies Bier umgestiegen. Einer der Kollegen hat sich von seiner Frau abholen lassen, der andere hat eine Taxe genommen und ist nach Mildstedt gefahren. Roggensack hat bis einundzwanzig Uhr gearbeitet.«

»Da hätte er alle Zeit der Welt, sich noch einmal mit dem Bürgersicherheitsdienst auf den Weg zu machen. Ich habe mich während deiner Abwesenheit erkundigt. Gestern Abend und in der Nacht sind keine Zwischenfälle aus Hattstedt gemeldet worden. Auch kein Einbruchsversuch. Einfach nichts.«

»Wenn wir nur wüssten, wann der Albaner seinen Peinigern in die Hände gefallen ist.« Cornilsen griff zum Telefon und fragte bei der Rettungswache Husum nach, was mit dem Mann geschehen war. »Man hat ihn nach Flensburg in die Diako gebracht«, sagte er, nachdem er aufgelegt hatte.

Dann schrieb er die beiden Afghanen zur Fahndung aus, nachdem er herausgefunden hatte, dass sie auf die Namen Hamed Omarzad und Raharan Hassanzada hörten und 2015 mit dem großen Schwung in die Bundesrepublik eingereist waren.

Große Jäger kratzte sich den Hinterkopf. »Ich frage mich«, überlegte er dabei laut, »weshalb sich niemand von der Familie Lüttschwager bei der Polizei gemeldet hat, obwohl sie erfahren haben, dass man die Uhr der Mutter gefunden hat. Seltsam.«

»Es gibt viele Merkwürdigkeiten in diesem Fall«, erwiderte Cornilsen und wollte wissen, was aus dem Roma-Jungen mit der verletzten Hand geworden war, den das Jugendamt abgeholt hatte.

»Das werden wir herausfinden«, erwiderte Große Jäger und suchte die Telefonnummer der Einrichtung heraus, in die man den jugendlichen Taschendieb überführt hatte.

»Er ist weg«, erfuhr er kurz und bündig, nachdem er mit den Verantwortlichen Kontakt aufgenommen hatte.

»Was soll das heißen? Sie haben ihn laufen lassen?«

»Wir sind keine Strafanstalt, die einen geschlossenen und gesicherten Bereich hat«, sagte der Sozialarbeiter. »Es kommt immer wieder einmal vor, dass Jugendliche unserer Obhut entfliehen. Wir melden es der Polizei. Mehr können wir nicht tun. Bei ausländischen Jugendlichen unbekannter Herkunft hören wir oft nichts mehr von ihnen. Das belastet unsere Mitarbeiter schon. Manche ziehen weiter in ein anderes Land, in eine andere Region, wo sie Verwandte oder Freunde vermuten. Einige kommen auch unter die Räder und werden für kriminelle Zwecke missbraucht. Ich habe die Akte gelesen und würde mich nicht wundern, wenn der Junge in diesem Fall seine Diebestruppe aufgespürt und sich ihnen wieder angeschlossen hätte. So dreht sich die Spirale immer weiter. Und wenn sie erwachsen sind, landen viele von ihnen in der richtig harten Kriminalität. In der Bevölkerung wird oft nicht wahrgenommen, welch vergeblichen Kampf wir an dieser Front ausfechten. Tut mir leid, dass ich Ihnen keine bessere Auskunft geben konnte.«

Große Jäger wünschte dem Sozialarbeiter weiterhin viel Kraft bei seiner Arbeit. Tauschen mochte er mit dem Mann nicht.

Sie hatten in der Zwischenzeit die Dienststelle kurz verlassen und waren eine Kleinigkeit essen gegangen. Der Oberkommissar hatte sich durchgesetzt. Sie waren in einem Fast-Food-Restaurant gelandet.

Nach der Rückkehr fanden sie eine Nachricht der Bundespolizeiinspektion Flensburg vor. Große Jäger rief Hauptkommissar Butterwegge zurück.

»Wir haben etwas für euch«, sagte der Flensburger. »Es geht um euer Fahndungsersuchen. Ich glaube, wir haben die Fische im Netz.«

»Die Afghanen, die wir vor zwei Stunden ausgeschrieben haben?« Große Jäger staunte.

»Möglicherweise. Es könnte passen. Ein Zugbegleiter hat heute Morgen in der Marschenbahn die beiden aufgegriffen, als sie ohne Fahrtausweis unterwegs waren. Sie sind um vier Uhr dreiundzwanzig in den Regionalexpress Richtung Hamburg eingestiegen. Der Schaffner hat sie nach Heide kontrollieren wollen. Sie hatten weder eine Fahrkarte, noch konnten sie sich ausweisen. So wurde eine Streife in Marsch gesetzt, die die zwei Männer in Itzehoe aus dem Zug holte.«

»Das ist die nächste Station hinter Heide«, stellte Große Jäger fest.

»Irrtum«, korrigierte ihn Butterwegge. »Der erste Zug ist ein Lumpensammler und hält auf allen Unterwegsbahnhöfen. Das tut aber nichts zur Sache. Da wir sie nicht identifizieren konnten, haben wir sie erst einmal in Gewahrsam genommen. Wir haben auch schon eine Meldung an das LKA abgegeben, da die beiden blutverschmierte Kleidung trugen.«

»Die haben was …?«, fragte der Oberkommissar.

»Ich spreche doch Hochdeutsch, oder?«, sagte Butterwegge lachend. »Wegen der Blutspritzer an der Kleidung kam uns die Sache merkwürdig vor. Die Streife meinte, die beiden Afghanen hätten sich nicht beim Dosenöffnen verletzt.«

»Wo sind sie jetzt?«, wollte Große Jäger wissen.

»Die haben wir bei euren Kollegen in Itzehoe deponiert.«

Der Oberkommissar bedankte sich für die schnelle Reaktion. Dann rief er in Itzehoe an. Dort bestätigte man den Zugang der beiden Afghanen. »Wir wissen nicht, was wir mit ihnen anfangen sollen. Sie schweigen. Sie sprechen weder Deutsch noch Englisch. Nachher kommt ein Dolmetscher, der Paschto spricht. Es ist ein Graus mit den vielen Fremdsprachen«, stöhnte der Itzehoer. »Deutsch und Englisch – das ist okay. Manchmal fangen wir uns auch einen Spritdänen ein. Wenn die ausgenüchtert sind, kann man sich auch mit denen verständigen. Selbst in Wacken klappt es. Aber mit solchen Typen wie diesen? Weshalb werden die gesucht?«

»Sie werden verdächtigt, möglicherweise einen Mitbewohner ihrer Asylunterkunft zusammengeschlagen zu haben.«

»Das kennen wir. Kommt hier öfter vor. Wir müssen hin und wieder dorthin, weil die sich untereinander an die Gurgel gehen. Die beklauen sich gegenseitig, machen sich an die Frauen ran oder gehen aufeinander los, weil der Nächste einen anderen Glauben hat. Und unsere Kollegen stehen zwischen den Fronten. Glaubt ihr, die singen dabei: ›Wir schaffen das schon‹? Was soll mit den Typen geschehen?«

»Wir kommen vorbei«, sagte Große Jäger. »Und noch was, Kollege – kauf dir mal ein Beißholz. Das baut Frust ab.« Er legte auf, bevor der Itzehoer antworten konnte.

Cornilsen hatte stichwortartig mitgeschrieben: Ridvan Dushi – einundzwanzig, albanischer Asylbewerber aus Shkodra, verletzt in der Diako in Flensburg, vermutlich Tatbeteiligter in den Fällen Lüttschwager und Nebendahl.

Hamed Omarzad und Raharan Hassanzada, afghanische Asylbewerber, blutbefleckt in Itzehoe festgesetzt.

Übereinstimmung: gemeinsame Wohnung in der Schönlanker Straße.

»Komm schon«, forderte Große Jäger den jungen Kollegen auf. »Es ist ein weiter Weg. Itzehoe liegt tief im Süden.«

Große Jäger überließ Cornilsen das Steuer und nutzte die »Reise«, indem er schon an der Bahnunterführung kurz nach dem Verlassen des Polizeiareals einschlief.

Er wachte wie von Zauberhand wieder auf, als Cornilsen vor der Itzehoer Polizeidirektion unweit des Stadtparks im Schatten des Hochhauses abbremste.

»Wie kommt es, dass du exakt bis hierher tief und fest geschlafen hast?«, wollte Cornilsen wissen.

»Weil mein Handy sich gemeldet hat«, knurrte Große Jäger schlaftrunken.

Er warf einen mürrischen Blick auf das Display. Sogleich hellte sich seine Miene auf.

»Klaus, was gibt's?«, fragte er, als die Verbindung hergestellt war, und schaltete den Lautsprecher ein.

»Wir haben eine erste Erfolgsmeldung«, berichtete Klaus Jürgensen. »Der Fingerabdruck des zusammengeschlagenen Albaners ist identisch mit denen, die wir im Hause Lüttschwager und in Schwabstedt im Hause der alten Nebendahls gefunden haben. Das ergab die erste Analyse. Der DNA-Abgleich folgt aus Kiel, später.«

Große Jäger schmatzte einen Kuss ins Telefon. »Klaus, du bist unbezahlbar.«

»Das sagt sich der Innenminister auch. Jeden Monat. Darum unternimmt er gar nicht erst den Versuch und speist mich mit dem üblichen Beamtensalär ab. Und – ein schlichtes Dankeschön reicht. Deine sexuellen Übergriffe kannst du dir sparen.«

Nach dem kurzen Telefonat schlug Große Jäger vor Begeisterung mit der geballten Faust auf das Armaturenbrett. »Großartig. Damit dürfte einer der Täter gefasst sein. Aber wer ist der zweite? Der Untergetauchte aus der Wohnung? Und unser Problem, wer den Albaner so zugerichtet hat, ist auch noch nicht gelöst. Ist es nicht absurd, dass wir jetzt einen Täter jagen, der einen anderen übel verletzt hat?«

Polizeiobermeister Fricke war ihr Ansprechpartner. Er hatte einen fast quadratischen Schädel, der Große Jäger in Verbindung mit der bulligen Gestalt an einen robusten Dithmarscher Mastbullen erinnerte. Fricke führte sie in einen Besprechungsraum und holte anschließend den ersten Afghanen.

»Nach unseren Informationen müsste er Hamed Omarzad heißen.«

Der Mann war schlank, fast hager. Die Wangen waren eingefallen. Die dunklen Augen lagen tief in den Höhlen. Ein dünner

Bart bedeckte das Kinn. Die dunklen Haare hingen ungewaschen vom Kopf herab. Die fleckige Jeans stand im Gegensatz zum sauberen schwarzen T-Shirt mit dem Totenkopf und den gekreuzten Knochen.

»St. Pauli«, las Große Jäger den Schriftzug vor. »Wo hat er das her?«

»Wir mussten ihm seine Kleidung abnehmen. Die haben wir zur Kriminaltechnik nach Kiel geschickt. Das T-Shirt hat ein Kollege mitgebracht, der St.-Pauli-Fan ist.« Fricke grinste. »Es passt ihm nicht mehr.«

»Was haben Sie inzwischen aus ihm herausgebracht?«

»Nichts«, erwiderte Fricke.

Große Jäger zeigte auf den Besucherstuhl. Erst bei der zweiten Aufforderung nahm Omarzad Platz. Er setzte sich auf die vordere Kante und beäugte den Oberkommissar misstrauisch aus zusammengekniffenen Augen.

»Sie heißen Hamed Omarzad«, begann Große Jäger und wiederholte den Namen mehrfach.

Der Mann sah ihn ohne jede Regung an.

»Verstehen Sie Deutsch?«

Omarzad zwinkerte nicht einmal mit den Augenlidern.

Große Jäger versuchte es auf Englisch. Nichts.

»Versuch es doch einmal auf Paschto«, schlug Cornilsen vor.

»Blödnase.«

»In Afghanistan gibt es die unterschiedlichsten Dialekte und Sprachen je nach Ethnie«, fuhr Cornilsen fort. »Wissen wir, wo er herkommt?«

»Er kommt aus Sarandsch. Das hat uns der Bundespolizist erzählt.«

»Moment«, sagte Cornilsen und zog sein Smartphone hervor. »Wie schreibt man das?« Beim zweiten Versuch hatte er es gefunden. »Das ist eine Provinzhauptstadt mit sagenhaften siebentausend Einwohnern. Dreitausend weniger als Niebüll.«

»Immerhin war Niebüll auch einmal Provinzhauptstadt«, knurrte Große Jäger. »Was steht da sonst noch?«

»Nichts weiter. Die Provinz heißt Nimrus. Ich suche einmal unter diesem Begriff.« Nach wenigen Augenblicken fuhr er fort: »Die liegt wirklich abseits. So wie Nordfriesland. Und hat auch fast genauso viele Einwohner. Einhundertfünfundsechzigtausend.«

»Aber bestimmt weniger Schafe als ihr«, mischte sich Fricke ein.

»Gibt es sonst noch etwas Wissenswertes?« Große Jäger war ungeduldig.

»Nicht so hastig«, beklagte sich Cornilsen. »Ich bin da auch noch nicht gewesen. Nein. Sonst steht da nichts. Nur etwas von iranischer Mythologie.« Dann strahlte er. »Ich hab's. Das sind nur nominell Afghanen. Ethnisch gehören sie zu den Belutschen, die im benachbarten Iran leben.«

Große Jäger klatschte in die Hände. »Das ist so, als würde die afghanische Kripo in Kabul einen Bayern verhören und ihn in Plattdeutsch befragen.«

»Die sprechen dort Belutschi«, sagte Cornilsen.

»Und das kannst du nicht«, antwortete der Oberkommissar und schüttelte energisch den Kopf. »Das nenne ich Bildungsnotstand. Die heutige Jugend bekommt das Abitur einfach geschenkt.«

»Belutschi?« Fricke zuckte mit den Schultern. »Noch nie gehört.«

»Das erklärt, warum er uns nicht antwortet. Wir benötigen einen Dolmetscher, der das kann.« Große Jäger sah den Itzehoer an.

»In meinem Bekanntenkreis sind solche Leute rar gesät«, sagte Fricke.

»Okay. Wir nehmen die beiden mit nach Husum«, beschloss Große Jäger.

»Das geht nicht so einfach«, protestierte Fricke. »Wir sind schließlich eine Behörde.«

»Wir nicht. Wir sind nordfriesische Polizisten.« Sie ließen den zweiten Afghanen holen.

Der Oberkommissar zeigte auf Omarzad. »Los, St. Pauli«, sagte er. »Es geht zurück in die Heimat.« Der Afghane rührte sich nicht. Große Jäger zeigte mit dem Finger auf den Schriftzug des T-Shirts. »Du St. Pauli. Kapiert?« Er wiederholte es mehrfach, bis Omarzad langsam nickte und etwas murmelte, das wie »St. Pauli« klang.

Sie verstauten die beiden Afghanen im Fond des Dienstwagens und legten jedem von ihnen eine Handschelle an.

»Bis einer von denen über den Kardantunnel geklettert ist, bin sogar ich ausgestiegen und habe sie wieder eingefangen«, sagte der Oberkommissar.

Auf der Rückfahrt fragte Cornilsen: »Kennst du einen Perser?«

»Mensch, Hosenmatz. Ein Perser ist das, was deine Oma im Wohn- oder Schlafzimmer liegen hat.«

Cornilsen grinste breit. »Sag nicht so was. Seit Opas Tod läuft da nichts mehr mit anderen Männern.«

»Das heißt Iraner«, klärte ihn Große Jäger auf.

Cornilsen knuffte ihm freundschaftlich in die Seite. »Und das sagt jemand, der mit Begeisterung einen Negerkuss nascht.«

Kurz vor Husum beschloss Große Jäger, mit den beiden Mitfahrern noch einmal in der Schönlanker Straße vorbeizufahren. Er hatte den Spiegel in der Sonnenblende so eingestellt, dass er Omarzads Gesicht beobachten konnte. Der Afghane hatte Husum wiedererkannt. Er wurde immer unruhiger, je näher sie kamen.

Als sie vor dem Haus hielten, in dem sich die Asylbewerberwohnung befand, stand regelrechte Panik in seinem Gesicht. Der Oberkommissar stieg aus und öffnete die hintere Tür.

»Los, Freunde. Jetzt wollen wir uns das einmal aus der Nähe ansehen.«

Als würden sie vor ihm flüchten wollen, drängten sich beide auf die andere Seite des Wagens. Der Schrecken stand in ihrem Antlitz. Der Oberkommissar bewegte lockend den Zeigefinger.

»Komm, St. Pauli«, sagte er. »Und bring deinen Kumpel mit. Ihr seid heute so etwas wie das doppelte Lottchen.« Erst als er sich hineinbeugte, Omarzad am Oberarm packte und aus dem Wagen herauszerrte, stolperte auch Raharan Hassanzada notgedrungen hinterher. Aus angstgeweiteten Augen starrten sie auf den Hauseingang. Es bedurfte immer wieder erneuter Aufforderung, dass sie die Treppe zur Wohnung emporstiegen. Der nächste Schrecken erfasste sie, als sich die Tür der Nachbarwohnung öffnete und Bierhenke erschien.

»Soll das heißen, dass die beiden Verbrecher hier wieder einziehen?«, keifte er.

Große Jäger zeigte auf die Asylbewerberwohnung. »Die ist von uns beschlagnahmt. Deshalb hat das Sozialamt, das auch Ihre Wohnung bezahlt, beschlossen, dass die beiden so lange bei Ihnen als Untermieter einquartiert werden.«

»Niemals«, schrie Bierhenke wütend. »Niemals. Nur über meine Leiche.«

»Macht nichts. Dann ermitteln wir auch in dem Fall«, erwiderte Große Jäger.

Bierhenke schlug die Wohnungstür so heftig zu, dass der Oberkommissar befürchtete, sie würde Schaden nehmen. Dann hörten sie es dahinter rumoren.

Große Jäger öffnete die Tür, ohne dass die Afghanen zusehen konnten. Mochten sie glauben, dass die Polizei den Wohnungsschlüssel besaß. Die beiden Männer drängten sich aneinander, als würden sie dadurch Schutz finden. Schutz – vor was? Große Jäger packte »St. Pauli« am Oberarm und zog ihn und den an ihn gefesselten Hassanzada hinter sich her, der versuchte, sich am Türrahmen festzukrallen, aber Cornilsen löste die Hand und schob von hinten nach. Die beiden Männer fingen laut an zu lamentieren. Ohne die Worte zu verstehen, konnte man ihnen die Angst entnehmen, die die Afghanen erfasst hatte. Es wurde immer schwieriger, sie in die Wohnung zu zerren.

»Die Burschen wissen genau, was hier passiert ist«, sagte

Große Jäger zu Cornilsen. »Sie fürchten, Dushi würde noch hier liegen. Inzwischen vermutlich verblutet.« Er stupste Omarzad an. »Los, St. Pauli. Vorwärts. Das Leben ist hart. Besonders an der Küste.«

Es bedurfte jetzt eines stärkeren körperlichen Einsatzes, um die Afghanen ins Zimmer zu drängen. Große Jäger hatte Omarzad mit beiden Händen gepackt und zog ihn in den Raum, während Cornilsen wie ein japanischer U-Bahn-Schaffner Hassanzada von hinten schob. Schließlich stolperte das Quartett in den Raum. Die Afghanen blieben wie angewurzelt stehen und starrten gebannt auf das immer noch blutverschmierte Bett.

Große Jäger suchte den Blickkontakt zu den Männern. Beide hatten plötzlich die Augen niedergeschlagen und bemühten sich, nicht auf das Laken zu blicken. Für den Oberkommissar bestand kein Zweifel. Die Afghanen kannten die Situation. Sie hatten das Opfer gesehen. Die Örtlichkeit rief alles noch einmal in ihnen wach.

Mit Sicherheit, davon war Große Jäger überzeugt, würde die DNA-Analyse ihrer blutverschmierten Kleidung beweisen, dass das Blut von Dushi stammte. Er versuchte, den beiden erneut Fragen zu stellen, und wollte wissen, ob sie für die Tat verantwortlich seien. Die Männer schienen ihn nicht zu verstehen. Sie sahen ihn mit großen Augen an. Er fragte, ob sie Dushi kennen würden und wer noch in der Wohnung gewesen sei. Sie blieben stumm.

»Warst du das, St. Pauli?«, fragte er und zeigte auf die Blutflecke.

Der Afghane blickte kurz auf das Bett und wandte schnell den Blick wieder ab. Große Jäger senkte leicht den Oberkörper, legte die linke Handfläche um die rechte und nahm eine Haltung ein, als würde er einen Golfschläger halten. Dann schwang er die Arme ein wenig hin und her, als würde er Schwung holen. Plötzlich riss er die Arme in die Höhe, zog sie über den Kopf und tat, als würde er mit einem Knüppel oder Baseballschläger ausholen und auf die beiden Männer eindreschen. Sie zuckten blitzartig zusammen und duckten sich weg. Omarzad, der vorn stand, schrie auf.

»War das so?«, fragte Große Jäger und sah in die entsetzten Gesichter, in die angstgeweiteten Augen. Er versuchte zu ergründen, ob sie sich fürchteten, selbst Opfer zu werden, oder ob diese Demonstration sie erschreckte, weil die Polizei ihnen auf die Schliche gekommen war.

»Tja, Hosenmatz«, sagte der Oberkommissar, als er seine Körperspannung zusammenfallen ließ. »Haben wir sie erwischt? Oder haben sie Angst?«

Cornilsen, der hinter den Afghanen stand, zuckte mit den Schultern. Auch er konnte die Reaktion nicht eindeutig zuordnen.

Große Jäger knuffte Omarzad vorsichtig gegen den Oberarm.

»Los, in eure Kammer«, befahl er.

Dort wollte er wissen, wer in welchem Bett geschlafen hatte. Auch hier blieben die Fragen unbeantwortet. Er versuchte es mit Pantomime und neigte den Kopf. Dann legte er eine flache Hand gegen die Wange und deutete Schnarchgeräusche an.

Anschießend zeigte er auf Omarzad und fragte: »Du, St. Pauli, hier?«

Sein Finger wanderte auf das linke Bett. Omarzad schien verstanden zu haben, schüttelte den Kopf und wies auf die andere Seite.

»Es ist nicht so, dass sie nicht sprechen wollen«, stellte Große Jäger fest. »Die verstehen uns einfach nicht. Komm«, forderte er seinen Kollegen auf. »Wir werden ein bisschen spazieren gehen.«

Die Afghanen waren sichtlich erleichtert, als sie die Wohnung wieder verließen. Sie marschierten direkt auf den Dienstwagen zu, doch Große Jäger rief: »Stopp«, und dirigierte sie in Richtung Hauptstraße. Sie passierten das Büro des Sozialverbands Deutschland, das in einem kleinen Anbau direkt am Hochhaus untergebracht war. Links lag eine Brachfläche, die bis zur Eisenbahn reichte. Dahinter schlossen sich mehrere Reihen von Garagen an, an deren Außenfassaden der Zahn der Zeit mächtig genagt hatte. Widerstandlos ließen sich die Männer durch die Straßen führen.

Als sie den Fußweg zur nächsten Reihe von Wohnblocks erreichten, war eine merkwürdige Unruhe bei den Männern zu spüren. Große Jäger hakte sich bei Hassanzada unter und grinste.

»Sieht aus wie ein altes Ehepaar«, meinte er zu Cornilsen gewandt. »Nun lass ich mich überraschen.«

Er legte seine flache Hand auf den Unterarm des Afghanen und konnte so dessen Reaktion unmittelbar erspüren.

»Wie ein Seismograf«, sagte er zu Cornilsen.

Die Methode wirkte. Durch sein Verhalten zeigte der Mann wie beim alten Kinderspiel »Heiß-heiß-kalt-wärmer« unfreiwillig die Richtung an. Dazu gehörte auch, dass die Afghanen unbewusst in eine andere Richtung drängten und den Schritt verzögerten, als die Beamten nicht darauf eingingen. Kurz darauf hatten sie die Stelle gefunden.

Große Jäger lachte. »Das glaubt uns niemand. Statt Spürhunden führen uns die Afghanen zum Tatort.«

An der Einmündung des Fußwegs in den Westerkampweg stand ein Zigarettenautomat, daneben ein verwitterter Betonklotz, der ein wenig an alte Chausseemeilensteine erinnerte.

»Inmitten eines Wohngebiets«, stellte Große Jäger fest. »Da drüben sind Einfamilienhäuser. Hinter uns das Hochhaus. Hier geht es zu weiteren Wohnblocks. Und dann haben wir diese Fläche. Ein großer Parkplatz mit dem Altkleidercontainer, die Garagen, zwischen denen nachts nichts los ist. Ein bisschen öde Grünfläche. Das merkt niemand, wenn hier etwas geschieht. Wo ist die Tatwaffe?«, fragte Große Jäger und sah sich um. »Ich gehe davon aus, dass Dushi hier niedergeschlagen wurde.« Er streckte den Arm aus. »Die Straßenbeleuchtung ist nur spärlich. Die Funzeln stehen nur auf einer Straßenseite, und dann weit auseinander. Im Überschneidungsbereich könnten dunklere

Flecken entstehen. Die Täter müssen seinen Weg gekannt haben.«

»Oder sie sind ihm gefolgt. Ich gebe dir recht. Die Örtlichkeit ist für einen Überfall geeignet«, ergänzte Cornilsen.

»Das bedeutet, sie kannten ihn.« Der Oberkommissar nickte in Richtung der Afghanen. »So wie die beiden Spießgesellen.«

»Und wenn Dushi mit dem zweiten Einbrecher, dessen Identität wir noch nicht kennen, unterwegs war und der ihn an dieser Stelle niedergestreckt hat? Vielleicht haben sie sich um die Beute gestritten.«

Große Jäger schüttelte den Kopf. »Das würde ich im Moment ausschließen. Die haben Dreck am Stecken, werden aber kaum mit einem Baseballschläger oder einem vergleichbaren Knüppel in der Hand durch Husum laufen. Und hier liegt auch nichts herum.« Er sah sich um. »Keine Baustelle, keine Äste, kein Zaun. Nix.«

»Okay«, sagte Cornilsen und zog sein Handy hervor. »Ich fordere dann Klaus Jürgensen an.«

»Der wird begeistert sein«, riet Große Jäger und behielt recht.

»Klaus wollte wissen, wie wir die Stelle gefunden haben«, erklärte Cornilsen nach dem Anruf. »Er fragte, ob wir mit unserem Spürhundt unterwegs gewesen wären. Hundt mit ›dt‹. Ich habe ihm erklärt, dass das nicht der Fall sei. Es gibt in Husum etwas Besseres. Unser Schnüffelschwein.« Dann duckte er sich zur Seite, als Große Jäger ihm andeutungsweise eine Ohrfeige verpassen wollte.

Sie warteten, bis ein Streifenwagen eintraf, der so lange am Ort verweilen sollte, bis die Flensburger Spurensicherer eintrafen.

Sie kehrten zu ihrem Dienstfahrzeug zurück und fuhren zurück zur Poggenburgstraße. Die Beamten der Wache nahmen sich der Afghanen an. Große Jäger griff zum Telefon und ließ sich mit Dr. Al Shami aus dem Klinikum verbinden.

»Ich kann Ihnen nichts sagen«, sprach der Arzt mit leicht genervtem Tonfall. »Heute nicht. Und morgen auch nicht.«

»Darum geht es auch nicht«, beruhigte ihn Große Jäger. »Ich habe eine andere Frage. Wir haben hier zwei, nun … sagen wir mal, Gäste, mit denen wir uns nicht verständigen können. Wir vermuten, dass sie Belutschi sprechen.«

»Und Sie glauben, ich sei dessen mächtig?« Dr. Al Shami lachte gekünstelt auf. Plötzlich hielt er inne. »Geben Sie mir ein paar Minuten«, sagte er und ließ sich die Durchwahl geben. Zehn Minuten später meldete er sich wieder. »Ich kenne jemanden, der Ihnen vielleicht weiterhelfen kann. Ein guter Freund aus Kiel. Er hat versprochen, sich bei Ihnen zu melden.«

Das tat er prompt.

»Nassehpoor«, meldete sich eine sonore Männerstimme und ließ sich erklären, warum die Husumer Polizei jemanden mit Belutschi-Kenntnissen suchte.

»Ich komme aus dem Iran. Farsi ist meine Muttersprache. Ich verstehe aber auch Belutschi. Wie kann ich Ihnen helfen?«

»Wir möchten zwei Männern aus der Provinz Nimrus …«

»Oh«, unterbrach Nassehpoor ihn. »Sie haben recht. Dort wird Belutschi gesprochen. Die Leute müssten aber auch Farsi verstehen. Ich könnte …«, er unterbrach kurz, »in zwei Stunden bei Ihnen sein.« Dann ließ er sich die Adresse geben und buchstabierte seinen Namen.

»Wer ist das?«, wollte Cornilsen anschließend wissen und gab den Namen in eine Suchmaschine ein. »Interessant«, stellte er kurz darauf fest. »Dr. Kayhan Nassehpoor stammt aus dem Iran, ist Dozent an der Kieler Uni und ein enger Mitarbeiter von Professor Mojib Latif.«

»Das ist doch der vielfach ausgezeichneten Kieler Klimaforscher, nicht nur ein anerkannter Wissenschaftler, sondern auch ein leidenschaftlicher Verfechter des Klimaschutzes. Ich habe den schon in Talkshows erlebt. Ein Supertyp.«

Fast auf die Minute genau traf Dr. Nassehpoor ein und nahm dankbar den angebotenen Kaffee entgegen.

»Ich bin Ihnen gern behilflich«, sagte er und ließ sich in die

Problemstellung einweihen. »Es ist schlimm, wenn Menschen von solchen Straftaten betroffen sind. Mein Freund Wessam Al Shami hat angedeutet, dass ihn ein Fall sehr berührt, ohne Einzelheiten zu erwähnen.«

Große Jäger erklärte, dass Dr. Nassehpoor auch dann zur Wahrheit verpflichtet sei, wenn er nicht als vereidigter Dolmetscher tätig werde.

»Selbstverständlich«, versicherte der Wissenschaftler und nickte ernst.

Er hatte ein schmales Gesicht. Die weißen Zähen blitzten aus dem Mund. Es wirkte, als hätte sich Dr. Nassehpoor gerade eben perfekt rasiert. Die Goldrandbrille betonte seinen dunklen Teint. Er legte die gepflegten Hände auf die Tischplatte, als Hamed Omarzad hereingeführt wurde. Der Afghane sah sich verunsichert um und nahm auf der vorderen Kante des angebotenen Stuhls Platz.

Der Kieler sagte etwas. Omarzad sah ihn erstaunt an. Offenbar hatte er es verstanden. Nachdem Dr. Nassehpoor weitergesprochen hatte, antwortete Omarzad.

Große Jäger atmete erleichtert auf. Es schien möglich, Fragen an die beiden Verdächtigen zu richten. Er ließ den Männern Zeit, ein paar Sätze zu wechseln. Plötzlich stutzte er, als Omarzad auch für die Polizisten vernehmlich »St. Pauli« sagte. Dr. Nassehpoor wirkte irritiert. Er wandte sich an Große Jäger.

»Ich habe ihn begrüßt und gefragt, ob er mich verstehen würde. Das hat er bestätigt, obwohl sich sein und mein Dialekt ein wenig unterscheiden. Aber eine Verständigung ist möglich. Er sagt, er sei neunzehn Jahre alt und stamme aus der Stadt Sarandsch. Dann habe ich ihn nach seinem Namen gefragt, und er behauptet, St. Pauli zu heißen.«

Große Jäger klärte Dr. Nassehpoor auf. Mit einem Lächeln fuhr der mit der Befragung fort und erfuhr, dass »St. Pauli« früher Hamed Omarzad hieß. Omarzad bestätigte, dass sein Begleiter auf den Namen Raharan Hassanzada hörte, ein Jahr älter war und mit ihm nach einer bewegten und gefährlichen

Flucht 2015 die Bundesrepublik erreicht hatte. Sie hatten Asyl beantragt und waren nach Husum verteilt worden. Dort hatte man sie in der Wohnung in der Schönlanker Straße einquartiert. Er behauptete, man kümmere sich nicht um die beiden. Ein Deutschkursus? Fehlanzeige. Ein paar wenige Brocken würden sie verstehen. Sie hätten zu niemandem Kontakt. Es sei kalt, sie seien einsam und würden gern woandershin. Wohin? Omarzad zuckte hilflos mit den Schultern. Die Situation sei nicht besser geworden, als man in die schmutzige Wohnung …

Hier unterbrach ihn Große Jäger. »Fragen Sie ihn, warum die beiden nicht sauber machen würden.«

Es folgte ein längerer Dialog, bis Dr. Nassehpoor sich wieder an den Oberkommissar wandte.

»Sie müssen es entschuldigen«, begann der Kieler vorsichtig. »Es ist ein völlig anderer Kulturkreis. Die Männer, eigentlich sind sie es ja noch gar nicht richtig, kennen es nicht, dass sie für die Ordnung im häuslichen Bereich zuständig sind. Es widerspricht ihrer Würde, Frauenarbeit zu verrichten.«

Große Jäger schüttelte verständnislos den Kopf. »Das begreife ich nicht. Sie kommen hierher und wollen sich unter unseren Schutzmantel stellen, sind aber nicht bereit, unsere Vorstellungen und Gepflogenheiten des Miteinanders zu akzeptieren.« Dann winkte er ab. »Übersetzen Sie das bitte nicht. Wir wollen keine Diskussion führen, sondern etwas zur Sache in Erfahrung bringen.«

»Wir waren dabei stehen geblieben, dass das Ausländeramt plötzlich einen weiteren Mann in die Wohnung einquartiert hat. Den Albaner Dushi. Sie haben nicht mit ihm reden können. Es habe sie aber gekränkt, dass Dushi ihnen durch sein Verhalten, sein Auftreten, seine Gestik und so weiter stets deutlich gemacht habe, dass er sie für minderwertige Untermenschen hielt und mit Tieren auf eine Stufe stellte. Für diese Menschen ist die Ehre ein hohes Gut.«

Große Jäger staunte. »Wie wollen sie das beurteilen können, wenn sie nicht miteinander sprechen konnten?«

Dr. Nassehpoor bewegte seine Hände in die Höhe. »Es gibt eine nonverbale Kommunikation«, erklärte er. »Sie können durch abfällige Gestik, aber auch durch eine entsprechende Modulation der Tonlage Ihrem Gegenüber deutlich machen, welche Wertschätzung Sie ihm entgegenbringen.« Dann richtete er die nächste Frage an Omarzad, ohne Große Jägers Antwort abzuwarten. Nach mehreren Sätzen übersetzte er erneut:

»Dann tauchte noch einer auf, ein Freund von Dushi. Sie wissen nicht, woher der kam und ob ihn die Ausländerbehörde geschickt hatte. Plötzlich war er da. Es kam immer häufiger zu Auseinandersetzungen. Man schrie sich an. Das rief die Nachbarn auf den Plan, die öfter die Polizei alarmierten, zumal es manchmal auch handfester zuging. Ja – dabei gingen auch Einrichtungsgegenstände zu Bruch. Er«, dabei zeigte der Kieler auf Omarzad, »war enttäuscht, dass man diese seitens der Behörde nicht ersetzte. Es war ohnehin alles recht dürftig. Und nun?«

»Wie hieß der zweite Albaner, der dort eingezogen ist?«

Dr. Nassehpoor fragte Omarzad. »Arsen«, sagte er dann.

»Arsen … Und weiter?«

Eine erneute Rückfrage ergab keine weiteren Erkenntnisse. »Arsen. Mehr weiß er nicht.«

Große Jäger wollte wissen, ob Omarzad etwas Auffälliges am Verhalten der Albaner bemerkt hatte.

Nach einem kurzen Dialog erklärte Dr. Nassehpoor: »Die beiden Mitbewohner waren oft unterwegs. Spätabends. Manchmal kamen sie auch erst mitten in der Nacht zurück. Er weiß nicht, wohin die gegangen waren. Die beiden Albaner waren auch Muslime. Omarzad beklagt sich darüber, dass die beiden die Gesetze des Korans aber nicht befolgt haben. Sie seien eine Schande für den Islam. Sie haben Alkohol getrunken. Er sei sich sicher, dass sie auch Schweinefleisch essen. Wenn deutsche Frauen im Fernsehen auftraten, haben die Albaner obszöne Gesten gemacht. Omarzad hätte sich gewünscht, dass die beiden aus der Wohnung auszögen. Aber niemand hörte auf ihn und seinen Freund.«

»Gab es einen Streit, bei dem Omarzad und Hassanzada mit

den Albanern aneinandergeraten sind? Wurde Dushi dabei schwer verletzt?«

Große Jäger beobachtete, wie Omarzad erschrocken auf die Frage des Dolmetschers reagierte. Der Afghane unterstrich seine Antwort durch eine lebhafte Gestik. Hände – ja die ganzen Arme waren ebenso einbezogen wie die Mimik. Dr. Nassehpoor hatte Mühe, Omarzad zu stoppen. Mehrfach unternahm er den Versuch, dessen Redefluss zu unterbrechen.

Als es ihm schließlich gelang, wandte er sich den Polizisten zu.

»Sie werden es schon interpretiert haben. Es sei eine große Beleidigung, ihn und Hassanzada einer solchen Tat zu verdächtigen. In seiner Heimat würde das nicht ohne Konsequenzen bleiben.«

»Hier herrschen andere Sitten. Und es regiert das Gesetz«, knurrte Große Jäger. »Er will doch nicht behaupten, Dushi sei im Suff vom Stuhl gefallen?«

Der Kieler bedachte den Oberkommissar mit einem strafenden Blick, richtete dann aber die nächste Frage an Omarzad. Es entspann sich erneut ein längerer Dialog zwischen den beiden.

»Warum können diese Leute nicht knapp und präzise antworten wie wir Norddeutsche?«, raunte Große Jäger Cornilsen zu. Dann zwinkerte er mit den Augen. »Gut. Bei dir kommt manchmal das dänische Temperament durch. Dann bist du genauso sabbelig wie ›St. Pauli‹.«

»Das Temperament nennen wir Dänen Lebensfreude«, erwiderte Cornilsen.

Dr. Nassehpoor atmete tief durch und sah auf die Uhr. »Ich habe gar nicht bemerkt, dass es Mitternacht ist«, sagte er. »Es war gestern Abend, also am Sonntag. Omarzad und Hassanzada sind noch einmal in die Stadt gegangen. Sie waren an der Tine, am Hafen. Sie hatten kein bestimmtes Ziel. Einfach nur so. Um die Zeit totzuschlagen.«

»Und dann haben sie nicht nur die Zeit, sondern auch Dushi totgeschlagen?«, unterbrach ihn Große Jäger.

Der Kieler hob die Hand. »Lassen Sie mich bitte ausreden«, bat er höflich.

»Mein Kollege meint das nicht so«, mischte sich Cornilsen ein. »Er ist ein temperamentvoller und dynamischer Süddeutscher.« Als Dr. Nassehpoor fragend eine Augenbraue in die Höhe zog, ergänzte der Kommissar: »Südlich der Elbe.«

Ein Lächeln umspielte die Mundwinkel des Kielers. »Es muss kurz vor Mitternacht gewesen sein, als sie beim Heimweg zufällig auf Dushi stießen.«

Große Jäger unterbrach ihn erneut. »Was haben sie so lange gemacht? In Husum ist an einem Sonntagabend nichts los. Man geht nicht bis Mitternacht durch eine leere Stadt. Die beiden waren weder in einer Kneipe noch im Kino. Das glaube ich nicht.«

Dr. Nassehpoor hob ein wenig die Schultern in die Höhe. »Hören Sie«, sagte er leicht genervt, »ich bin nach Husum gekommen, um Ihnen einen Gefallen zu erweisen. Ihre Fragen, die aus Ihrer Sicht bestimmt alle ihre Berechtigung haben, kann ich nicht beantworten. Ich übersetze. Und mehr als er hier«, dabei nickte er in Richtung Omarzad, »sagt, kann ich Ihnen auch nicht berichten.

»Entschuldigung«, brummte Große Jäger. »Wir stehen vor einem schwierigen Fall. Es gibt Opfer. Nicht nur Dushi, auch andere. Denen wäre geholfen, wenn wir die Täter überführen könnten. Sie sehen selbst, dass manche Dinge nicht zusammenpassen.«

»Ich kenne Husum nicht, schon gar nicht bei Nacht. Sie müssen schon selbst herausfinden, was die beiden Männer gestern Abend«, erneut sah er auf seine Uhr, »inzwischen kann man sagen, vorgestern – gemacht haben. Es übersteigt meine Kompetenz, zu beurteilen, ob man nachts durch Husum laufen kann.«

Er sah zum Fenster. Das Licht der Straße brach sich in den Regentropfen.

»Was ist dann passiert, ich meine, als die beiden Afghanen zufällig Dushi gefunden haben?«

Erneut ließ sich Dr. Nassehpoor auf ein Palaver mit Omarzad ein. »*Er*«, überbetonte er bei der anschließenden Zusammenfassung, »sagt, dass die beiden kurz beratschlagt haben, was sie machen sollten. Sie haben Dushi gepackt und in die Unterkunft geschleppt. Für sie war es ein schweres Stück Arbeit. Deshalb haben sie ihn teilweise auch über den Boden geschleift. In der Wohnung haben sie ihn ins Bett gelegt und zugedeckt.«

»Weshalb haben sie keine Hilfe angefordert, wenn sie unschuldig sind?«, unterbrach ihn Große Jäger erneut.

Der Kieler fragte nach und erklärte dann: »Sie wussten nicht, wie. Sie konnten sich nicht verständigen. Niemand versteht sie. Außerdem war die Polizei schon öfter in ihrer Wohnung. Wer würde ihnen glauben? Sie befürchteten, man würde sie verdächtigen oder es ihnen gar in die Schuhe schieben. So ginge die Polizei in ihrer Heimat vor. Deshalb haben sie es auch mit der Angst bekommen und sind am Morgen mit dem ersten Zug geflüchtet. Dort wurden sie aufgegriffen und der Polizei übergeben. Den Rest kennen Sie.«

»Wohin wollten sie?«

»Weg. Einfach weit weg. Sie hatten keinen Plan. Wer sich aus Afghanistan bis Husum durchschlägt, findet auch anderswo in Deutschland einen Unterschlupf.«

Große Jäger bedankte sich bei Dr. Nassehpoor und entschuldigte sich für seine Ungeduld.

Der Kieler winkte ab. »Keine Ursache. Ich verstehe Sie.« Dann zeigte er zur Tür. »Was ist mit dem anderen?«

Trotz der späten Stunde verhörten sie anschließend Raharan Hassanzada im Schnelldurchgang. Dessen Aussage stimmte mit der Omarzads überein.

Nachdem sich Dr. Nassehpoor verabschiedet hatte und Hassanzada zurück in die Arrestzelle gebracht worden war, schüttelte Große Jäger nachdenklich den Kopf.

»Das sind sicher arme Schweine. Und wie Einbrecher oder gar Vergewaltiger sehen die nicht aus. Darum geht es in diesem Fall auch nicht. Sie könnten etwas von den Aktivitäten der

Albaner mitbekommen haben und wollten denen die Beute abjagen. Ich will nicht begreifen, wie jemand – angeblich – stundenlang durch das nächtliche Husum läuft. Nur so – aus Langeweile. Und dann der große Zufall, dass ausgerechnet die beiden auf ihren Mitbewohner stoßen, mit dem es oft Zoff gab.«

Cornilsen stöhnte auf. »Das mag alles richtig sein«, sagte er. »Aber Annahmen zählen nicht. Wir müssen es ihnen beweisen.«

Dann gähnte er herzhaft. »Schluss jetzt. Dazu benötigen wir die Auswertungen der Kriminaltechnik. Jetzt ist Feierabend.«

Erneut gähnte Cornilsen, um mit einem »Na denn dann« den Tag abzuschließen.

SIEBEN

»Na? Wach?«, fragte Cornilsen und sah von seinem Computer auf, als Große Jäger eintraf.

Der Oberkommissar gähnte herzhaft.

»Oma sagt: ›Hand vor den Mund.‹«

Große Jäger winkte ab. »Oma befragt auch keine Afghanen bis zum Morgengrauen.«

»Dir fehlen nicht die Stunden Schlaf«, lästerte Cornilsen. »Es war die Trockenheit am gestrigen Abend. Ein gleich langer Bummel durch die Kneipen der Neustadt hätte dir nicht so viel ausgemacht.«

»Hosenmatz!« Es klang wie ein Ordnungsruf. »Was verstehen Naseweise wie du von der Welt der Erwachsenen?«

Sie sahen beide auf, als der Griff bedächtig heruntergedrückt und die Tür langsam geöffnet wurde. Dann tauchte Mommsen auf. Der Kriminalrat balancierte drei Becher, denen ein herrlich duftendes Kaffeearoma entwich. Mommsen stieß die Tür mit dem Knie zu, trat näher und stellte die Becher vor den beiden Beamten ab.

»Moin.«

Große Jäger sah ihn irritiert an. »Es ist schon eine Weile her, Harm, dass du Kaffee gekocht hast.«

»Der ist von Hilke«, gestand Mommsen. »Ich dachte, den habt ihr euch verdient. Gratulation. Ein schöner Erfolg.«

»Ich weiß nicht«, wehrte Große Jäger ab. »Noch ist nicht bewiesen, dass die Afghanen die Wahrheit sagen.«

»Es gibt aber noch mehr Verdächtige, oder?«

»Ja«, bestätigte Große Jäger und zählte auf: die Bürgerwehr aus Hattstedt, der verschwundene »Kumpel« von Dushi, Heiko Nebendahl und die aufgeschreckte örtliche Einbrecherszene sowie Michael Baumkemper und die Detektei »ad signum«. »Dabei haben wir noch nicht bedacht, dass sich auch noch andere auf das Trittbrett geschwungen haben, um das Blutgeld zu kassieren. Habt ihr die Anzeige gelesen, die Lüttschwager in die Zeitung gesetzt hat? Das erinnert an die Steckbriefe im Wilden Westen: *Dead or alive*. Ich möchte nicht wissen, was das kostet. Der spielt verrückt und heizt die Stimmung weiter an.«

»Ist das rechtlich überhaupt haltbar?«, warf Cornilsen ein.

»Das müssen die Juristen entscheiden. Natürlich darf man eine Belohnung aussetzen. Aber die Höhe ist außergewöhnlich. Und der Text … Für mich ist das grenzwertig«, meinte Mommsen, nahm seinen Kaffeebecher und setzte sich an den leeren Schreibtisch in Große Jägers Rücken.

»Machst du, dass du davonkommst«, fauchte ihn der Oberkommissar an. »Du bist ein kluger Mensch, hast Karriere gemacht und darfst dich zu meinen besten Freunden zählen. Aber … Christophs Stuhl ist tabu. Für dich und jeden anderen.«

Große Jäger hatte Mühe, ein Lachen zu unterdrücken, als der Kriminalrat ihn verdutzt ansah und tatsächlich aufstand.

»Wieso trinkst du eigentlich Kaffee?«, schoss Große Jäger die nächste Salve ab. »Willst du dich anbiedern?«

»Ich wollte euch nur gratulieren und euren Erfolg anerkennen.« Mommsen hatte ebenfalls Mühe, das Lachen zu unterdrücken. Seine Mundwinkel zuckten verräterisch. »Wie gut ihr seid, sieht man daran, dass es keine neuen Horrormeldungen über weitere Einbrüche gibt.«

»Na super. Dann schicken wir Hundt los. Er soll zur Zeitung rasen, dabei aber nicht vergessen, die schusssichere Weste anzulegen«, empfahl Große Jäger.

Die beiden anderen sahen ihn irritiert an.

»Dann schmerzt das Schulterklopfen nicht so. Schließlich wird er das Lob für sich beanspruchen. Dabei fällt mir ein … Hast du ihm ein Leckerli vorbeigebracht?« Die Frage galt Mommsen.

»Wieso?«

»Macht man das nicht, wenn ein Hund brav apportiert hat?«

»Für dich beginnt jetzt die ungünstige Jahreszeit«, sagte

Mommsen und winkte ab. Auf dem Weg zur Tür ergänzte er: »Es wird früh dunkel. Das ist gefährlich. Irgendwann wird dir jemand auflauern. Oder du wirst vom Hund gebissen.«

»Wir haben Glück mit unserem Dienststellenleiter«, stellte Cornilsen fest.

»Es hätte schlimmer kommen können«, knurrte Große Jäger. »Aber …«, ließ er den Satz unvollendet und zeigte mit dem Daumen über die Schulter auf Christophs ehemaligen Schreibtisch. »Genug des Geplänkels. Die Arbeit wartet auf uns. Wann warst du das letzte Mal in Flensburg?«

Dann erklärte er, dass sie die Diakonissenanstalt, kurz Diako, aufsuchen wollten. Das akademische Lehrkrankenhaus garantierte mit seiner Hochleistungsmedizin und der modernen technischen Ausstattung die medizinische Schwerpunktversorgung im äußersten Norden Deutschenlands.

Die Parkplatzsuche in der Fördestadt erwies sich als schwierig. Cornilsen fand eine Abstellmöglichkeit im nahen Einfamilienhausgebiet neben dem Stadtpark. In der Chirurgischen Klinik herrschte rege Betriebsamkeit. Erst als Große Jäger eine vorbeieilende Pflegekraft am Ärmel festhielt, erfuhr er, dass sie sich an Dr. Petersen wenden sollten. Dabei machte die Frau sich mit einer energischen Bewegung frei und funkelte ihn böse an.

»Und wo erreichen wir den?«

»Hier«, sagte sie schnippisch und verschwand im Eiltempo.

»Hoffentlich haben wir mit dem mehr Glück«, sagte Große Jäger und zeigte auf das Stationszimmer. »Geh da mal rein und sieh nach, ob die eine Lautsprecheranlage haben. Dann gibst du durch: ›Dr. Petersen. Ein Notfall. Bitte im Schwesternzimmer melden. Dr. Petersen, bitte.‹«

»Du siehst zu viele amerikanische Arztserien«, stellte Cornilsen fest.

»Ach nee. Woher weißt du, wie es da zugeht?«

Cornilsen ging auf einen Pfleger zu, der aus einem der Zimmer kam. »Ich suche Dr. Petersen.«

»Dr. Petersen?«, wiederholte der junge Mann. »Der müsste … der müsste … Ja. Der ist gerade … Moment. Da kommt er gerade. Der Blonde.«

Er zeigte auf einen hochgewachsenen Enddreißiger mit Dreitagebart. Die längeren Haare hatte er lässig über die Ohren gelegt. Dr. Petersen näherte sich mit elastischem Gang.

»Den müssen wir nicht fragen, woher er stammt«, raunte Große Jäger seinem Kollegen zu und sprach den Arzt an. Er stellte sich als Polizeibeamter vor und erklärte, dass sie »in Sachen Ridvan Dushi« gekommen seien.

»Man munkelt, dass die Polizei hinter ihm her ist«, sagte der Arzt, dessen Namensschild verriet, dass er Oberarzt war.

»Wir sind nicht mehr hinter ihm her – wir haben ihn«, korrigierte Große Jäger. »Es sei denn, Sie lassen ihn entkommen.«

»Er liegt in einem Einzelzimmer. Die Tür ist abgeschlossen. Das ist störend im laufenden Krankenhausbetrieb. Ich habe gehört, dass die Verwaltung nicht glücklich darüber ist, da die Kostenfrage, insbesondere für das Einzelzimmer, nicht geklärt ist.«

»Können Sie uns etwas über den Gesundheitszustand des Patienten sagen?«, wollte Große Jäger wissen.

Dr. Petersen lächelte. »Eigentlich nicht, Sie kennen die Regeln. Aber es ist der Sache sicher dienlich, wenn ich Ihnen anvertraue, dass jemand kräftig auf ihn eingedroschen haben muss.«

»Besteht Lebensge…?«

Der Arzt lachte. »Gehen Sie davon aus, dass wir uns noch eine Weile um ihn kümmern werden. Der Rechtsmediziner wird noch nicht benötigt. In den nächsten Tagen könnten wir das Zimmer aber offen lassen. Fluchtgefahr besteht nicht. Ich vermute, man hat ihn mit einem kräftigen Knüppel malträtiert. In Krimis spricht man immer von Baseballschlägern. Ich bin kein Forensiker, deshalb kann ich das nicht näher spezifizieren, würde aber vermuten, dass die Schlagwaffe aus Holz war. So wie ich es einschätze, hat er zahlreiche Hiebe abbekommen. Schulter, Oberarm und Rippen sind gebrochen.«

»Auf der linken oder rechten Seite?«, wollte der Oberkommissar wissen.

»Rechts.« Dr. Petersens Augen blitzten auf. »Ah, Sie wollen wissen, ob der Angreifer Links- oder Rechtshänder war. Wenn jemand vor Ihnen steht und Rechtshänder ist, trifft er das Opfer auf der linken Seite. Wie gesagt, ich bin kein Rechtsmediziner. Die Art der Brüche könnte aber darauf hindeuten, dass der Angriff von hinten erfolgte.«

»Sind Sie sich sicher?«

»Ziemlich.«

»Und wie kommt es zum Rippenbruch?«

»Dushi muss sich nach dem ersten Angriff umgedreht haben. Nach rechts, um sich seinem Angreifer zu stellen. Vielleicht instinktiv. Dann hat der Täter wieder zugeschlagen. Da das Opfer die Arme hochgerissen hat, vermutlich im Affekt, war der Rumpf ungedeckt. Der nächste Schlag hat ihn dann auf der linken Brustkorbseite getroffen. Dabei sind die Rippen angeknackst. Er kann von Glück sagen, dass keine inneren Organe dabei verletzt wurden. Ein dritter Schlag hat ihn im Gesicht getroffen. Das Nasenbein ist zertrümmert. Aber auch hier hat er Glück gehabt. Na ja. Nicht wirklich. Ich beziehe das nur auf die Schwere der Verletzung.«

»Sie sollten wirklich umsatteln und in die Rechtsmedizin gehen«, lobte Große Jäger den Arzt. »Können wir mit Dushi sprechen?«

»Wenn es nicht zu lange dauert – ich hätte keine Einwände. Kommen Sie.« Dr. Petersen führte sie zu einem Krankenzimmer und schloss auf. »Damit wir schnellen Zugang zum Patienten haben, steckt der Schüssel von außen.«

Dushi lag im Zweibettzimmer auf der Fensterseite. Das Kopfteil war hochgestellt. Trotzdem hatte er Mühe, den Kopf zu wenden.

»Laien erschrecken bei dem Anblick«, sagte Dr. Petersen. »Er hat schmerzstillende Medikamente bekommen, ist aber ansprechbar.«

»Im Unterschied zu seinem Opfer«, stellte Große Jäger fest. Der Arzt überhörte es.

Große Jäger baute sich vor dem Krankenbett auf.

»Herr Dushi. Verstehen Sie mich? Wir sind von der Polizei und haben Sie in Ihrer Wohnung aufgefunden. Was ist dort passiert?«

Dushis Augen verfolgten Große Jäger. Sie verrieten, dass er die Worte verstanden hatte. Sein Mund bildete einen schmalen Strich. Die Lippen waren fest zusammengepresst.

»Wer hat Sie so übel zugerichtet?«

Dushi wandte kurz den Blick ab und sah Richtung Fenster.

»Waren es Omrazad und Hassanzada?«

Im nicht verbundenen Teil des Gesichts zuckte kein Muskel. Es war nicht erkennbar, ob Dushi die Frage bejahen oder verneinen wollte.

»Wo ist Ihr Landsmann abgeblieben, der mit Ihnen in der Schönlanker Straße gewohnt hat? Ist er der Täter? Hat er Sie zusammengeschlagen, um mit der Beute zu flüchten?«

Die Mundwinkel begannen leicht zu vibrieren.

»Wo ist Arsen?«

Bei der Nennung des Namens verstärkte sich das Zittern der Mundwinkel. Dushi musste begriffen haben, dass die Polizei nicht mehr im Dunkeln tappte.

»Wir wissen, dass Sie verschiedene Einbrüche begangen und sich auch an der Frau in Schobüll vergangen haben.«

Ein Zittern erfasste den ganzen Körper.

»Stopp«, schritt Dr. Petersen ein. »Ich verstehe Ihr Interesse, aber das können wir dem Patienten noch nicht zumuten.«

In Große Jäger kochte es. Darauf nahm man Rücksicht, schonte einen Straftäter. Der hatte skrupellos gehandelt, als er sich an der Vergewaltigung Hildegard Lüttschwagers beteiligt hatte. Es war ihm auch gleichgültig, dass die erkältete Anneliese Nebendahl am Knebel erstickt war, weil sie keine Luft durch die Nase bekam. Und der alte Heinz Nebendahl könnte auch noch leben, wäre seinem kranken Herzen die Aufregung des Überfalls erspart geblieben. Große Jäger musterte Dushi, ließ seinen Blick über die ganze durch die Bettwäsche verdeckte Gestalt gleiten. Zu gern hätte er gefragt, ob die Kreatur vor ihm – er erschrak, als er an Mommsen dachte, der solche Formulierungen auch gegenüber Tätern streng untersagt hatte – sich auch an der fast Achtzigjährigen hatte vergehen wollen.

Hatte der Apotheker Lüttschwager doch recht, weil er um jeden Preis – um *jeden* – die Täter fassen wollte und zur Hetzjagd aufgerufen hatte?

Nein, entschied Große Jäger. Seine Gedanken schweiften kurz ab zu der Szene am Nordstrander Deich, als er Christophs Mörder verfolgt hatte. Denker hatte aus kurzer Distanz auf Große Jäger geschossen. Als sein Magazin leer war, war der Oberkommissar an ihn herangetreten. In Anbetracht der Freundschaft zwischen ihm und Christoph hätte möglicherweise jeder Verständnis dafür gehabt, wenn Große Jäger abgedrückt hätte. Unabhängig davon, dass es Mord gewesen wäre, hätte er nicht abzudrücken vermocht. Jetzt stand er wieder einem rücksichtlosen Täter gegenüber. Und war machtlos. Das war der Preis unseres Rechtssystems, noch mehr aber der unserer Ethik und Moral.

Große Jäger musste mühsam seine Emotionen unterdrücken. Das hatte ihn stets von Christoph unterschieden. Christoph hatte ruhig und besonnen gehandelt, während bei ihm gelegentlich auch Gefühle mitschwangen. Mommsen hatte ihn darauf hingewiesen. Er solle professionelle Distanz wahren. Harm Mommsen meinte es fürsorglich. Aber es fiel Große Jäger schwer, immer kontrolliert zu sein und das Herz auszuschalten, wenn das Hirn arbeitete.

»Sie werden für Ihre Taten zur Rechenschaft gezogen werden«, sagte er zu Dushi und ließ es drohend klingen. Den Albaner schien das nicht zu beeindrucken. Große Jäger zeigte zur breiten Tür des Krankenzimmers. »Wissen Sie, warum dort abgeschlossen ist? Derjenige, der Sie verprügelt hat – oder waren es mehrere? –, die werden erneut versuchen, Sie zu erwischen. Dann werden Sie nicht so glimpflich davonkommen. Sie sind aus Shkodra?« Er legte eine kurze Pause ein. »Dort wird seit den neunziger Jahren das albanische Gewohnheitsrecht der Blutrache wiederbelebt. Man glaubt, Blutrache ausüben zu müssen, um sich für eine Straftat zu rächen oder Ehrverletzungen auszubügeln. Und das mitten in Europa.« Große Jäger sah Dr. Petersen an. Der Arzt schien fassungslos zu sein. Fast hilflos wirkte es, als er kurz seine Hände anhob. »Sie wissen, Dushi, dass Hunderte Familien in der Region ihr Haus nicht mehr verlassen, weil sie Angst haben und von der Blutrache bedroht sind. Und jetzt ist Ihnen diese teuflische Unsitte Ihrer Heimat nachgeeilt. Hat sie Sie in Husum erreicht?«

Erneut ging ein Zittern durch den Körper. Hilfesuchend sah Dushi den Arzt an. Doch Dr. Petersen schwieg.

Sie waren überrascht, als sich die Lippen des Kranken bewegten. Er hatte Mühe, zu sprechen. Große Jäger beugte sich zu ihm hinab und winkte Dr. Petersen, es ihm gleichzutun, während Cornilsen sich neben den Oberkommissar stellte.

»Los, Dushi, erleichtern Sie Ihr Gewissen«, forderte Große Jäger den Mann auf.

Dushi nahm mehrfach Anlauf, zu sprechen. Schließlich gelang es ihm.

»Ich will nach Hause«, flüsterte er. »Ganz schnell. Zurück nach Albanien. Freiwillig. Ich will den Asylantrag zurückziehen.«

Große Jäger war sprachlos. Damit hatte er nicht gerechnet. Plötzlich polterte er los: »Sag mal, bist du bescheuert? Glaubst du wirklich, wir schicken dich mit einem Erste-Klasse-Ticket und Startkapital für ein neues Leben zurück? Meinst du wirklich, dass …«

Weiter kam er nicht. Cornilsen und Dr. Petersen hatten ihn gemeinschaftlich gepackt und zogen ihn kraftvoll aus dem Zimmer.

»Das war zu viel«, sagte der Arzt leise, als sie die Tür geschlossen hatten. Dann lächelte er. »Ihr Name – Große Jäger –, der ist nicht von hier, was? Ihnen fehlt die Gelassenheit der Schleswig-Holsteiner. Aber schön, dass es auch Menschen mit Emotionen gibt. Soll ich Ihnen ein leichtes Beruhigungsmittel geben?«

»Ich? Pillen? Ich brauche jetzt eine Zigarette. Und den Hopfen zur Beruhigung nehme ich in flüssiger Form ein.«

Statt einer Zigarette gab es zwei, bevor die Beamten nach Husum zurückfuhren. Dafür verzichtete Große Jäger auf das Bier.

Auf der Dienststelle stimmte sich Große Jäger kurz mit Mommsen ab. Dann leitete er die Beantragung von Haftbefehlen ein. Gegen Dushi. Und gegen die beiden Afghanen. Es bestand Fluchtgefahr. Das hatte die überhastete Fahrt mit dem Zug Richtung Hamburg bewiesen.

»Wer ist der andere Täter?«, fragte Große Jäger, als er wieder an seinem Schreibtisch saß. »Wo ist der geblieben? Ich gehe davon aus, dass er gemeinsam mit Dushi die Einbrüche und die anderen Taten begangen hat.«

Cornilsen stimmte ihm durch stummes Nicken zu. Eine halbe Stunde später erhielten sie eine Antwort. Die Kriminaltechnik aus Kiel meldete sich. Nicht nur Dushis Fingerabdrücke, wie sie bereits wussten, sondern auch seine DNA konnten an den Tatorten im Hause Lüttschwager, aber auch in Schwabstedt bei den alten Nebendahls nachgewiesen werden. Das galt auch für weitere Fingerabdrücke sowie DNA-Spuren, die an den beiden Tatorten sichergestellt werden konnten.

»Die noch keiner Person zuordenbare DNA konnte auch aus Spermaspuren abgeleitet werden, die bei dem Missbrauchsopfer …«

»Bei Frau Lüttschwager«, unterbrach der Oberkommissar die Kieler Wissenschaftlerin.

Frau Dr. Braun, die Leiterin, hatte es sich nicht nehmen lassen, persönlich in Husum anzurufen. Sie hatte auf alle einleitenden Floskeln, die gewöhnlich im Wesentlichen aus dem

Beklagen der Arbeitsüberlastung resultierten, verzichtet. Der Bericht war sachlich, ohne dass Dr. Braun auf die Situation der Opfer einging.

»Bei Frau Lüttschwager wurde aus den sichergestellten Spermaspuren analysiert, dass beide Täter über sie hergefallen sind. Bis zur …«

»Danke«, unterbrach Große Jäger die Kielerin. »Wir müssen es an dieser Stelle nicht ausmalen. Es reicht, wenn wir es wissen.«

»Die Sache wird nicht besser, wenn wir mit einer neunzigprozentigen Wahrscheinlichkeit davon ausgehen, dass man auch versucht hat, die fast achtzigjährige Anneliese Nebendahl zu missbrauchen. Da ist es aber beim Versuch geblieben. Die Spurenlage lässt diesen Schluss zu. Ein Zyniker wie Dr. Diether würde behaupten, die alte Dame hat Glück gehabt, dass sie vorher gestorben ist.«

Große Jäger schluckte. »Ich glaube nicht, dass Dr. Diether in diesem Fall solche Worte gewählt hätte.«

»Haben Sie eine Spur, wer der zweite Täter sein könnte?«

»Nein«, sagte Große Jäger. »Ein erstes Verhör war ergebnislos.«

»Uns hier in Kiel liegt dieser Fall besonders am Herzen«, sagte Dr. Braun. »Sobald wir …« Im Hintergrund war ein Geräusch zu hören. »Moment«, bat sie. Dann vernahm Große Jäger undeutliches Getuschel. »Hören Sie«, meldete sich die Wissenschaftlerin schließlich. »Das war einer meiner Mitarbeiter mit einem neuen Ergebnis. Die Blutflecke auf der Kleidung der Afghanen stammen eindeutig von Dushi.«

Große Jäger bedankte sich und berichtete Cornilsen, der seine Arbeit am Rechner unterbrach.

»Es ist dumm, dass wir keinen Hinweis auf die Identität des zweiten Täters finden können«, stellte der Kommissar fest. »Es gibt gute Gründe, nicht jeden Asylbewerber erkennungsdienstlich zu behandeln. In diesem Fall hätte es uns geholfen.«

»Dushi wird uns jedenfalls keine Auskunft erteilen.«

»Ich habe die Zeit genutzt, um mich umzuhören«, erklärte Cornilsen. »Das Ausländeramt hat keinen weiteren Asylbewerber in die Wohnung eingewiesen. Man hatte auch vor, Dushi über kurz oder lang umzuquartieren. Die Unstimmigkeiten dort sind auch dem Amt nicht verborgen geblieben.«

»Das bedeutet, dieser Mann ist illegal unterwegs. Vielleicht hat er irgendwo Asyl beantragt. Das wurde abgelehnt, und er ist, um seiner Abschiebung zuvorzukommen, untergetaucht. Wir haben seine Fingerabdrücke, seine DNA und wissen, dass er möglicherweise Arsen heißt.«

»Arsen«, wiederholte Cornilsen langsam und tippte auf den Rand des Bildschirms. »Das ist ein chemisches Element, giftig. Als Vorname stammt es aus dem Griechischen und heißt ›der Männliche‹. Und da war da noch etwas von Arsen und Spitzenhöschen …«

»›Arsen und Spitzenhäubchen‹.« Große Jäger lachte herzhaft. »Ein Kinowelterfolg mit Cary Grant in der Hauptrolle.«

»Du meinst Hugh Grant.«

Große Jäger hielt sich beide Hände vors Gesicht. »Armes Deutschland«, sagte er in weinerlichem Ton. »Wo soll es mit dieser kulturlosen Jugend hinführen? Frag deine Oma. Die hat bestimmt ein Poster von Cary Grant über ihrem Bett hängen.«

»Oma?« Jetzt lachte Cornilsen. »Wo denkst du hin. Wenn dort jemand an die Wand gepinnt ist, dann etwas Knackiges wie Justin Bieber.«

»Kommen wir zum Wesentlichen. Wer hat Dushi zusammengeschlagen? Und warum? Wenn wir das wüssten, wären wir ein Stück weiter.«

»Sag es mir«, erwiderte Cornilsen.

Als Antwort tippte sich Große Jäger an die Stirn. »Wir wissen auch noch nicht, wann der Überfall stattgefunden hat. Die Uhrzeit wäre wichtig, damit wir die Alibis der Mitglieder des Hattstedter Selbstschutzes verifizieren können.«

Das Telefon schnarrte. Der Oberkommissar warf einen Blick auf das Display. »Da ist jemand, der uns weiterhelfen kann«, stellte er fest, nahm ab und sagte: »Moin, Klaus.« Dann stellte er dem Flensburger Hauptkommissar rhetorisch die Frage, die er auch an Cornilsen gerichtet hatte.

Als Antwort hörte er ein Schnauben. Dann verzerrte er das Gesicht und hielt das Telefon mit ausgestrecktem Arm weit vom Kopf entfernt. Cornilsen bekam mit, wie Jürgensen von mehreren Niesattacken befallen wurde.

»Ist ja gut, Klaus. War nicht so gemeint«, sagte Große Jäger, als es wieder ruhig wurde. »Die Meteorologen irren sich oft. Meist behaupten sie, der Sturm käme bei uns aus Richtung Westen. Niemand hat dich als Quelle auf der Rechnung. Willst du von mir wissen, wo man bei uns am besten eine Kur bei Atemwegsproblemen absolvieren kann?«

»Ich habe nur ein einziges Problem, das sich auch mit einer Kur nicht beseitigen lässt«, erwiderte Jürgensen. »Du! Uns ist noch etwas aufgefallen am Tatort. Dort, wo man Dushi zusammengeschlagen hat, waren auch merkwürdige Löcher im Erdreich. So, als hätte jemand mit einem Stock in der Erde gestochert.«

»Was für ein Stock?«

»Ein rot lackierter mit einer kleinen Hupe am Griff, zwei Zentimeter unter dem Griff backt ein Aufkleber von einem Kurort in Nordhessen. Auf halber Höhe ist etwas abgeschrammt. Mensch … Woher soll ich das wissen? Finde das Ding. Dann kann ich ihn dir auch beschreiben.«

»Ist gut, Klaus«, versuchte Große Jäger, den Flensburger zu beruhigen. »Der Arzt in der Diako meinte, Dushi wäre mit einem dickeren Holzknüppel malträtiert worden.«

»Dann frag doch den Medizinmann. Ich habe mir die Bilder angesehen. Gut. Es sieht nicht wie eine Eisenstange aus.«

»Das versuche ich herauszufinden«, erklärte Große Jäger. »Ein dicker Knüppel, vielleicht ein Baseballschläger.«

»Nein. Ein schmales Rohr. Wir haben das Stück Erdreich herausgenommen, es aber noch nicht weiter untersuchen können. Soll ich es nach Kiel schicken?«

Große Jäger verneinte.

Zehn Minuten später meldete sich Klaus Jürgensen erneut.

»Wilderich, du nervst«, begann er. »Ich habe es mir mit der Lupe angesehen. An der Innenseite des Eindrucks ist eine merkwürdige Vertiefung zu erkennen. Ebenso unten auf dem Grund. Hundertprozentig sicher bin ich mir nicht, aber es könnte der Gummistopfen einer Krücke gewesen sein.«

Nun war der Oberkommissar überrascht. Er lobte Jürgensen. Dann ließ er sich in seinen Stuhl ganz nach hinten fallen und murmelte mehrfach: »Eine Krücke – eine Krücke.«

»Brauchst du jetzt eine?«, lästerte Cornilsen und wurde ernst, als er von den Erkenntnissen der Flensburger Spurensicherung hörte. Er fragte nicht nach, als Große Jäger »Komm« sagte und zum Parkplatz hinter dem Dienstgebäude ging.

Große Jäger hatte die kurze Fahrt durch Husum nutzen wollen, um übers Tablet Erkundigungen über den Nachbarn der Asylbewerberwohnung einzuholen.

»Der heißt Hans Lothar mit Vornamen. Wie der Schauspieler.«

»Welcher Schauspieler?«, wollte Cornilsen wissen.

Große Jäger seufzte. »Wir sprachen neulich über Cary Grant. Stell dir einfach vor, Hans Lothar sei der Bruder. Das reicht für dich. Bierhenke ist sechsundfünfzig.«

»Das hat er aber gut verborgen«, meinte Cornilsen. »Wie schafft der Mann es, sich morgens zwanzig Jahre älter zu schminken? Was wissen wir noch über ihn?«

Große Jäger lachte auf. »Er isst am liebsten Milchreis mit Kirschkompott, links im Kleiderschrank hängt ein ungebügeltes Hemd, und bei seinem letzten Besuch in Goslar hat er sich auf dem Bahnhofsklo nicht die Hände gewaschen.«

Der Kommissar sah ihn irritiert an. »Hä?«

»Mensch. Wie lange sind wir gefahren? Was soll ich noch alles herausgefunden haben? Außerdem sind wir die Kripo Husum und nicht die Stasi.«

»Gib mal her«, sagte Cornilsen und nahm Große Jäger das Tablet ab. Drei Minuten später wussten sie, dass Bierhenke seit acht Jahren Frührentner war.

»Aus welchem Grund?«, hakte Große Jäger nach.

Cornilsen stieg auf die Frotzelei ein. »Man hat ihm einen Zahn gezogen. Seitdem geht er auf dem Zahnfleisch. Das kannst du wörtlich nehmen.«

Sie stiegen aus. Es dauerte eine Weile, bis Bierhenke die Tür öffnete.

»Na? Haben Sie dem Spuk ein Ende bereitet? Wurde ja auch Zeit. Von mir aus können die sich gegenseitig umbringen. Aber nicht in unserem Haus.«

»Moin«, sagte Große Jäger ruhig. »Wir haben noch ein paar Fragen.«

»Aber klar doch. Ich helfe immer.« Der Mann lehnte sich gegen den Türrahmen. »Was wollen Sie wissen?«

»Sie sind ohne Gehhilfe unterwegs?«

»Ich?« Bierhenke schüttelte den Kopf. »In der Wohnung geht es. Da humpel ich herum. Ist nicht optimal. Ich muss mich immer wieder mal an den Möbeln oder auch an der Wand abstützen. Ist so. Da gibt es manchmal Flecken an der Wand. Sieht nicht schön aus. Aber Sie glauben doch nicht, dass da jemand kommt und sagt: ›Kriegen wir wieder hin.‹ Da interessiert sich kein Schwein für. Aber die da drüben – denen wird alles hinten reingepustet.«

»Ohne Krücke sind Sie aufgeschmissen?«

Bierhenke nickte heftig. »Das kannst du wohl sagen. Schöner Schiet. Ich war Fliesenleger.« Er schlug sich mit der flachen Hand auf den Oberschenkel. »Bin ständig auf den Knien herumgerutscht. Dabei sind die Dinger zu Dutt gegangen. ›Hans‹, hat mein Chef damals gesagt. ›Mach jetzt nicht schlapp. Wir müssen das Ding durchziehen. Wenn du krank spielst, gibt's Ärger.‹« Bierhenke lachte bitter auf. *»Spielst«*, überbetonte er. »Und als die Knie im Eimer waren, war daddeldu. ›Kein Problem heute, das kriegen wir wieder hin‹, meinte der Doktor, nachdem ich nach 'nem halben Jahr endlich 'nen Termin hatte. Meine Freundin damals, also – die kam aus Pinneberg. ›Du glaubst doch nicht, dass ich jedes Mal nach Husum ins Krankenhaus tobe‹, hat sie gesagt. ›Geh hier inne Gegend unters Messer.‹ Hab ich gemacht. War Scheiße. Und nun? Gesundheit in Arsch, Freundin weg. Hartz IV. Und solche Kaspernasen als Nachbarn.« Dabei zeigte er auf die Nebenwohnung. »Da steht's dir bis hier.«

Bierhenke legt die flache Hand an den Hals.

»Sie sind immer mit Krücken unterwegs?«

Bierhenke öffnete die Augen ganz weit. »Mensch. Hast du nicht zugehört? Sag ich die ganze Zeit. Ohne diese Dinger läuft nix mehr.«

»Auch am letzten Sonntag?«

»Sonntag? Montag? Heute? Morgen! Was weiß ich, wann Sonntag ist.«

»Als Sie abends spazieren gingen.«

»Ich spazieren? Pahhh! Sonntag?« Bierhenke legte die Stirn in Falten. »Nee. Da war ich zur Rentnerdisco. Hab ganz heiß geschwoft. Die Weiber übers Parkett gejagt.« Er tippte sich an die Stirn. »Ihr habt sie doch nicht mehr alle.«

»Trotzdem waren Sie am Tatort und haben Ihren Nachbarn Dushi gefunden. Es wäre Ihre Pflicht gewesen, sofort Hilfe anzufordern.«

»Welchen Dushi?«, stellte sich Bierhenke dumm. »Wo soll ich den gefunden haben?«

»An der Stelle, an der man ihn lebensgefährlich verletzt hat.«

»Jetzt reicht's aber. Ich bin doch kein Schlafwandler.«

»Merkwürdig, dass Sie wissen, dass es dunkel war.«

»Ich hab kein ein gefunden. Nie und nirgendwo. Ihr labert doch Stuss. Mensch, ich bin ein armes Schwein. Seht zu, dass ihr die da drüben zu packen kriegt. Aber lasst mich in Ruhe. Ich und irgendwen finden. Ist doch lächerlich.«

Der ganze Türrahmen vibrierte, als Bierhenke die Wohnungstür mit Schwung zuwarf.

»Der war da«, knurrte Große Jäger.

Cornilsen sah ihn ungläubig an. »Bierhenke soll die Keule geschwungen haben, mit der Dushi niedergestreckt wurde?«

»Das hab ich nicht behauptet. Sicher ist er nicht der einzige Husumer, der gehbehindert ist. Aber jeder andere hätte Hilfe herbeigeholt.«

»Warum er nicht?«, wollte Cornilsen wissen.

Große Jäger hob die Schultern in die Höhe und ließ sie wieder fallen.

»Das wissen wir nicht. Entweder wollte er keinen Ärger, den er befürchtete, wenn er die Polizei angerufen hätte. Oder er hat sogar etwas gesehen und fürchtet sich vor den Tätern.«

»Meinst du, er könnte sie identifizieren?«

»Vielleicht auch das. Heute werden wir von ihm nichts weiter erfahren. Schade, dass es seit ein paar hundert Jahren keine Daumenschrauben mehr gibt. Oder die Streckbank.« Große Jäger klopfte Cornilsen auf die Schulter. »Ist schon gut so, wie es ist. Damals gab es noch keine Zigaretten.« Er ließ seiner Begeisterung über die Gegenwart freien Lauf, indem er zunächst eine Zigarette rauchte, bevor sie ins Auto einstiegen.

Auf der Dienststelle gab es keine Neuigkeiten.

»Stell dir vor, Hosenmatz, du wärst jetzt auf irgendeiner Großstadtdienststelle eingesetzt. Dann würde dich die folgende Aufgabe zur Verzweiflung bringen. Aber hier, in Husum, ist es ein Kinderspiel. Das schaffst sogar du. Fall Dushi. Was für eine Tatwaffe suchen wir?«, fragte Große Jäger, als sie wieder in ihrem Büro saßen.

»Das steht noch nicht einwandfrei fest.«

»Richtig. Also würde ein Hilfsdäne wie du nach etwas Hölzernem suchen. Damit soll Dushi vermutlich niedergestreckt worden sein. Das ist nicht weiter problematisch. Schließlich leben wir im waldwärmsten Gebiet Deutschlands. Aber …«

Cornilsen winkte ab. »Wenn ich mir vorstellte, dass du als Dozent an der Polizeischule dem Nachwuchs die Geheimnisse der Ermittlungsarbeit nahebringen müsstest … Aber ich habe schon verstanden. Es könnte ein Baseballschläger gewesen sein. Und viele Sportgeschäfte, die so etwas führen, haben wir nicht. Da Baseball bei uns kein Nationalsport ist, wäre diese Spur eine Suche wert. Stell dir vor, das Opfer wäre mit einer Boßelkugel erschlagen worden. Dann wäre halb Nordfriesland verdächtig. Und eine Viertelmillion Ditschis zusätzlich.«

Große Jäger nickte anerkennend. »Gut. Genau deshalb haben wir dich damals aus der Niebüller Gosse aufgelesen und ins weltläufige Husum geholt.« Er wedelte mit der Hand. »Viel Erfolg.«

»Die Sache mit der Niebüller Gosse … Da steht noch ein Duell aus.«

»Baseballschläger – Baseballschläger – Baseballschläger«, fiel ihm Große Jäger ins Wort.

Cornilsen streckte ihm die geballte Faust entgegen, als er das Zimmer verließ.

Große Jäger folgte ihm, den schmutzigen Kaffeebecher in der Hand.

»Na, Tante Hilke?«, fragte er die blonde Kommissarin im Nebenzimmer und streckte ihr den Becher entgegen. »Habt ihr noch etwas für mich über?«

Hilke Hauck zeigte auf die Kaffeemaschine. »Bedien dich.«

»Hilke, mein Seelenschwarm. Warum bist du so kurz angebunden?«

»Ich habe einen dummen Fall auf dem Tisch. Ein Immobilienmakler aus Husum. Der wird gemobbt.«

Große Jäger schmunzelte. »Das kann ich mir bei einigen Vertretern dieser Zunft vorstellen.«

»Hier geht es nicht um Vorurteile. Dafür sind wir nicht zuständig«, belehrte Hilke ihn. »An zwei aufeinanderfolgenden Nächten ist sein Auto zerkratzt worden. Das waren keine Randalierer. Man hat es gezielt auf sein Fahrzeug abgesehen.«

»Ist er bedroht worden?«

Hilke schüttelte ihren Kopf. »Er behauptet: nein. Ich bin mir da nicht sicher. Gestern Abend hatte er noch einen Besichtigungstermin in Rosendahl. Da ist es ziemlich dunkel. Als er zu seinem Auto zurückkehrte, tauchte plötzlich ein Mann vor ihm auf, fragte nach seinem Namen, und als er den bestätigte, zog der Unbekannte eine Spraydose hervor und attackierte den Makler damit. Der konnte die Arme hochreißen und sein Gesicht schützen. Sonst wäre es unter Umständen schlimm ausgegangen.«

»Wie heißt der Makler?«

»Hubert Schloch. Er hat sein Büro in der Großstraße.«

Der Oberkommissar grinste breit. »Von dem habe ich schon gehört. Der musste schon öfter unter seinem Namen leiden, weil Unbekannte sein Firmenschild beschmiert haben. Sie haben vor seinen Familiennamen die Buchstaben ›Ar‹ gekritzelt.«

»Darüber kann ich nicht lachen«, erwiderte Hilke Hauck. »Mit deinem Namen lassen sich auch allerhand Späßchen anstellen.«

»Liegt irgendetwas gegen Schloch vor?«

»Er ist nicht straffällig geworden. Viele seiner Kollegen betreiben ein seriöses Geschäft. Schloch soll, so flüstert man, eigentümliche Akquisitionsmethoden haben.«

»Inwiefern?« Große Jäger hatte sich Kaffee in den Becher gefüllt und Platz auf Hilke Haucks Schreibtischkante genommen.

»Strafbar ist es nicht, aber Schloch studiert anscheinend die Traueranzeigen. Dort werden auch oft Namen und Adressen der Hinterbliebenen aufgeführt. Bei denen taucht er auf und fragt, ob die den Grundbesitz aufgeben wollen. Er bietet dann seine Hilfe an. Das ist in den Augen mancher geschmacklos. Aber der Erfolg gibt ihm recht. Viele Angehörige sind in einer solchen Situation überfordert. Fragwürdig ist auch, dass er bei Unfallopfern auftaucht. Die Namen hat er auch aus der Zeitung. Zumindest hat er Übung darin, sich das zusammenzureimen.«

»Gibt es eine Beschreibung des Täters?«

»Nur sehr vage. Nicht mehr ganz jung, aber drahtig. Mittelgroß. Vermutlich Deutscher, wenn man das sagen darf«, schob sie hinterher.

»Das hört sich nicht nach einem Streich Jugendlicher an. Da nimmt jemand Rache. Kann es auch ein Mitbewerber sein, der neidisch ist oder öfter das Nachsehen bei einigen Objekten hatte?«

»Auszuschließen ist nichts«, sagte Hilke Hauck.

Große Jäger legte ihr vorsichtig die Hand auf die Schulter. »Schloch ahnt vermutlich nicht, dass die Bearbeitung seines Falls in den Händen unserer tüchtigsten Kommissarin liegt.«

»Schmeichler«, rief sie ihm hinterher, als er ihr Büro verließ.

Nicht alles, was moralisch verwerflich ist wie Schlochs Vorgehensweise, wird strafrechtlich geahndet, überlegte Große Jäger, als er wieder an seinem Schreibtisch saß. Und manchmal wird es durch den gesunden Menschenverstand sanktioniert. Dieses wiederum könnte Unrecht sein und die Behörden auf den Plan rufen. So wie in diesem Fall. Ob der normal denkende Bürger da draußen das versteht? Große Jäger blickte nachdenklich aus dem Fenster in den trüben Husumer Himmel.

Wer mochte in Hilkes Fall die Initiative ergriffen haben? Schlochs Aussage zufolge ein Durchschnittsbürger, der tagsüber seiner unauffälligen Beschäftigung nachgeht und sich über das fragwürdige Geschäftsmodell des Maklers geärgert hat? Es wäre eine Fleißarbeit, auszuwerten, welche Todesanzeigen in der letzten Zeit veröffentlicht und welche Hinterbliebenen von Schloch aufgesucht worden waren. Und wenn sich der Makler nicht nur für Todesanzeigen interessierte? Große Jäger nahm noch einen großen Schluck Kaffee, sprang behände auf und ging ins Nachbarbüro.

»Komm, Hilke«, forderte er die Kollegin auf.

Die Kommissarin sah ihn erstaunt an. »Was ist mit dir los?«

»Warum müssen Frauen immer so viel reden.« Er packte sie kurz entschlossen an der Hand und zog sie in die Höhe. »Jacke, Handtasche«, sagte er.

»Jetzt hat es dich erwischt«, sagte Hilke und folgte ihm kopfschüttelnd.

Unentwegt drang sie während der kurzen Fahrt verbal auf ihn ein und verstummte erst, als sie vor Schlochs Büro in der Großstraße hielten.

Die Räume befanden sich in der ersten Etage. Eine Glastür gab den Blick in einen Raum frei, in dem eine junge Frau hinter einem Tresen arbeitete. Sie sah auf und betätigte einen Summer. Große Jäger fiel auf, dass sie mit einem »Guten Tag« grüßte.

Der Oberkommissar stellte sich und Hilke kurz vor und bat darum, Herrn Schloch sprechen zu können.

»Moment«, bat die Angestellte und drückte auf einen Knopf der großen Telefonanlage auf ihrem Arbeitsplatz.

»Ja?«, ertönte eine schnarrende Stimme.

»Hier sind zwei Polizeibeamte. Eine Frau und ein Mann. Die möchten mit Ihnen reden.«

Es knackte kurz im Lautsprecher. Wenig später wurde die Tür geöffnet, und ein Mann mit schwarzer Hornbrille erschien. Die dunklen Haare lagen in einer Welle über dem weißen Kragen des blau gestreiften Hemdes. Statt einer Krawatte hatte er die obersten Knöpfe geöffnet und gab den Blick auf eine behaarte Brust frei, auf der ein goldenes Amulett glänzte.

»Sie haben etwas gefunden?«, fragte er anstatt einer Begrüßung und zeigte stumm auf eine kleine Sitzgruppe aus Leder und Chrom. Davor stand ein gläserner Tisch. Auch der Rest der Einrichtung bestand aus diesen Materialien. Modern – sachlich – nüchtern – kalt, befand Große Jäger für sich und ließ sich in das tiefe Sitzmöbel fallen. Ob er hier wieder herauskommen würde?, war seine nächste unausgesprochene Sorge.

»Sie sind Herr Schloch?«

Der Mann nickte. »Ist doch klar, wenn Sie zu mir ins Büro kommen. Oder?«

»Es könnte auch ein Mitarbeiter sein.«

Schloch hatte sich in die Ecke des Zweiersofas geflegelt, die

Beine übereinandergelegt und das linke Knie mit den Händen umklammert.

»Sie sind draußen im Feld. Dort wird das Geld verdient.«

»Wie viele Mitarbeiter haben Sie?«

»Zahlreiche.«

»Ich meine – fest angestellte.«

»Das ist in unserer Branche anders«, erklärte Schloch. »Hier muss jeder sein Geld verdienen und kann es sich nicht ersitzen wie in vielen Büros oder Ämtern.«

»Waren Sie selbst bei Arne Lüttschwager? Oder haben Sie einen Ihrer Laufburschen losgehetzt?«

Mit einem Seitenblick registrierte Große Jäger, wie Hilke Hauck ihn erstaunt ansah und dann durch ein Anheben der Augenbraue signalisierte, dass sie verstand, worauf er hinauswollte.

»Die Marktapotheke ist eine der großen und der Inhaber ein anerkannter Geschäftsmann in Husum. Darum kümmere ich mich persönl… Moment mal. Worauf wollen Sie hinaus? Was hat das mit den tätlichen Übergriffen auf mich zu tun?«

»Danke«, sagte Große Jäger. »Wir wissen um Ihr Geschäftsmodell, Hinterbliebene aufzusuchen und Ihnen den Verkauf der Immobilie anzubieten. Ist es nicht eine noch perfidere Idee, das Gleiche bei Hausbesitzern zu versuchen, bei denen eingebrochen wurde und die unter dem Ereignis leiden? Haben Sie eine Vorstellung davon, wie es Menschen ergeht, deren Intimsphäre plötzlich nicht mehr gegeben ist? Die nachts keinen Schlaf mehr finden, weil sie auf jedes Geräusch achten und befürchten, die oder andere Täter kämen wieder?«

Schloch spitzte die Lippen. »Natürlich kann ich es mir vorstellen. Diese Leute suchen einen Ansprechpartner, jemanden, mit dem sie das Durchlebte aufarbeiten können. Und Menschen, die von Haus aus ängstlich sind, schon vorher labil waren, sind genau in die von Ihnen geschilderte Situation geraten.« Er streckte den Zeigefinger in Große Jägers Richtung aus. »Wo bleibt Ihre Präventionsarbeit? Wie hoch ist die Aufklärungsquote bei Einbrüchen? Das ist doch der Nährboden, auf dem diese Verbrechen gedeihen. Wollen Sie mich dafür verantwortlich machen, dass ich in solchen Notlagen einspringe?«

»Die Menschen stehen oft noch unter Schock. Und das nutzen Sie aus. Sie suggerieren, dass es nicht wie bei Masern ist. Wer ein Mal betroffen war, bekommt es nie wieder. Ganz im Gegenteil. Dort, wo die Täter erfolgreich waren, ist auch künftig etwas zu holen. Das spricht sich als *gute Adresse* herum. Aus dieser Falle gibt es nur ein Entkommen: Verkaufen. Und zwar zu Ihren Konditionen. Vielleicht behaupten Sie auch, dass der Marktwert eines ›Einbruchhauses‹ gesunken ist. Und daran verdienen Sie viel Geld. Mit dem Unglück anderer Menschen.«

»Natürlich arbeite ich nicht umsonst. Aber was ist verwerflich daran, dass ich helfe? Nehmen Sie den Bestatter. Der wird dann aktiv, wenn jemand gestorben ist. Das ist im Allgemeinen kein freudiger Anlass für die Hinterbliebenen. Und in dieser Situation reagieren viele Betroffene kopflos, und der Bestatter verkauft ihnen teure Zusatzleistungen.«

»Und mit dem stellen Sie sich auf eine Stufe?«

Schloch bewegte die Schultern, um zu signalisieren, dass er Große Jägers Argumentation für kleinkariert hielt. »Ich hatte erwartet, dass Sie positive Ermittlungsergebnisse mitbringen. Ist es Aufgabe der Polizei, als selbst ernannte Moralapostel tätig zu werden?«

»Sie haben einen wesentlichen Beitrag dazu geleistet, dass wir ein Stück vorangekommen sind«, erklärte Große Jäger.

»Das verstehe ich nicht.« Schloch sah die beiden Beamten ratlos an.

»Das ist es.« Große Jäger streckte die Hand aus und zeigte auf den Makler. »Die Polizei analysiert auch komplizierte Sachverhalte und blickt hinter die Kulissen, mögen die Konstrukte auch noch so diffizil gestaltet sein.«

»Wovon sprechen Sie?«

»Davon«, sagte Große Jäger vieldeutig. Im zweiten Versuch gelang es ihm, sich aus der Tiefe des Sessels herauszuwinden.

Sein Blick fiel auf den supermodernen Vollautomaten. »Vielen Dank für den Kaffee.«

»Und was ist nun mit meiner Anzeige?«

Große Jäger drehte die Hand im Gelenk. »Da ist viel Bewegung drin«, sagte er vieldeutig und verließ, gefolgt von Hilke Hauck, das Maklerbüro.

Auf der Straße zupfte Hilke Hauck ihren Kollegen am Ärmel.

»Onkel! Warum erzählst du mir nicht im Vorhinein, was du vorhast?«

»Ich bin mir sicher«, raunte er ihr zu. »Die Leute, die das ›Ar‹ vor seinen Namen gekritzelt haben – die hatten recht.« Der Oberkommissar lächelte. »Du hast mit deiner Intelligenz doch verstanden, was ich wollte. Schloch hat zugegeben, dass er bei Lüttschwager war und dem Apotheker das Angebot unterbreitet hat, das Haus zu verkaufen.«

»Und das hat er mit Sicherheit auch bei anderen gemacht.«

»Genau. Nicht jeder hat es als willkommene Hilfestellung angesehen. Ich kann mir vorstellen, dass einer der Angesprochenen darüber so erbost war, dass er sich auf die Weise gerächt hat, die zu der Anzeige führte, die du bearbeitest.«

»Das hättest du mir auch sagen können. Abgesehen davon hatte ich einen ähnlichen Gedanken.«

»Davon bin ich überzeugt. Aber manches erfährt man nur im Außendienst.« Er zwinkerte ihr zu. »Unter Einsatz von besonderen Methoden.«

»Ich würde auch gern mehr Außendienst machen.« Hilke Hauck stieß einen Seufzer aus.

Große Jäger blieb stehen und sah auf seine Kollegin hinab, auf die leicht pummelige Figur, den rotblonden Haarschopf und die fröhlichen Sommersprossen im Gesicht. Dann legte er fürsorglich seinen Arm um ihre Schultern.

»Wir haben tüchtige und kluge Kriminalbeamtinnen, die vielen Tätern die Maske vom Gesicht reißen. Aber ihnen in der Praxis zu begegnen ist etwas anderes. Unbestritten gibt es kaum Frauen unter den Gewalttätern. Das ist eine Männerdomäne. Sollen wir Frauen auf die Skrupellosen hetzen? Unsere Frauen dieser brutalen Gefahr aussetzen? Nein! Das lass die Kerle machen. Mann gegen Mann. So!«, sagte er entschieden und dirigierte sie durch den Torweg des alten Rathauses in den Schlossgang. »Jetzt machen wir das, was ich oft mit Christoph getan habe. Wir gehen in ›Jacqueline's Café‹ und gönnen uns eine Schokokirsch-Torte und einen Cappu. Und mit ein wenig Glück ist Anett anwesend.«

»Wer ist das?«, wolle Hilke wissen.

»Eine Husumer Institution«, erwiderte Große Jäger vieldeutig.

Der Kuchen und der Cappuccino waren hervorragend gewesen. Das hatte auch Hilke Hauck bestätigt. Als sie auf die Dienststelle zurückkehrten, saß Cornilsen an seinem Schreibtisch und streckte den Daumen in die Höhe.

»Wie gut, dass wir eine Kleinstadt sind. Und dass es dumme Menschen gibt.«

»Du warst erfolgreich?«

Cornilsen nickte. »Man hält uns für doof. Würdest du im Zeitalter von Internet und Co deine Baseballschläger vor Ort kaufen?«

»Ja«, erwiderte der Oberkommissar. »Ich unterstütze den örtlichen Handel. Sonst müssen wir unsere Milch und die Sonntagsbrötchen auch bald im Internet ordern, weil es keine anderen Bezugsquellen mehr gibt. Also los. Erzähl.«

»Gleich im ersten Laden, den ich aufgesucht habe, war ich erfolgreich. Dort ist jemand aufgekreuzt und hat eine Sammelbestellung für Baseballschläger aufgegeben. Der fachkundige Verkäufer hat sich gewundert, dass der Mensch keine Ahnung von diesem Sport hatte. Er hat keine sachlichen Fragen gestellt, keine Auswahl in Betracht gezogen. Den interessierte nur, ob er einen Nachlass bekommt, wenn er gleich vier Stück kauft.«

»Hat er?«, interessierte Große Jäger.

Cornilsen schüttelte den Kopf. »Nee. Das ist ein Fachgeschäft und kein Ramschladen. Du hattest natürlich recht. Baseball ist keine einheimische Sportart. Die mussten es bestellen. Und dann hat der Depp es auch noch mit seiner Kreditkarte bezahlt.«

»Und so hast du Andreas Joostmeier gefunden.«

Cornilsen riss die Augen auf und öffnete den Mund weit. »Woher weißt du …?«

»Wer sonst organisiert so etwas und fragt nach Rabatt. Vier Stück. Wir wissen auch, wer die anderen sind.«

»Sicher«, bestätigte Cornilsen. »Rahn, Bendler und Roggensack. Damit wurde der Kern des Hattstedter Selbstschutzes ausgestattet.«

»Das passt zueinander. Die vermutliche Tatwaffe – ein Baseballschläger. Die nicht passenden Alibis.«

»Moment«, warf Cornilsen ein. »Joostmeier hat eins. Er war mit seinen Kollegen unterwegs.«

»Hast du die Adressen?«

Cornilsen bestätigte es.

»Dann ruf sie an und frage, ob sie sich immer an einem Sonntag treffen. Joostmeier sprach davon, dass er gelegentlich zu diesem Kollegentreff geht.«

Der Kommissar führte mehrere Telefonate. Dann strahlte er. »Treffer. Sie waren das erste Mal sonntags unterwegs. Den anderen passte es eigentlich nicht. Das Wochenende gehört der Familie. Aber Joostmeier hat auf sie eingewirkt. So ist es schließlich zu diesem Treffen gekommen.«

»Wen hältst du für den Intelligentesten aus der Hattstedter Schlägerbrigade?«

Cornilsen überlegte kurz. »Joostmeier, den Steueramtmann.«

»Ich auch«, bestätigte Große Jäger. »Der verschafft sich ein Alibi. Wir wissen inzwischen, dass Dushi kurz vor Mitternacht niedergestreckt wurde. Joostmeier wollte nicht ausschließen, dass wir hinter die Tat kommen. So hat er sich ein Alibi gebastelt und kann sich im schlimmsten Fall dahinter verstecken, dass die anderen ohne sein Wissen und Zutun gehandelt hätten.«

»Das ist doppelt hinterhältig.« Cornilsen zog verächtlich die Nase hoch.

Große Jäger lehnte sich zurück und verschränkte die Arme hinter dem Nacken.

»Wir haben es mittlerweile nicht mehr nur mit einem Einbruch und dem Missbrauch an Frau Lüttschwager zu tun, sondern mit einem komplizierten Geflecht. Da ist die Jagd auf die Täter. Die beiden Albaner sind fremd hier. Ich will nicht ausschließen, dass sie einen geübten Blick dafür haben, wo ein Einbruch gute Beute verspricht. Vielleicht gibt es aber auch einen Tippgeber.«

»Und wer soll das sein?«

Große Jäger hob beide Hände in die Höhe. »Ich bin mir nicht sicher.«

»Glaube ich, aber wen verdächtigst du?«

»Komm«, forderte Große Jäger seinen Kollegen auf. »Wir fahren ein bisschen spazieren.«

Der erste Weg führte sie zum Haus der Familie Lüttschwager. Lars, der Sohn, öffnete die Tür. Er ließ sie ins Haus, nachdem Große Jäger gebeten hatte, den Vater sprechen zu dürfen.

»Seien Sie etwas zurückhaltend«, bat der Bundeswehrmajor. »Die ganze Sache hat ihn sehr mitgenommen.«

Große Jäger fragte nach der Mutter.

»Die ist in die Rehaklinik nach Bad Malente verlegt worden. Ihr Zustand ist unverändert schlecht. Es ist die Psyche. Und genau das ist es, was meinen Vater berührt. Er versteht es nicht, dass er nicht an unsere Mutter herankommt. Die beiden haben ihr ganzes Leben miteinander geteilt. Und plötzlich ist alles zerbrochen.«

»Wer kümmert sich um Ihre Eltern?«

»Das ist der nächste Punkt. Meine Schwester ist wieder zurück nach Hannover. Sie steckt mitten im Examen. Sie können sich vorstellen, dass dieses hier eine große Belastung darstellt. Ich muss übermorgen zu meiner Einheit zurück. Man hat Verständnis für meine Lage, die unserer Familie, aber irgendwann fordert der schnöde Alltag seinen Tribut. Dann ist mein Vater hier allein. Wir haben eine Haushaltshilfe, die sich um die kleinen Dinge des Alltags kümmert. Das ist aber kein Ersatz.«

»Können Sie noch einmal auf Ihren Vater einwirken, dass er den Auftrag an die Detektei zurückzieht? Und auch die Belohnung, die er ausgesetzt hat? Das erschwert unsere Arbeit.«

Lars Lüttschwager schüttelte den Kopf. »Ich habe Verständnis für Ihre Bitte. Aber es ist so wie bei einem Vermisstenfall oder einem Flugzeugabsturz über dem Meer. Die Angehörigen wollen Gewissheit, auch wenn das Ergebnis traurig ist. Hier ist es analog. Mein Vater findet erst seinen inneren Frieden, wenn die Täter zur Rechenschaft gezogen werden. Und meine Mutter …« Lüttschwager breitete die Hände in einer hilflosen Geste aus.

»Wir sind uns sicher, einen der Täter gefasst zu haben«, sagte Große Jäger.

»Einen!« Lars Lüttschwager spuckte es fast aus. »Und der andere?«

»Wir haben konkrete Spuren.«

»Das sind – Verzeihung – hohle Phrasen. Es zählt nur das Ergebnis. So«, sagte er. »Gehen wir zu meinem Vater. Aber – bitte – nehmen Sie Rücksicht auf seinen schlechten Zustand.«

Der Apotheker saß in einem bequemen Ohrensessel. Auf dem kleinen Tisch vor ihm stand ein Teeservice. Das Licht im Stövchen flackerte.

»Der Kommissar«, kündigte Lars Lüttschwager Große Jäger an.

Der Vater wirkte fast ein wenig gebrechlich. Müde hob er eine Hand.

»Was wollen Sie von uns?« Dann wanderte sein Blick weiter zu Cornilsen. »Kenne ich Sie?«

»Mein Kollege«, stellte Große Jäger ihn vor. »Er war schon dabei, als wir miteinander sprachen. Ich möchte nur wissen, ob bei Ihnen ein Immobilienmakler vorstellig geworden ist?«

Die Hand Lüttschwagers, die er auf seinen Oberschenkel gelegt hatte, vibrierte leicht. »Was gibt es für Menschen. Reicht es nicht, was dieser Familie widerfahren ist? Und dann tauchen solche Figuren auf und erdreisten sich, aus dem Unglück anderer Kapital schlagen zu wollen. Ich …« Der Apotheker verhaspelte sich. Dann hustete er.

»Danke«, sagte Große Jäger schnell und schenkte dem Sohn einen schnellen Blick. »Das war schon alles. Wir wünschen Ihnen und Ihrer Frau alles Gute.«

Lars Lüttschwager begleitete sie zur Haustür.

»Auch wenn es schwerfällt … Versuchen Sie, Ihren Vater von seinem Irrweg abzubringen«, sagte Große Jäger eindringlich.

»Fassen Sie den zweiten Täter«, erwiderte der Sohn und schloss hinter ihnen die Tür.

»Soso« war alles, was Cornilsen anmerkte. Er schwieg auch, als sie vor Heiko Nebendahls Wohnungstür standen und eine Weile warten mussten, bis ihnen geöffnet wurde.

Nebendahl sah sie aus glasigen Augen an. Die Bierfahne war unverkennbar.

»Ach, die schon wieder«, stellte er fest, drehte auf dem Absatz um und ging ins Wohnzimmer. Die Tür ließ er hinter sich offen als Zeichen, dass er den Besuch hereinbat.

Cornilsen verzog das Gesicht, als sie die Räumlichkeiten betraten.

»Man gewöhnt sich daran«, raunte Große Jäger ihm zu.

»Nicht in hundert Jahren«, gab er zurück.

»Hör mal, Nebendahl«, machte es der Oberkommissar kurz. »Kennst du Schloch, den Immobilienheini?«

Nebendahl kicherte. »Arschloch?«

»Woher weißt du davon?«

»Weiß doch jeder«, erwiderte Nebendahl.

»Dem haben ein paar Leute was ans Zeug geflickt. Hast du davon gehört?«

»Dem haben sie ins Knie gefickt?«, missverstand Nebendahl

die Frage und sah sich suchend um. »Scheiße. Wo sind meine Lullen?«

Große Jäger fingerte seine Zigarettenpackung hervor und bot Nebendahl eine an. Als beide brannten, wedelte Cornilsen demonstrativ mit der Hand vor seiner Nase herum.

»Also – warst du dabei, als man Schloch etwas verpasst hat?«

»Ich kann den Typ nicht leiden, aber vielleicht hat er was für mich«, sagte Nebendahl und versuchte vergeblich, Ringe in die Luft zu blasen. Er verschluckte sich dabei.

Als er wieder Luft bekam, fuhr Große Jäger fort: »Es geht um das Haus von Oma und Opa?«

Nebendahl nickte. »Stimmt.«

»Schloch hat dir angeboten, es für dich zu verkaufen. Du musst dich um nichts kümmern, er hat auch schon Käufer an der Hand.«

»So ist es«, bestätigte Nebendahl. »Ich versteh nix davon. Man erbt ja nicht jeden Tag so 'nen Schuppen.«

»Bist du denn der Erbe?«

»Logo. Wer sonst?«

Für Große Jäger klang es nicht überzeugend.

»Haben Oma und Opa es dir gegenüber angedeutet?«

»Bist du bescheuert?«, brach es aus Nebendahl heraus. »Das hätte doch geheißen … gehießen … Ist ja egal. Also – wir hätten davon gesprochen, dass beide abgenibbelt sind.« Er schluckte heftig. Dann stahl sich eine Träne aus dem Augenwinkel. »So ein Käse. Nun ist es so.« Er hielt seinen Arm in die Höhe. »Den würd ich dafür geben, wenn sie noch leben würden. Ach was.« Er streckte den anderen auch in die Luft. »Alle beide.«

Große Jäger spürte, dass das nicht gespielt war. Die Trauer war echt.

»Wann hat Schloch dich aufgesucht? Nachdem die Sache mit Oma und Opa in der Zeitung stand?«

»Nö. Schon vorher. Zwei Wochen früher oder so.«

Große Jäger war überrascht. »Wie kam er dazu? Wollten Oma und Opa verkaufen?«

»Hä? Das war ihr Leben. Die wären nie aus ihrem Haus ausgezogen. Die muss man raustragen. Scheiße.« Unvermittelt schlug er mit der Faust auf die Tischplatte. »So ist es dann auch passiert.«

»Hat er gesagt, woher er deine Adresse hatte?«

»Keine Ahnung«, sagte Nebendahl gleichgültig. Dann fiel ihm ein: »Was ist nun mit dem Haus? Wann kann ich das verkaufen? Habt ihr eine Ahnung, wie lange das dauert?«

»Wart's ab«, sagte Große Jäger leise. Ohne dass Nebendahl es hören konnte, ergänzte er: »Falls – *falls* – du etwas erben solltest, geht das Geld für Anwalts- und Gerichtskosten sowie die Wiedergutmachung drauf. Ein Mal armes Schwein – immer armes Schwein.«

»Und er glaubt, jetzt trifft ihn das Glück«, sagte Cornilsen, als sie wieder im Wagen saßen.

Große Jäger hörte nicht zu. »Wie ist Schloch auf Heiko Nebendahl gekommen? Und das, bevor die alten Leute gestorben sind? Das ist doch merkwürdig. Wir haben eben gehört, dass die Alten nicht daran dachten, ihr Haus aufzugeben. Ein Einbruch, der Überfall, das hat den Vorgang beschleunigt. Der Tod der Senioren war nicht geplant. Das war unbeabsichtigt. Und wer profitiert davon?«

»Heiko Nebendahl«, sagte Cornilsen.

»Wirklich?«

»Ja, er ... Moment mal. Der hat keine Ahnung. Schloch zieht ihn über den Tisch. Also ist der Makler der wahre Profiteur.«

»So könnte man es sehen«, meinte Große Jäger. »Er kommt herum, weiß, wo die guten Wohnlagen sind. Ist es abwegig, anzunehmen, dass Schloch den Albanern Tipps gegeben hat? Er hätte sich dann in besonders perfider Weise der beiden bedient, um bei den geschädigten Hausbesitzern Ängste zu schüren.«

»Das klingt absurd«, widersprach Cornilsen. »Nicht jedes Einbruchsopfer verkauft seine Immobilie.«

»Und wenn es nur ein Bruchteil ist ... Versuche herauszufinden, wie viele Fälle erfolgreich waren. Mich hat der Einbruch bei den alten Nebendahls stutzig gemacht. Das Haus sieht von außen nicht so aus, als hätten die Besitzer über Reichtümer verfügt. Mit Sicherheit hat Heiko Nebendahl in seiner Naivität Schloch gegenüber von Oma und Opa gesprochen und alles Wissenswerte ausgeplaudert. Angenommen, unsere Theorie stimmt – dann hätte Schloch den Albanern vorgegaukelt, dass es dort etwas zu holen gibt. Sonst passt der Fall in Schwabstedt nicht ins Bild. Hätten die Einbrecher sich nur an Äußerlichkeiten orientiert, wären sie am Haus Nebendahl vorbeigefahren.«

Cornilsen pfiff anerkennend durch die Zähne. »Gute Schlussfolgerung. Da könnte etwas dran sein. Und wo ist der zweite Albaner?«

»Das ist eine gute Frage, auf die wir noch keine Antwort haben. Darum wechseln wir jetzt den Schauplatz.« Große Jäger knuffte seinem jungen Kollegen freundschaftlich in die Seite. »Auf nach Hattstedt.«

Ein paar hundert Meter weiter fiel ihm noch etwas ein.

»Es ist erschreckend, wer alles von der Angst der Opfer profitieren möchte. Baumkemper zum Beispiel. Der vermarktet die Dienste seiner dubiosen Detektei. Außerdem bietet er Sicherheitsanlagen an, die einheimische Unternehmen besser und günstiger offerieren können. Noch ein Auftrag für dich. Auch das könntest du einmal eruieren.«

»Ich leide nicht unter Arbeitsmangel«, stöhnte Cornilsen auf.

»Zu wenige Opfer wissen, dass ihnen der Weiße Ring uneigennützig hilft. Dort finden sie kompetente Beratung und Unterstützung und sind nicht nach dem ersten Unglück Profitjägern ausgesetzt, die schamlos die Notlage der Menschen ausnutzen.«

»Na denn dann.«

An einem bewölkten und trüben Tag wie an diesem Dienstag wirkte das ruhige Wohnviertel in Hattstedt noch friedlicher. In zahlreichen Häusern brannte schon Licht. Niemand war auf den Straßen zu sehen oder blieb vor den gepflegten Vorgärten stehen. Feierabend. Den verbrachten die Menschen im Inneren ihrer Burgen. *My home is my castle.* Aber schon in der Frühzeit wurden Burgen überfallen und ausgeraubt. Das hatte sich bis heute nicht geändert. Nur die Methoden hatten sich gewandelt. Die Angreifer brandschatzten nicht mehr, hatten es nicht auf das Leben der Bewohner abgesehen.

»Oder doch«, entfuhr es Große Jäger.

Cornilsen sah ihn fragend an. »Wie bitte?«

»Nichts«, erwiderte der Oberkommissar, der seine Gedankenkette nicht offenlegen wollte.

Am Dachüberstand des Rotklinkerhauses brannten an allen vier Seiten Lampen. Sie parkten direkt vor dem Gebäude. Große Jäger betätigte den Klingelknopf unter dem selbst gebrannten Keramikschild, das zwei Erwachsene und zwei Kinder zeigen sollte und auf dem stand: »Hier wohnen Andreas+Heide+Asmus+Momme Joostmeier«.

Von innen war eine schrille Kinderstimme zu hören: »Es hat geklingelt.«

Eine Frauenstimme antwortete: »Nicht öffnen. Das macht Papi.«

Dann erschien ein Schatten hinter dem Riffelglas, eine Kette wurde vorgelegt, und die Tür öffnete sich einen Spalt. Das halbe Gesicht des Steueramtmanns erschien.

»Man kann nicht vorsichtig genug sein«, sagte Große Jäger. »Schließlich steht nicht immer die Polizei vor der Tür. Manchmal sind es auch böse Einbrecher.«

Joostmeier starrte sie stumm an.

»Ich habe nur wenige Talente mitbekommen«, erklärte Große Jäger. »Pantomime gehört nicht dazu. Deshalb muss ich die Kommunikation verbal ausführen. Könnten wir das im Haus machen?«

Joostmeier schloss die Tür, nahm die Kette aus der Sicherung und öffnete erneut.

»Was wollen Sie jetzt schon wieder?«

Es klang genervt. Dabei sah er über die Schulter. Niemand war zu sehen.

»Sagte ich schon. Wir möchten mit Ihnen reden. Über Ihre sportlichen Aktivitäten.« Große Jäger musterte sein Gegenüber vom Scheitel bis zur Sohle. »Fußball? Nicht in Schleswig-Holstein! Handball? Zu schnell für einen Beamten.« Dabei strich er sich wie zufällig über seinen Schmerbauch. »Tennis? Ööööh, ööööh. Boßeln? Das ist etwas für die Landbevölkerung.« Er legte Zeige- und Mittelfinger an die Schläfe und neigte leicht den Kopf. »Ich hab's. Baseball. Der richtige Sport für harte Burschen.«

Joostmeier wurde schlagartig blass. »Kommen Sie herein«, sagte er und trat zur Seite. »Es passt im Augenblick nicht. Um diese Zeit haben wir immer Kuschelstunde mit den Kindern.«

»Wir möchten mitkuscheln«, sagte Große Jäger und folgte der Handbewegung, die in Richtung Wohnzimmer führte. Demonstrativ wurde die Küchentür, auch mit Riffelglas, geschlossen. Frau Joostmeier musste mitgehört haben.

In der Diele stand eine kleine Anrichte, daneben war die Garderobe aus hellem Holz angebracht. Kleidung für Erwachsene und Kinder hing dort. Eine Kunststeintreppe führte ins Obergeschoss. Die Wände des Treppenhauses waren mit Kinderzeichnungen verziert. Getuscht. Buntstifte. Wachsmalkreide. Auch wenn man zugrunde legte, dass die Schöpfer dieser Werke noch klein waren – eine neue Künstlergeneration wuchs im Hause Joostmeier nicht heran, befand Große Jäger.

Das Wohnzimmer war hell und freundlich möbliert. Sideboard und Esstisch waren aus Buche, die Stühle aus weißem Kunststoff. Ein Ecksofa aus robustem Stoff, vorsorglich durch eine Wolldecke vor unplanmäßiger Nutzung durch Kinder geschützt, bildete mit den zwei Sesseln und dem niedrigen Tisch die Sitzgruppe. Von der Seite ragte der Arm einer Messingbogenlampe in den Raum hinein. Statt Möbeln waren unsymmetrisch Fächer, ebenfalls aus Buche, an der Wand angebracht. Das Ganze wurde von einer geschickten Dekoration begleitet. Hier ein Leuchter, dort ein paar Nana-Figuren.

Auf dem Sofa lag bäuchlings ein kleiner blonder Junge. In einen Sessel hatte sich der größere Bruder eingemummelt. Beide starrten gebannt auf den großen Fernseher, auf dem sich Zeichentrickfiguren eine wilde Verfolgungsjagd lieferten.

»Wird Ihre Kuschelstunde mit den Kindern elektronisch unterstützt?«, fragte Große Jäger.

Eine Antwort blieb aus.

»Asmus. Momme. Geht mal in eure Zimmer«, forderte Joostmeier seinen Nachwuchs auf.

»Och nö«, protestierte der Größere im Sessel, griff in die Tüte mit Erdnussflips, die er zwischen seine Oberschenkel geklemmt hatte, und stopfte sich eine Handvoll in den Mund.

»Momme isst alles auf«, beklagte sich der Kleinere vom Sofa, ohne den Fernsehapparat aus dem Blick zu lassen.

»Hab ich auch geholt«, erklärte sein Bruder.

»Ist aber nicht deins.«

»Doch.«

»Schluss. Ich habe gesagt, dass ihr in eure Zimmer gehen sollt.«

»Ich will aber nicht«, sagte Momme, während der kleine Asmus mit den Beinen auf das Sofa schlug und schrie: »Das ist gemein.«

Joostmeier ergriff die Fernbedienung und schaltete das Gerät aus.

»Du bist doof«, stellte der Große fest, während der Jüngere sein Gesicht in der Sofaecke verbarg und laut zu kreischen begann.

Joostmeier packte Momme am Oberarm, zog ihn vom Sesel herunter und stellte ihn auf den Teppichboden.

»Ab nach oben.«

Der Junge trampelte noch einmal kräftig auf und machte sich unter Protest auf den Weg aus dem Zimmer. Für Asmus benötigte Joostmeier beide Hände. Der Kleine strampelte heftig mit den Beinen und musste aus dem Wohnzimmer getragen werden.

»Lebhafte Kinder«, stellte Große Jäger fest.

Joostmeier zuckte nur mit den Schultern.

»Wie alt sind die beiden?«

»Vier und sechs.«

Der Mann war einundfünfzig, erinnerte sich der Oberkommissar. Laut sagte er: »Sie haben spät angefangen.«

»Es ist nicht meine erste Ehe.«

Die zweite, dritte? Das war in diesem Fall ohne Bedeutung. Allein die Formulierung zeigte, dass Joostmeier geschickt argumentieren konnte. Dumm war er nicht.

»Machen wir es kurz und sparen uns lange Vorreden. Es geht um die vier Baseballschläger, die Sie in Husum erworben haben.«

Joostmeier öffnete den Mund, als wolle er widersprechen. Dann kniff er fest die Lippen zusammen. Er ähnelte jetzt seinen trotzigen Kindern.

»Sie haben mit Ihrer Kreditkarte bezahlt. Die Schläger sind für Sie, Bendler, Roggensack und Rahn bestimmt.«

»Baseballschläger sind Sportgeräte und dürfen legal erworben werden.«

»Sie dürfen aber nicht gegen Menschen eingesetzt werden.«

»Wer behauptet, das wäre geschehen? Wann und wo soll das passiert sein?«

Große Jäger verzichtete darauf, den Übergriff auf Dushi zu erwähnen. Joostmeier hatte für diesen Zeitpunkt ein Alibi. »Es besteht der dringende Verdacht, dass einer der Schläger für eine Straftat benutzt wurde.«

Der Mann lachte gekünstelt auf. »Wie viele Baseballschläger werden jährlich in Deutschland verkauft?«

»Das ist nicht die Frage. Einer wurde für einen Mordversuch benutzt.«

»Mordversuch?« Joostmeier wirkte erschrocken. »War es Selbstverteidigung? Es ist doch keine Straftat, wenn jemand in seinem Haus überfallen wird und sich zur Wehr setzt.«

»Wo haben Sie Ihren Baseballschläger?«

»Meinen Schläger?«, wiederholte Joostmeier und wich Große Jägers Blick aus. »Der ist – weg.«

»Auf geheimnisvolle Weise verschwunden?«

»Muss ich darauf antworten?«

»Ja. Vielleicht haben Sie einen Einbrecher überrascht, Ihren Baseballschläger gegriffen und im Zorn zu fest zugeschlagen. Jetzt haben Sie die Leiche und den Schläger entsorgt.«

Joostmeier wurde leichenblass. »Das ist grotesk.«

»Dürfen wir uns einmal umsehen, ob es Einbruchspuren gibt?«

»Natürlich.« Die Antwort kam schnell. Zu schnell.

»Das macht mein Kollege«, sagte Große Jäger.

»Bitte«, erklärte Joostmeier.

Cornilsen stand auf und machte sich ans Werk.

»Sie sagen mir jetzt, wo Ihr Baseballschläger ist. Wir könnten Sie auch mitnehmen.«

»Das führt zu weit. Ich kenne meine Rechte.«

»Machen Sie es uns nicht zu schwer. Zeigen Sie uns Ihren Baseballschläger. Dann wären Sie entlastet.«

Joostmeier nagte an seiner Unterlippe. Ihm war anzusehen, dass er mit sich kämpfte.

»Ich habe meinen an Bendler ausgeliehen. Seine Frau ist extrem ängstlich.«

»Der hat doch selbst einen Schläger abbekommen.«

»Was weiß ich? Vielleicht will er zwei haben; einer steht hinter der Haustür, der zweite am Bett.«

Große Jäger hatte schon bei der Frage nach dem Alibi für den Überfall auf Dushi festgestellt, dass Joostmeier nicht davor zurückschreckte, seine Freunde zu verraten. Jetzt wälzte er die Frage nach dem Schläger auf seinen Nachbarn Bendler ab.

Nach zehn Minuten kehrte Cornilsen zurück.

»Nirgendwo sind Spuren eines Einbruchsversuchs erkennbar«, erklärte er. »Weder an den Fenstern noch an den Türen. Einen Keller gibt es nicht. Und der Zugang zum Hauswirtschaftsraum ist auch unbeschädigt. Es gab auch keine Ausbesserungen.«

Joostmeier atmete erleichtert auf. »Sehen Sie. Was soll das Ganze?«

»Als Beamter wissen Sie, dass auch eine uneidliche Falschaussage strafbar ist«, erinnerte Große Jäger sein Gegenüber.

»Dessen bin ich mir bewusst. Aber ich habe weder etwas zu verbergen noch etwas Falsches gesagt, schon gar nicht etwas strafrechtlich Relevantes begangen.«

Große Jäger sah sich um. »Wenn man Sie aus dem Dienst entfernt, ist das alles hier vorbei. Dann müssen Ihre Kinder die Zeichentrickserie im Fernsehraum der Gemeinschaftsunterkunft verfolgen.«

»Sparen Sie sich Ihre unqualifizierten Drohungen. Das landet bei mir nicht.«

Große Jäger erhob sich. »Ihnen stehen unruhige Zeiten bevor. Wir werden Sie nicht aus dem Auge lassen.«

»Finden Sie lieber die Gewalttäter, die Angst und Schrecken verbreiten, die dafür verantwortlich sind, dass sich die Menschen, Familien, Frauen und Kinder nicht mehr sicher fühlen. Können Sie einer vergewaltigten Frau ruhigen Gewissens in die Augen sehen? Sorry, das ist ein unausweichliches Schicksal? Pardon, aber wir haben einfach zu wenig Polizeibeamte? Und nun kommen Sie mir nicht mit dem Argument: Wir haben einen Rechtsstaat. Komisch ist nur, dass die Bürger da draußen mit ihrem gesunden Volksempfinden das unterschiedlich auslegen. Wenn Gewaltverbrecher unterwegs sind, soll deren Bestrafung nach anderen Regeln erfolgen als die Betrachtung über einen erlassenen Steuerbescheid. Beides ruht auf den Grundlagen unserer Rechtsordnung. Und beides wird nicht als gerecht empfunden.«

Große Jäger verzichtete auf eine Antwort. Vor der Tür berichtete Cornilsen, dass er glaubte, Frau Joostmeier habe mit den Nachbarn telefoniert.

Als sie sich dem Haus der Familie Bendler näherten, erlosch das Licht. Niemand rührte sich auf ihr Klingeln. Bei Helmut und Puschi Rahn war es das Gleiche. Im Hause Roggensack schlug der Hund an.

»Wer lässt einen Hund allein im Haus? Eigenartig, dass plötzlich alle Mitglieder des Hattstedter Selbstschutzes einschließlich der Familienangehörigen ausgeflogen sind«, stellte Cornilsen fest.

»Wir werden Bendler befragen«, versicherte Große Jäger. »Er wird uns verraten müssen, wo der zweite Baseballschläger geblieben ist.« Dann kontrollierte er sein Handy. »Oh«, stellte er fest. »Mommsen. Und das gleich mehrfach.«

Der Kriminalrat war schon zu Hause. »Wo steckt ihr denn?«, wollte er wissen und hörte sich Große Jägers Kurzbericht an.

»Wir hatten heute ungewöhnlichen Besuch. Sagt dir der Name Michael Baumkemper aus Hannover etwas?«

»Ein besonders schräger Vogel mit unüblichen Methoden«, bestätigte Große Jäger.

»Die offenbar erfolgreich sind. Baumkemper war heute bei uns und hat ausdrücklich nach Hundt gefragt.«

»Da finden sich die beiden Richtigen.«

»Du hast Vorurteile gegen private Ermittler. Oft sicher zu Recht. In diesem Fall hat Baumkemper aber etwas herausgefunden, das uns offenbar entgangen ist.«

»Du weißt, dass der *Meisterdetektiv* kriminell ist?«

»Wilderich! Diese Feststellung trifft nur ein Gericht. Baumkemper hat sich sehr kooperativ gezeigt und Beweise vorgelegt, dass die rumänischen Taschendiebe offenbar von St. Peter-Ording aus gesteuert werden.«

»Unmöglich«, behauptete Große Jäger.

»Ist das Betriebsblindheit? Hundt hat alles geprüft. Die Beweise waren stichhaltig. Deshalb erfolgt morgen früh der Zugriff in St. Peter.«

»Wann und wo?«

»Das ist nicht euer Fall.«

»Doch«, widersprach Große Jäger. »Der Roma-Junge mit der zerschnittenen Hand. Und dafür ist Baumkemper verantwortlich.«

»Wir müssen die Dinge professionell trennen. Es geht hier

um die Möglichkeit, einen Ring zu sprengen. Das fällt unter die Organisierte Kriminalität.«

»Warum erfahren wir erst jetzt davon? Was soll die Geheimniskrämerei?«

»Du wirst ungerecht. Ich habe dich nicht erreichen können. Nimm es als Vertrauensbeweis, dass ich dich im Vorhinein von der Aktion unterrichte. Und nun – gute Nacht.«

Große Jäger starrte verbittert auf sein Handy.

»Das wäre bei Christoph nicht passiert«, sagte er grimmig. Als er das Telefon einsteckte, knurrte er: »Du mich auch.«

ACHT

Als Große Jäger am nächsten Morgen in der Poggenburgstraße eintraf, herrschte auf dem Polizeirevier und der Kriminalpolizeistelle eine euphorische Stimmung. Es gibt im Alltag einer Polizeieinheit oft größere und kleinere Lichtblicke, aber eine Großrazzia gegen das Organisierte Verbrechen war in einer Einheit wie Husum schon außergewöhnlich. So strahlte der Erfolg auf alle Beamten ab. Mommsen würde Große Jäger jetzt belehren: »Auf alle Beamtinnen und Beamten« heißt es. Und mittendrin sonnte sich Hauptkommissar Hundt, der erfolgreichste Jäger von kriminellen Banden seit Eliot Ness, der Al Capone zur Strecke brachte.

Baumkempers Tipp war zielführend gewesen. Roman Rosenberg, deutscher Staatsbürger rumänischer Herkunft, war seit fünfzehn Jahren als Im- und Exporteur tätig.

»Ob Hundt gewusst hat, dass Al Capone das illegale Geld in legale Waschsalons gesteckt hat?«, maulte ein unzufriedener Oberkommissar, der die Tür des Büros mit Schwung geschlossen hatte. »Das war der Anfang der Geldwäsche.«

Cornilsen beugte sich noch tiefer über den Rechner und tat, als hätte er nichts gehört.

Mit Unterstützung der Flensburger Bezirkskriminalinspektion und des SEK hatte die Razzia am frühen Morgen Rosenberg in seinem stattlichen Anwesen überrascht. Der Mann schien sich so sicher und unantastbar gefühlt zu haben, dass den Beamten zahlreiche Beweise, aber auch Hinweise auf Konten und Einsatzpläne sowie Dokumente zur Organisationsstruktur in die Hände fielen. Selbst illegale Waffen fanden sie. Und es gab vage Hinweise auf den Jungen, der in Husum so schwer verletzt wurde und dann aus der Jugendeinrichtung flüchtete. Möglicherweise verbarg er sich in einem anderen Versteck der weitverzweigten Bande.

»Verdammt, verflixt und zugenäht. Woher hat Baumkemper diese Info? Dazu schweigt er eisern. Ist er wirklich so gut?«

Cornilsen schwieg.

»Hat Baumkemper auch die Albaner aufgespürt? Im Auftrag von Lüttschwager? Es erinnert mich ein wenig an eine Treibjagd. Während wir uns mühsam über altmodische Polizeiarbeit herantasten, wedelt der Superdetektiv mit Lüttschwagers Geldbündeln. Da werden Leute wie Heiko Nebendahl und dessen Zunftbrüder, aber auch Figuren wie der Denunziant Eisbrenner oder Leute wie Bierhenke schwach.«

Cornilsen räusperte sich. »Wenn man es genau nimmt, hat der Vorgang mit dem organisierten Taschendiebstahl nichts mit unseren Ermittlungen zu tun.«

Große Jäger schwenkte den Zeigefinger hin und her.

»Bin ich der Einzige, der das überblickt? Baumkemper ist jetzt eine große Nummer. Er hat Hundt zum Triumph verholfen.« Der Oberkommissar malte mit beiden Händen in der Luft herum. »Hundt – der Mann, der das Ungeheuerliche aufdeckte. Wer denkt da noch an den Roma-Jungen und die Falle mit dem rasiermesserscharfen Natodraht im Rucksack? Wir suchen immer noch den zweiten Albaner. Und die Leute, die Dushi so zugerichtet haben. Nehmen wir einmal an, der Super-Baumkemper hätte tatsächlich auch die Albaner entdeckt. Natürlich weiß er vom Hattstedter Selbstschutz. Wenn er diesen Leuten, von denen wir vermuten, dass sie Dushi zusammengeschlagen haben, einen Tipp gegeben hat und sie dorthin führte, wo sie auf die Albaner stießen? Wir trauen ihm so viel Verschlagenheit zu, dass er im Hintergrund sitzt und die Fäden zieht. So wie Joostmeier, der seine naiven Nachbarn ins Feuer schickt.«

Cornilsen wiegte nachdenklich den Kopf. »Ich weiß, dass du nicht nur ein leidenschaftlicher, sondern auch ein kluger Polizist bist. Aber bist du wirklich der Einzige in Nordfriesland, der hinter diese Verschwörung blickt?«

»Ja«, antwortete Große Jäger im Brustton der Überzeugung. »Ich habe noch eine Quelle.« Dann griff er zum Telefon.

Es dauerte lange, bis sich eine ältere Männerstimme meldete: »Putensenf.«

»Hühnerketchup. Was macht Hannover?«, fragte Große Jäger leutselig.

Für einen Moment war es still in der Leitung.

»Der dicke Jäger vom Nordkap? Sie sollen mich nicht duzen.«

»Jakob. Wer zusammen im Matsch vor Cuxhaven gespielt hat, zieht sich doch nicht auf Förmlichkeiten zurück.«

»Das war nicht im Matsch«, belehrte ihn der hannoversche Kriminalhauptmeister. »Im dichtesten Nebel hat ein Verrückter aus Nordfriesland mein Leben aufs Spiel gesetzt.«

»Wir beiden Alten – das erfolgreichste Seniorendoppel der deutschen Polizei. Und das könnten wir noch steigern. Ich habe dich neulich nach Michael Baumkemper gefragt, der für die Detektei ›ad signum‹ tätig ist. Der bereitet uns hier Sorgen.« Dann berichtete er von der Methode mit dem Natodraht im Rucksack. »Sind solche Fälle bei euch auch aufgetreten?«

Putensenf versprach, Erkundigungen einzuholen. Eine halbe Stunde später rief er zurück. Im Großraum Hannover gab es auch solch merkwürdige Vorkommnisse. Bisher waren alle Ermittlungen der dortigen Polizeibehörden im Sande verlaufen, weil die Opfer aus verständlichen Gründen beharrlich schwiegen.

»Grüß eure Chefin«, sagte Große Jäger. »Und seid froh, dass ihr einen Dobermann habt. Die ist zwar bissig, aber reinrassig. Bei uns läuft ein Hundt herum, ein kläffender Straßenköter.« Auch auf Putensenfs Nachfrage blieb er eine Erklärung schuldig.

»Da steckt Methode hinter«, erklärte Große Jäger nach dem Telefonat seinem Gegenüber. »Baumkemper schreckt nicht vor solchen Machenschaften zurück. Jetzt haben wir ihn. Wir können ihm nachweisen, dass es kein dummer Zufall war, dass er Natodraht im Rucksack mit sich herumführte. Und wer so etwas anwendet, scheut sich auch nicht, Schläger auf die Albaner zu hetzen. Man benötigt schon demagogisches Geschick, um harmlose Bürger wie Joostmeier und Co so aufzustacheln, dass sie alle natürlichen Hemmungen über Bord werfen und auf andere Menschen einprügeln, auch wenn es sich um Kriminelle handelt.«

Die nächste Erfolgsmeldung kam aus Kiel. Frau Dr. Braun überbrachte sie.

»Dushi, das Opfer aus dem Flensburger Krankenhaus, wurde von einem Dr. Petersen behandelt«, begann die Wissenschaftlerin. »Der Geschädigte wurde offenbar nicht der Rechtsmedizin vorgestellt. Dafür scheint Dr. Petersen pfiffig zu sein. Der Arzt hatte die Vermutung, dass die Verletzungen von einem Angriff herrühren. Möglicherweise streiten sich die Juristen darüber, ob es legitim ist, dass er bei der Wundversorgung Abstriche genommen und sie Hauptkommissar Jürgensen ausgehändigt hat. Es war mühsam, aber wir haben darin Mikropartikel von Holz und Lack feststellen können.«

»Ein Baseballschläger?«

»Das kann ich nicht sagen. Im Unterschied zu Ihrer Profession behaupten wir nur das, was unwiderlegbar zu beweisen ist. Fast. Bringen Sie uns das Gegenstück. Dann können wir es bestätigen.«

»Das besorgen wir uns jetzt. Bendler wird sich nicht in seinem dunklen Haus verschanzen können«, sagte Große Jäger und zeigte auf Cornilsen. »Finde heraus, wo er sich im Augenblick aufhält.«

Es waren zwei Telefonate, dann wussten sie, dass Harald Bendler auf einer Baustelle in Almdorf im Einsatz war. Der kleine, nur wenige hundert Einwohner umfassende Ort kuschelte sich an den Rand der Schleswigschen Geest, gut versteckt hinter der Hauptverkehrsader B 5. Vor dem Haus in der Dörpstraat stand der rote Citroën Jumpy mit der Aufschrift »Elektro Bendler«.

Eine Frau Ende vierzig öffnete ihnen und holte auf ihre Bitte hin den Elektriker an die Tür. Bendler trug eine blaue Arbeitshose, einen Strickpullover und darüber eine blaue Arbeitsjacke mit dem gestickten Namen seines Betriebes auf der Brusttasche. In der Hand hielt er eine Abisolierzange. Das Erschrecken stand ihm ins Gesicht geschrieben, als er die beiden Beamten sah.

»Überrascht?«, fragte Große Jäger. »Es ist Ihr Beruf, dafür zu sorgen, dass alles funktioniert. Hier können Sie sich nicht in einem dunklen Haus verstecken.«

Bendler hatte eine Schockstarre erfasst.

»Machen wir es kurz«, forderte ihn Große Jäger auf. »Wir fahren jetzt zu Ihnen nach Hause und sehen uns Ihren Baseballschläger an.«

»Ich kann doch hier nicht weg, hier … ich bin beim Kunden. Ich kann die Arbeit nicht einfach liegen lassen.«

»Das hätten Sie sich ersparen können, wenn Sie sich gestern Abend nicht verbarrikadiert hätten. Wer hat Sie gewarnt, dass die Polizei unterwegs ist? Frau Joostmeier?«

Bendler nickte stumm.

Große Jäger zeigte auf den Opel. »Wollen Sie in diesem zivilen Fahrzeug mit uns kommen? Oder sollen wir einen Streifenwagen anfordern, der Sie begleitet?«

»Nein. Ich komme schon«, stammelte Bendler und sah sich hilfesuchend um.

»Sind Sie allein hier?«, wollte Große Jäger wissen.

Bendler nutzte die Zange in der Hand als Zeigestock. »Der Auszubildende begleitet mich.«

»Sagen Sie ihm, Sie seien in einer Stunde zurück.«

Der Elektriker nickte stumm, ging ins Haus und kam mit gesenktem Kopf zurück. Diese Haltung behielt er bei, als er in den Dienstwagen stieg. Es war nur ein kurzes Stück bis Hattstedt. Auch um diese Tageszeit wirkte die Siedlung wie ausgestorben.

Bendler schloss auf. »Die Kinder sind in der Schule. Und meine Frau arbeitet«, erklärte er. »Halbtags.«

»Wir möchten den Baseballschläger sehen«, forderte ihn der Oberkommissar auf. »Wo bewahren Sie ihn auf?«

Bendler zeigte die Treppe hinauf. »Im Schlafzimmer. Hinter der Tür.«

Die Beamten folgten ihm. Der Elektriker zog das Sportgerät hervor und wollte es Große Jäger übergeben. Der schüttelte den Kopf.

»Das nimmt mein Kollege entgegen. Der zieht sich zuvor Einmalhandschuhe an, um die Spuren nicht zu verwischen.«

»Welche Spuren?« Bendler sprach leise. Er war kaum zu verstehen.

»Alle. Ihre. Joostmeiers. Und eventuell Drittspuren.«

»Ich verstehe nicht.«

Inzwischen hatte Cornilsen das Sportgerät übernommen und in einen Papierbeutel gesteckt.

»Das ist der Schläger, den Sie sich von Joostmeier ausgeliehen haben«, stellte Große Jäger fest.

»Das ist meiner«, behauptete Bendler.

»Joostmeier behauptet etwas anderes.«

»Das verstehe ich nicht.« Bendler vermied es, die beiden Polizisten anzusehen. »Meint Andreas, dass er sie besorgt hat? Doch. Das stimmt.«

»Er hat uns gegenüber erklärt, dass Sie Ihren Schläger verloren haben und ihn deshalb darum baten, seinen nutzen zu dürfen. Ihre Frau sei sehr besorgt. Deshalb wollten Sie sich damit schützen.«

»Das ist … das ist …« Bendler war kreidebleich geworden. »Das stimmt nicht. So ist das nicht.«

»Wir werden das klären«, drohte Große Jäger. »Bisher haben wir immer die Wahrheit herausgefunden.« Er zeigte auf den Schläger. »Der ist beschlagnahmt.« Dann erkundigte er sich, ob sie Bendler zurückfahren sollten.

Der Mann war völlig konsterniert und lehnte das Angebot ab.

»Wir werden jetzt klären: Wem ist er zu.« Große Jäger zeigte auf den Baseballschläger, den Cornilsen zum Auto trug.

»Hä?«

Der Oberkommissar grinste. »Das war westfälisch. Ich habe gesagt, wir kriegen raus, wem sein ist das.«

Cornilsen zeigte über die Schulter. »Ist doch klar. Ihm sein.«

»Gut«, sagte Große Jäger, als er sich auf dem Beifahrersitz niedergelassen hatte. Er verschränkte die Arme vor der Brust und schloss die Augen. »Ich sitz jetzt eine Runde Dösen.«

Cornilsen lachte. »Du hast gehört, dass sich Schleswig-Holsteins Schüler beim letzten Monitoring besonders im Fach Deutsch erheblich verbessert haben?«

»Ich weiß nur, dass du *nicht* aus Niebüll stammen kannst. Du sabbelst einfach zu viel. Nun fahren wir zu Bierhenke. Wenn der nur halb so viel reden würde wie du, wären wir ein gutes Stück weiter.«

Auch zu dieser Tageszeit war kein Mensch zu sehen. Nur der Briefträger zog einsam seine Bahn durch das Wohngebiet. Dieses Mal dauerte es nicht lange, bis ihnen die Wohnungstür geöffnet wurde. Der Frührentner sah sie überrascht an.

»Sie?«

»Wir haben noch ein paar Fragen.«

»Ich kann nichts sagen«, entgegnete Bierhenke schroff.

»Können wir das nicht in Ihrer Wohnung besprechen?«

»Da kommt keiner rein. Ich weiß das. Da muss ich kein' reinlassen.«

»Macht nichts. Dafür haben wir den Beweis, dass Sie mit Ihrer Krücke dabei waren, als Ihr albanischer Nachbar überfallen wurde.«

»So etwas geht?«, fragte der Mann mit vor Erstaunen aufgerissenen Augen.

»Sehen Sie keine Krimis?«, antwortete Große Jäger mit einer Gegenfrage. »Dr. Quincy? Inspector Columbo?«

»Aber das kann doch auch eine andere Krücke gewesen sein, die sich dort neben den Gehwegplatten ins Erdreich gedrückt hat.«

Große Jäger tippte ihm mit dem Zeigefinger auf die Brust.

»Das ist es, Bierhenke. Niemand hat Ihnen erzählt, wo wir den Abdruck gefunden haben.«

Der Mann schluckte heftig. »Verdammte Scheiße«, sagte er. »Kann ich doch nicht ahnen, dass ihr so was seht.«

»Und deshalb belügen Sie die Polizei?«

»Was heißt belügen? Ich hab doch nichts Falsches gesagt.«

»Raus mit der Sprache. Wie war das am Sonntagabend?«

Bierhenke streckte den Kopf vor und sah ins Treppenhaus. Dann flüsterte er: »Muss keiner hören. Ich war bei Meta Küppers. Die wohnt ein Stück weiter die Straße runter. Meta ist fünfzehn Jahre älter. Aber was soll's. Sonst knuddelt doch keiner mehr mit uns. Tja, als ich zurück bin, hab ich den einen von da drüben gesehen.«

»Wen?«, unterbrach Große Jäger. »Einen der Afghanen?«

»Nee.«

»Dushi?«

»Was weiß ich, wie der heißt. Der, der zuerst da eingezogen ist.«

»Also Dushi«, stellte der Oberkommissar fest.

»Wo will der hin?, hab ich mich gefragt. Und ein Stück weiter tauchte der andere von denen auf. Bevor die sich aber treffen konnten, waren da plötzlich ein paar Leute. Weiß der Geier, woher die kamen.«

»Wie viele?«

»Drei habe ich gesehen. Die sind über den Jugo her …«

»Dushi ist Albaner.«

»Ist doch egal. Die sind doch alle gleich. Also die sind auf den los … Ich hab nicht schlecht gestaunt. Ging ratzfatz. Genauso schnell, wie sie gekommen waren, war'n sie wieder verschwunden.«

»In welche Richtung?«

»Keine Ahnung. Wie vom Erdboden verschluckt. Ich vermute, sie sind quer über den Parkplatz Richtung Kreuzer Straße gelaufen.«

»Haben Sie irgendjemanden erkannt? Wie waren die Leute gekleidet? Haben Sie ein Auto gesehen?«

»Nee. Nix. Ich bin dann hingehumpelt und habe mir das angesehen. Mann – verdorri noch mal. Der sah nicht gut aus.«

»Sie hätten umgehend Hilfe anfordern müssen.«

Bierhenke sah sie aus großen Augen an. »Ich? Aber warum denn? Da war doch noch sein Kumpel. Soll der das doch tun, habe ich mir gedacht. Das geht mich nichts an. Ich bin dann weg. Und – tatsächlich. Der hat sich dann ja auch darum gekümmert und den anderen nach Hause gebracht.«

»Haben Sie das gesehen?«

»Ich bin doch nicht bescheuert«, empörte sich der Mann. »Soll ich mich einmischen? Nachher krieg ich auch noch was ab. Nee. Kommt nicht in die Tüte.«

»War es der zweite Albaner? Oder die Afghanen, die Dushi nach Hause geschleppt haben?«

»Das muss der Jugo gewesen sein. Die Afghanen hab ich nicht gesehen. So! War's das?«

»Wir brauchen noch Ihre Unterschrift unter das Protokoll.«

»Unterschrift? Kommt nicht in Frage. So blöd bin ich nicht.«

Dann flog die Tür zu.

»Wie gehabt«, fluchte Cornilsen und folgte Große Jäger aus dem Haus hinaus.

»Drei Leute will Bierhenke beobachtet haben?«, sagte Große Jäger mehr zu sich selbst. »Und als Tatwaffe haben sie vermutlich Baseballschläger benutzt.«

»Es gibt nicht viele Nordfriesen, die an einem Sonntagabend mit Baseballschläger durch die Stadt ziehen. Von den vier selbst ernannten Bürgerschützern hat sich einer durch geschicktes Verhalten ein Alibi beschafft.«

»Und die uns gegenüber vorgebrachten Alibis der drei anderen sind nicht stichhaltig. Außerdem fehlt eines der Sportgeräte. Wo ist der Schläger geblieben? Wenn wir davon ausgehen, dass der vierte Schläger als Tatwaffe benutzt wurde, ist er entsorgt worden. Joostmeier war nachweislich nicht dabei. Wenn Bendler zugeschlagen hat, benötigt er einen neuen statt seines Schlägers, den er vorweisen kann.«

»Joostmeiers«, bestätigte Cornilsen. »War es Bendlers Idee, sich Joostmeiers zu besorgen? Oder hat der Finanzbeamte in weiser Voraussicht seinen Schläger weitergegeben, um in einer Situation wie der, die sich jetzt abzeichnet, seine Hände in Unschuld zu waschen?«

»Ich mag solche Intriganten nicht, die andere für sich ins Feuer schicken«, grollte Große Jäger. »Für mich gibt es wenig Zweifel, dass der Überfall auf Dushi auf das Konto von Bendler, Roggensack und Rahn geht.«

»Und wie haben die Hattstedter die Täter gefunden? Auf frischer Tat erwischt?«

Große Jäger tippte Cornilsen gegen die Brust.

»Das findest du heraus. Fahr noch einmal in die Siedlung und hör dich dort um. Vielleicht gab es dort einen Einbruchsversuch am Sonntagabend, den man uns nicht gemeldet hat. Der Polizei ist nichts bekannt. Eventuell hat auch jemand etwas bemerkt, dem aber keine Bedeutung beigemessen. Irgendwie sind die Hattstedter auf Dushi gestoßen. Ich finde es auch merkwürdig, dass uns noch keine Hinweise auf den zweiten Albaner vorliegen. Wer ist das? Wo ist er abgeblieben?«

»Wenn er mitbekommen hat, wie sein Kumpel Dushi zusammengeschlagen wurde, ist er abgehauen. Bierhenke behauptet, ihn in der Nähe des Tatorts gesehen zu haben. Wir suchen auch noch den ramponierten roten Golf. Es ist nicht auszuschließen, dass er damit geflüchtet ist. Wir haben ihn zur Fahndung ausgeschrieben, aber unsere Angaben sind sehr dürftig.«

»Ich bin dann mal weg«, sagte Cornilsen, als er Große Jäger in der Poggenburgstraße abgesetzt hatte.

Eine Stunde später kehrte er mit rot glühenden Wangen zurück. Der Oberkommissar sah Cornilsen an, dass der vom Jagdfieber ergriffen war.

»Volltreffer. Ich habe einen Nachbarn gefunden, der ein paar Häuser weiter wohnt. Der hat am Sonntagabend einen alten Golf gesehen, der aus dem Wohngebiet herauskam. Seit der Einbruchserie sind die Leute misstrauisch geworden und achten auf Ungewohntes. Der Golf, so versicherte der Mann, gehört keinem der Bewohner. Man kennt deren Fahrzeuge. Das Fahrzeug kam aus Nordfriesland. Mehr hat er sich allerdings nicht vom Kennzeichen gemerkt. Und zu den Insassen konnte er auch nichts sagen. Dazu war es zu dunkel. Vielleicht, so meinte er, könne Roggensack mehr Angaben machen. Der fuhr gleich hinter dem Golf.«

»Sah es wie eine Flucht aus? Waren die Fahrzeuge schnell?«

Cornilsen warf sich in die Brust. »Eine Verfolgungsjagd? Daran habe ich auch gedacht. Nein, meinte der Nachbar. So habe es nicht ausgesehen.« Gedankenverloren drehte der Kommissar einen Kugelschreiber in seinen Fingern. Das geschah so schnell und geschickt, dass Große Jäger fasziniert zusah.

»Ist das wieder so eine Übung für Zauberkünstler?«, fragte er.

»Was?«

»Der Kugelschreiber.«

Cornilsen grinste.

»Welcher Kugelschreiber?«

»Der in …« Große Jäger stutzte. »Wo ist er geblieben? Eben hattest du ihn noch in deiner Hand.«

»An deiner Beobachtungsgabe musst du noch ein wenig arbeiten«, stellte Cornilsen fest. »Aber du kannst dich ja auf mich verlassen. Ich habe herausgefunden, dass Michael Baumkemper tatsächlich die Einbruchsopfer aufgesucht und ihnen Alarmanlagen angeboten hat. In zwei Fällen war er erfolgreich. Er ist dem gleichen Gedanken gefolgt wie der Makler Schloch, der sich ebenfalls dieser Personengruppe angenommen hat. Es ist eine Duplizität der Ereignisse, aber auch der windige Makler kann zwei Erfolgserlebnisse vorweisen.«

»Dann habe ich das Ganze überschätzt«, sagte Große Jäger enttäuscht. »Für zwei Immobilien, für die er Courtage berechnen konnte, lohnt der Aufwand nicht.«

»Irrtum«, widersprach Cornilsen. »Die Eigentümer wollten sich nach dem Schockerlebnis schnell von ihrem Haus trennen. Schloch hat ihnen erklärt, dass die Marktsituation schwierig sei und der Verkauf unter Umständen länger dauern könne. Er wolle ihnen in der schwierigen Lage aber entgegenkommen, und dann hat er die Immobilien selbst erworben, weit unter Marktwert. Kurz darauf hat er sie dann mit einem erheblichen

Aufschlag weiterveräußert. Wenn ich die beiden Objekte zusammenaddiere, ergibt das einen Gewinn im sechsstelligen Bereich.«

»Dafür muss ich ein halbes Jahr arbeiten«, brummte Große Jäger und schmunzelte über Cornilsens fragenden Blick. »Übrigens – Hosenmatz. Wenn ich zwei Zahlen summiere, wie nennt man das?«

»Addieren.«

»Richtig. Und was ist der Unterschied zu *zusammen*addieren?«

Cornilsen streckte den Mittelfinger in die Höhe.

»Stell dir vor, bei dir ist eingebrochen worden. Dann taucht Baumkemper auf und versucht, dir Sicherheit zu verkaufen. Eine Alarmanlage. Ein Sicherheitssystem. Vielleicht einen Sicherheitsdienst, der regelmäßig nach dem Rechten sieht. Das alles benötigst du nicht, wenn du den Argumenten des Immobilienmaklers folgst und dein Haus verkaufst. Die spucken sich gegenseitig in die Suppe, auch wenn sie unterschiedliche Angebote unterbreiten.«

»Da wäre es gut, wenn sich einer zurückziehen würde«, stellte Cornilsen fest. »Und wie könnte man ihn dazu bewegen? Indem man das Auto des Maklers zerkratzt und auf ihn selbst einen Farbbeutelangriff verübt. Es ist nicht auszuschließen, dass Baumkemper dahintersteckt.«

»Wir wissen, dass der sogenannte Detektiv nicht wählerisch bei seinen Mitteln ist.«

»Puh«, stöhnte Cornilsen. »Alles erscheint sehr verworren, ergibt aber doch ein Geflecht. Ich habe stets Oma und all die anderen Frauen bewundert, wenn sie stricken und scheinbar mühelos Masche um Masche zu einem sinnvollen Ganzen zusammenfügen. Hast du es jemals versucht?«

Große Jäger hob seine Hände in die Höhe. »Sehen die so aus, als wären sie dazu fähig?«

Sie beschlossen, das Hotel aufzusuchen, in dem sich Baumkemper einquartiert hatte. Dort bedauerte man, dass der Gast nicht anwesend sei, erklärte aber, dass er immer noch im Haus wohne. Solle man ihm eine Nachricht hinterlassen? Wenn ja, von wem bitte?

Der Oberkommissar hatte große Lust, die Mitarbeiter des Hotels zu bitten, Baumkemper »herzliche Grüße von der Polizei« ausrichten zu lassen. Der Mann war schließlich ein niederträchtiger Halunke und wurde wegen mehrerer Vergehen gesucht.

»Die Plauderei mit ihm ist nur aufgeschoben«, sagte Große Jäger zu Cornilsen. »Langeweile quält uns dennoch nicht. Wir suchen auch noch den roten Golf, von dem wir wissen, dass er in Nordfriesland zugelassen ist.«

»Wir haben diese Spur schon verfolgt, allerdings ohne greifbaren Erfolg«, stellte Cornilsen fest. »Auch wenn wir den Wagen selbst nicht finden, müssten wir über die Zulassung an ihn herankommen. Die in Frage kommende Anzahl ist überschaubar, das hat aber bisher nichts erbracht.«

»Glaubst du an die gute Fee?«, fragte Große Jäger, als sie zur Dienststelle zurückgekehrt waren und dort erfuhren, dass man den Golf gefunden hatte.

»Er war mehreren Spaziergängern aufgefallen«, sagte Oberkommissar Friedrichsen von der Schutzpolizei. »Der Wagen stand mehrere Tage in Hockensbüll auf einem Parkplatz am Deich. Kennt ihr den Norderwungweg am Ortsausgang Richtung Schobüll? Dort kommen oft Leute aus der nahen Siedlung mit ihren Hunden hin, aber auch andere nutzen den Weg auf oder hinterm Deich zum Spazierengehen oder Joggen. Manchmal stehen dort Autos, aber nur temporär. Dass ein Fahrzeug anscheinend unbenutzt längere Zeit dort steht, ist ungewöhnlich. Wir haben eine Streife hingeschickt. Von außen ist nichts zu erkennen. Der Wagen ist ungepflegt. Was soll jetzt damit geschehen?«

»Wir sehen es uns vor Ort an«, beschloss Große Jäger. »Auf wen ist der Golf zugelassen?«

Friedrichsen fasste sich ans Kinn. »Das haben wir sofort geprüft. Es ist merkwürdig. Fahrzeug und Kennzeichen passen nicht zusammen. Die Schilder gehören zu einem elf Jahre alten Mazda. Der ist eingetragen auf Björn Kögel, wohnhaft in Rödemis, im Tunnelweg.«

»Kögel?«, wiederholte Große Jäger. »Den kenne ich. Ein stark abhängiger Junkie, vorbestraft wegen mehrerer Verstöße gegen das Betäubungsmittelgesetz und Beschaffungskriminalität. Gib mir mal die Anschrift.«

Zunächst fuhren sie zum Fundort des Golfs. Cornilsen schlich mit dreißig Stundenkilometern an der Jugendherberge und der benachbarten Volkshochschule vorbei. Sie passierten das Neubaugebiet auf dem traditionsreichen Gelände der alten GEWOBA-Nord-Wohnsiedlung an der Schobüller Straße in Husum-Hockensbüll, über das man lange diskutiert hatte. Große Jäger schüttelte den Kopf.

»Für diese Neubauten haben die Planer einen ersten Preis gewonnen. Man muss schon begabt sein, um solch einfallslose Betonklötze in die Landschaft zu setzen.«

Cornilsen ging nicht darauf ein.

»Weshalb wurde der Golf erst jetzt entdeckt?«, fragte er.

»Ganz einfach. Es gibt immer weniger Polizisten. Die Kollegen kommen einfach nicht mehr überallhin. Früher wäre das herrenlose Fahrzeug der Streife aufgefallen. Die Jungs kannten ihr Revier. Heute sind wir auf die Aufmerksamkeit der Bürger angewiesen. Wie gut, dass manche mitdenken, auch wenn uns nicht jede Hilfe willkommen ist.«

»Wie zum Beispiel der Hattstedter Selbstschutz«, stellte Cornilsen fest, ließ den Gegenverkehr passieren und bog links in den Norderwungweg.

Rechts begrenzten Büsche den schmalen Weg, dahinter lag der Sielzug. Links kuschelte sich ein kleines Wohngebiet in die Marsch. An dessen Ende führte die Straße geradeaus Richtung Seedeich, hinter dem die Husumer Bucht lag.

Als sie die kleine Brücke über den Sielzug überquert hatten und rechts auf den Parkplatz abbogen, sah ihnen eine grauhaarige Frau entgegen, die einen Hund in den Fond eines Mazda einsteigen ließ. Sie wartete einen Moment und beobachtete die Beamten, die ausgestiegen waren und den Golf umrundeten.

Neugierig kam sie näher und grüßte freundlich. »Moin. Das ist eigenartig. Der steht hier schon seit Montag. Ich komme hier täglich vorbei. Wegen dem Hund«, fügte sie entschuldigend an und zeigte auf den roten Golf. »Ob man die Polizei verständigen sollte?«

»Das ist eine gute Idee«, sagte Große Jäger. »Wir sind von der Polizei.«

Er nickte Cornilsen zu, und der zeigte der Frau seinen Dienstausweis.

»Haben Sie etwas beobachtet?«, wollte der Kommissar wissen.

»Leider nicht. Wie gesagt – mir ist nur der verlassene Golf aufgefallen. Hier wohnt doch niemand. Und wer vergisst sein Auto, wenn er zum Spazierengehen hierherkommt?«

Cornilsen bedankte sich bei der Frau, die stehen blieb und den Polizisten zusah.

Äußerlich war an dem Golf nichts erkennbar. Rund um die Radkästen hatte sich Rost gebildet. Es war auch verwunderlich, dass die Lampenfassungen noch nicht herausgefallen waren.

»Der wird nur noch vom Dreck zusammengehalten«, stellte Große Jäger fest, kramte in einer der Taschen seiner Lederweste und zog sein »Spezialwerkzeug« hervor. Er stellte sich so auf, dass die Frau nicht sehen konnte, wie er im Nu die Fahrzeugtür öffnete. Eine Wolke abgestandenen Qualms schlug ihnen entgegen. Auch im Inneren war alles verdreckt und versifft. Der Gestank rührte vom überquellenden Aschenbecher her. Die Kippen hatten sich auch im Fußraum verteilt, überdeckt von zerquetschten Tetrapaks von Fruchtsaftgetränken. Erdkrumen und Laubreste vervollständigten die Schmutzschicht. Im Handschuhfach lag ein angeschimmelter Apfelrest.

»Das sieht wie in der Wohnung aus«, stellte Cornilsen angewidert fest.

Große Jäger lächelte. »Hast du das von Klaus Jürgensen übernommen? Der möchte die Leichen am liebsten in klinischen Reinräumen abgelegt haben.«

Der Kofferraum war etwas ergiebiger. In eine verschmutzte Wolldecke eingewickelt fanden sie Einbruchswerkzeuge: mehrere stabile Schraubenzieher, Brecheisen, einen Kuhfuß.

»Das ist Material für den groben Zugang«, stellte Große Jäger fest. »Ruf Hundt an. Er soll sich um den Mist hier kümmern. Aber behutsam. Dann soll der Golf mit dem Tieflader zum Landeskriminalamt gebracht werden. Wir müssen alle Spuren sichern, die von Dushi und dessen unbekanntem Landsmann, aber auch mögliche Drittspuren.«

Cornilsen nahm sich der Einleitung der weiteren Aktivitäten an, während Große Jäger sich die Fahrgestellnummer heraussuchte. Oberkommissar Friedrichsen war ihm behilflich, herauszufinden, dass der Golf vor vier Monaten abgemeldet worden war.

»Er gehörte einem Rentner. Karl Seidel ist in ein Seniorenheim umgezogen. Mit sechsundachtzig Jahren benötigt er kein Fahrzeug mehr.«

»Und wie kommt …« Große Jäger war ungeduldig.

»Das will ich grade erzählen«, unterbrach ihn Friedrichsen. »Seidel hat das Fahrzeug an einen Gebrauchtwagenhändler abgegeben. Zum Ausschlachten. Der heißt Toufic Senaoui.«

»Kenne ich«, sagte Große Jäger. »Mieser Laden. Der hat seine Verkaufsfläche an der B 200 auf einem ehemaligen heruntergekommenen Bauernhof zwischen Kiels- und Augsburg. Übrigens … Wenn du dich verändern möchtest … Wir nehmen dich gern bei der Kripo.« Als das Gespräch beendet war, ergänzte er: »Tauschen dafür den Hundt ein.«

Ein schmutziges Transparent wies auf den Gebrauchtwagenhandel hin, als sie ein Stück die Bundesstraße Richtung Flensburg gefahren waren. Zwei Dutzend wenig vertrauenserweckend aussehende Altfahrzeuge standen auf dem ungepflegten Platz zwischen der zerfallenen Scheune und dem Wohnhaus, von dessen Fassade der Putz bröckelte.

Im Türrahmen stand ein Mann mit glänzenden gegelten Haaren. Ein dunkler Bart verdeckte die Wangenpartien. Er lehnte sich gegen den Pfosten und kaute gelangweilt auf einem Streichholz.

»Polizei.« Große Jäger wollte sich nicht mit langen Vorreden aufhalten.

»Habe ich gleich gesehen«, erwiderte Senaoui.

»Haben Sie oft Besuch von der Polizei?«, fragte Große Jäger.

Der Oberkommissar vergewisserte sich, dass ihm tatsächlich der Autohändler gegenüberstand, und fragte nach dem roten Golf.

Senaoui leugnete nicht, das Fahrzeug entgegengenommen zu haben.

»Hatte Mitleid mit dem alten Mann. Echt. Der war total überfordert. Hab mich gewundert, dass er überhaupt noch Auto fuhr. Krass. Der war nicht mehr ganz beieinander hier oben.« Er schlug sich mit der flachen Hand gegen die Stirn. »Wenn ich mal so alt bin … Ich wünsch mir, dass ich nicht so leer in der Birne bin. ›Ist gut, Opa‹, hab ich ihm gesagt. ›Hab ein weiches Herz. Nehm dir die Schrottkarre ab, ohne dass du was dafür hinlegen musst.‹« Senaoui kniff die Augen zusammen. »Alles korrekt gelaufen. Was soll sein, eh?«

»Wo ist der Golf?«

Der Autohändler zeigte hinter die Scheune. »Steht dahinten. So eine Krücke kann ich hier vorn nicht zeigen. Verdirbt mir das Geschäft.«

Große Jäger stapfte los. »Okay. Dann sehen wir uns einmal um.«

Senaoui zupfte ihn am Ärmel. »Sag mal. Was 'n los?«

»Komm mit«, erwiderte Große Jäger und umrundete die Scheune. Dahinter verbarg sich ein Autofriedhof. Bestimmt zwanzig mehr oder weniger ausgeschlachtete Altfahrzeuge standen auf einer Wiese.

»Schon mal was von Umweltschutz gehört?«, wollte Große Jäger wissen.

»Alles sauber. *Alles*«, betonte der Autohändler und blieb wie angewurzelt stehen. Er stemmte die Fäuste in die Hüften. »Da brat mir doch einer 'nen Storch. Hier, genau hier, stand der Golf.«

»Ich seh keinen.«

»Doch. Ehrlich.«

»Wann haben Sie ihn das letzte Mal gesehen?«

»Na ja. Ich gucke nicht jeden Tag um die Ecke. Mein Geschäft läuft vorn ab, wo die guten Wagen stehen.«

Große Jäger fiel es schwer, ein Lachen zu unterdrücken. Dafür zeigte er auf einen beigefarbenen Mazda. »Was ist mit dem Wagen?«

»Der da? Habe ich in Kommission. Gehört einem guten Kumpel von mir.«

»Björn Kögel.«

Senaoui erschrak kurz. »Sie kennen ihn?«

»Ein alter Bekannter der Polizei.«

Der Autohändler schüttelte nachdenklich den Kopf. »Arme Sau. ›Björn‹, habe ich ihm immer gesagt, ›lass den Scheiß. Die Drogen machen die Birne weich.‹ Und?« Er musterte die beiden Polizisten herausfordernd. »Hab leider recht gehabt. Den hat's regelrecht zerschossen. Der hockt jetzt in der Nähe von Bad Segeberg in der Klatsche.«

»Sie meinen in einem psychiatrischen Krankenhaus, in dem Suchterkrankungen therapiert werden«, belehrte ihn der Oberkommissar.

Cornilsen bückte sich vor der Frontpartie des Mazda. »Hat Kögel die Nummernschilder in die Geschlossene mitgenommen?«

»Die …« Senaoui tat überrascht. »Die sind noch am Mazda.« Er trat neben Cornilsen und schlug sich dann mit der Faust gegen das Herz. »Ehrlich. Das versteh ich nicht. Gestern war'n sie noch da. Ehrlich.«

»Ich denke, Sie kommen nur selten hinters Haus«, sagte Große Jäger.

»Na ja. Gestern. Ich meine, symbolisch.«

»Könnte es sein, dass jemand die Nummernschilder des Mazda an den Golf geschraubt hat?«

»Woher soll ich das wissen? Riesenschweinerei. Was gibt es für krumme Gesellen. Und unsereiner vertraut den Menschen blind.« Senaoui schüttelte heftig den Kopf.

»Wer kennt diesen Platz?«

Jetzt zog der Autohändler die Stirn kraus. »Es kommen manchmal Bastler hierher. Die haben wenig Mäuse. Wenn was kaputt ist, suchen sie hier nach Ersatzteilen.«

»Hat sich jemand für den Golf interessiert?«

»Nee. Der war um. Sagte ich doch. Warten Sie mal. Ist schon ein bisschen her. Da waren zwei Typen. Ausländer. Ich hab gleich gedacht, die haben nix auf der Naht.« Er rieb Daumen und Zeigefinger gegeneinander.

»Was waren das für Leute?«

»Wie soll ich die beschreiben? Komisch eben. Die haben nur geguckt. Keinen Namen genannt. Ja – richtig. Im Golf haben sie Probesitzen gemacht. Dann sind sie wieder weg. Ich glaube, die hatten gar kein Geld. So 'ne Scheiße.« Wütend trat er gegen eine leere Coladose, die scheppernd gegen ein Autowrack flog. »Die Arschlöcher haben doch tatsächlich den Golf geklaut. Und das mit Björns Nummernschildern.« Er fuchtelte wild mit den Armen in der Luft herum. »Gut, dass Sie da sind. Ich erstatte Anzeige. Jetzt gleich.«

Große Jäger verwies ihn an das Polizeirevier Husum. »Dann können Sie auch gleich das Protokoll unterschreiben.«

»So 'ne Scheiße, so 'ne Scheiße«, fluchte Senaoui immer noch, als sie wieder abfuhren.

»Wir wissen jetzt, wie die Albaner an den Golf gekommen sind und weshalb unsere Suche nach dem Fahrzeug erfolglos war«, stellte Große Jäger unterwegs fest.

Auf der Dienststelle lief ihm Mommsen über den Weg.

»War ganz schön dick, wie sich Hundt gegenüber der Presse präsentiert hat«, sagte der Oberkommissar. »In der Zeitung klang das so, als hätte der blöde Hundt die rumänische Bande im Alleingang ausgehoben.«

»Das ist deine Interpretation«, relativierte es der Kriminalrat. »Kollege Hundt hat den wichtigen Tipp des privaten Ermittlers aufgegriffen, die richtigen Schlüsse daraus gezogen und die entsprechenden Maßnahmen eingeleitet.«

»Der hat doch nur Glück gehabt. Und der Tipp kam von einer extrem zwielichtigen Figur. Seit Christoph nicht mehr da ist, wird Hundt kiebig.«

»Herr Hundt ist der dienstälteste Hauptkommissar in der Dienststelle.«

»Aber auch der blödeste.«

Mommsen tadelte Große Jäger mit einem missbilligenden Kopfschütteln. »Wir standen als Polizei in letzter Zeit oft in der Kritik. Die Einbruchserie hat die Bevölkerung verunsichert.«

»Das ist aber nun vorbei«, antwortete Große Jäger.

»Eine Erfolgsmeldung ist es erst, wenn wir die Täter präsentieren können. Du kennst die Spielregeln. Das ist bei den Taschendieben geschehen.«

»Das war ein Zufallstreffer. Aber wir rennen uns die Hacken schief und tragen mühsam Mosaiksteinchen für Mosaiksteinchen zusammen.«

»Das Leben ist manchmal ungerecht. Für die mühevolle Seite der Polizeiarbeit interessiert sich niemand da draußen.«

Dann ging Mommsen weiter. Leider hatte der Dienststellenleiter recht, musste Große Jäger sich zähneknirschend eingestehen.

Der Rest des Nachmittags galt der ungeliebten Schreibtischarbeit.

NEUN

Große Jäger war am nächsten Morgen überrascht, wie schnell man in Kiel reagierte. Er hatte nicht erwartet, dass das Ergebnis schon vorlag.

»Ja«, bestätigte Frau Dr. Braun, »das Material stimmt überein. Der Baseballschläger, den Sie uns gestern durch Boten zukommen ließen, besteht aus dem gleichen Material, das wir als Mikrospuren aus dem Wundmaterial herausfiltern konnten und das uns der clevere Dr. Petersen aus Flensburg beschafft hat.«

»Das heißt, Dushi wurde mit einem dieser Schläger zugerichtet.«

»Moment«, unterbrach ihn Frau Dr. Braun. »Das ist eine Einbahnstraße. Ich habe nicht gesagt, dass es genau dieser Schläger ist.«

»Das habe ich schon verstanden«, erwiderte Große Jäger. »Es handelt sich um die Marke und Produktionsreihe. Die eigentliche Tatwaffe suchen wir noch.«

Die Kieler Wissenschaftlerin wünschte ihm viel Erfolg.

Der war ihnen nicht beschieden, als sie im Hotel nachfragten, ob Baumkemper zu sprechen sei. Der Privatdetektiv hatte die Unterkunft schon früh verlassen, hatte aber angekündigt, am nächsten Tag abreisen zu wollen. Man hatte ihm auch die Bitte, sich bei der Polizei zu melden, ausgerichtet.

Große Jäger suchte das Büro von Hundt auf. Der Hauptkommissar wirkte selbstzufrieden.

»Glaubst du nun auch, dass meine Vorgehensweise erfolgversprechend ist?«, wollte er von Große Jäger wissen. »Wenn ihr in mein Sachgebiet versetzt werdet, bringe ich euch schon bei, wie man die Ermittlungsarbeit zielorientiert angeht.«

Große Jäger nickte. »Ich habe gehört, dass man dir ein neues Gebiet anvertrauen will. Du sollst Chef der Hausverwaltung werden.«

»Purer Neid«, konterte Hundt. »Während bei euch nichts vorankommt, habe ich eine ganze Bande aus der Organisierten Kriminalität ausgehoben.«

»Doch nur, weil dir der schräge Baumkemper etwas gesteckt hat.«

»Der ist schwer auf Draht«, sagte Hundt. »Immerhin hat er nicht nur Verbindungen, sondern versteht es auch, den Faden an der richtigen Stelle aufzunehmen.«

»Deshalb suchen wir ihn.«

»Lasst die Finger von Baumkemper.« Hundts Antwort klang fast wie eine Drohung.

»Hat er sich gestern oder heute bei dir gemeldet?«

»Nicht gemeldet, sondern sich über eure Nachstellungen beklagt.« Hundt schwenkte den Zeigefinger hin und her. »Es ist mehr als grenzwertig, wie ihr mit ihm umgegangen seid. Es ist nur meiner Fürsprache zu verdanken, dass ihr an disziplinarischen Maßnahmen vorbeigeschrammt seid.«

»Baumkemper hat mit dir gesprochen? Und warum erfahren wir das nicht?«

»Es ist ausreichend, wenn der mich als Kontaktperson bei der Polizei hat«, erwiderte der Hauptkommissar. »Was wolltet ihr von ihm?«

»Sag mal, Hundt, haben Sie dir heute zu viel Schappi zum Frühstück gegeben? Oder bist du von einer Dogge gebissen worden?«

Wütend verließ Große Jäger das Büro und knallte die Tür hinter sich zu, dass es auf dem ganzen Flur zu hören war. Er kehrte nicht in sein eigenes Zimmer zurück, sondern verließ das Gebäude durch den Hintereingang. Es dauerte drei Zigaretten, bis er sich beruhigt hatte und wieder an seinen Schreibtisch ging.

Cornilsen schwieg eine Weile, bis er sich räusperte und berichtete, dass Herr Putensenf aus Hannover angerufen habe.

»Die Hannoveraner haben sich noch einmal hineingekniet und ihre Dateien durchforstet: Wo sind Einbrüche nach einem ähnlichen Muster abgelaufen wie hier? Eine Serie in Lüneburg ist auffallend. Die hat aber plötzlich aufgehört. Sind die Täter weitergezogen? Das lässt auf eine Bande schließen. Ausländer? Asylbewerber? All diese Fragen hat man sich in Hannover auch gestellt. Durch uns sind sie auch darauf gestoßen, dass es eine merkwürdige Nähe der Detektei ›ad signum‹ zu diesen Serien gab.«

»Inwiefern?«

»Es ist offenbar die gleiche Vorgehensweise wie in Nordfriesland. Die Einbruchsopfer werden aufgesucht, und die Detektei bietet Beratungsleistungen und Sicherheitsanlagen an.«

»Baumkemper?«

»Das konnte Putensenf nicht sagen.«

»Die Karawane ist weitergezogen und bei uns gelandet.«

»Hmh«, knurrte Cornilsen. »Da ist nur ein kleiner Haken dabei. Dushi war schon als Asylbewerber in Husum gemeldet, als die Einbruchserie in Niedersachsen zu toben begann. Wie erklären wir das?«

Große Jäger zog eine Grimasse. Dann zog er die Schreibtischschublade heraus und parkte seine Füße darin. »Ich brauche dieses Möbelteil für meine Bequemlichkeit. Deshalb kann ich nicht alle Weisheiten oder Erklärungen dieser Welt darin aufbewahren.«

Cornilsen zeigte auf seinen Bildschirm.

»Der Albaner kommt aus Shkodra. Ich habe einmal nachgelesen. Das ist das nordalbanische Zentrum, das viel von seinem alten Glanz verloren hat. Shkodra war während des Kommunismus eine wichtige Industriestadt. Es ist wie eine Ironie des Schicksals, dass die Stadt seit dem Zusammenbruch des sozialistischen Regimes unter einer schlechten wirtschaftlichen Lage leidet. Mit der Befreiung von der kommunistischen Schreckensherrschaft setzte der rapide Niedergang ein. Und die neuen Machthaber haben offenbar mehr ihre persönlichen Interessen als das Wohlergehen der Bevölkerung im Sinn. So ist es nicht verwunderlich, dass viele aus wirtschaftlicher Not ihre Heimat verlassen und ihr Glück bei uns suchen.«

»Das rechtfertigt aber noch lange nicht, dass sie hier straffällig werden. Auch unsere Bürger haben ein Anrecht auf ein sicheres Zuhause, darauf, angstfrei in ihren eigenen vier Wänden leben zu dürfen. Wir sind Menschen, keine Wildtiere, die sich ihren Platz im Rudel durch blutige Kämpfe erobern. Wenn es im Wald noch richtig sein mag, dass sich der Kräftigste beim Fortpflanzen durchsetzt, ist es ein schlimmes Verbrechen, wenn Leute wie Dushi und sein Komplize Frauen Gewalt antun. Mich packt immer noch der heilige Zorn, wenn ich daran denke, wie es die Familie Lüttschwager getroffen hat. So!« Er klopfte mit dem Knöchel auf die Tischplatte. »Genug der Emotionen, jetzt wird wieder professionell gearbeitet.«

Er stand auf, ging zum Fenster und sah auf die Straße hinunter. Gegenüber befand sich der »BahnPark«, ein Privatparkplatz der Deutschen Bahn, die es großzügig jedem gestattete, das Fahrzeug dort für eine Stunde, aber auch eine ganze Woche abzustellen, wenn er am Automaten das richtige Ticket gezogen hatte.

»Jetzt lache ich«, sagte er. »Wir suchen Baumkemper. Und der hat sich ins Auge des Wirbelsturms begeben. Dort drüben steht sein VW Sharan. Hosenmatz. Lauf schnell zu Hundt und hole dir ein paar Büroklammern.«

»Nicht nötig. Hier sind noch welche«, erwiderte der Kommissar.

»Ab. Sofort. Büroklammern.« Große Jäger zeigte Richtung Tür.

»Ah, verstehe.«

Zwei Minuten später kehrte Cornilsen zurück. »Er ist nicht bei Hundt.«

»Ob er in seinem Auto hockt und uns ausspäht? Dem traue ich alles zu. Der hatte in seinem Kofferraum eine ganze James-Bond-Ausstattung dabei. Dazu müsste er aber in seinem Auto mit den abgedunkelten Scheiben sitzen.«

»Soll ich nachsehen?«

»Uns kennt er. Ich habe eine andere Idee.«

Er ging ins Nebenzimmer und bat Hilke Hauck, Kuchen vom nahen Bahnhofsbistro zu besorgen.

Die Kommissarin zeigte aus dem Fenster. »Du kennst den Weg. Warum läufst du nicht selbst? Ich nehme dann auch deine Einladung an.«

Große Jäger erklärte ihr, dass sie wissen wollten, ob jemand in dem VW Sharan mit hannoverschem Kennzeichen sitze.

Zehn Minuten später hatten sie Gewissheit.

»Da hockt jemand auf der hinteren Sitzbank. Einer. Mehr war durch die getönten Scheiben nicht erkennbar. Ich habe nur einen Schemen gesehen«, berichtete Hilke Hauck.

Nach der kleinen Mahlzeit verließen Große Jäger und Cornilsen das Polizeigebäude und fuhren vom Parkplatz links herum Richtung Bahnhof. Der Oberkommissar hatte das Seitenfenster herabgelassen und demonstrativ den Arm in die Öffnung gelegt. Er vermied es, zum Sharan zu sehen.

Als sie in der Herzog-Adolf-Straße zur Kidderminster-Brücke fuhren, konnte Cornilsen im Spiegel erkennen, dass Baumkemper ihnen folgte.

»Wie gut, dass er so überheblich ist und glaubt, wir würden es nicht merken«, stellte Große Jäger zufrieden fest. »Es hat auch Vorteile, wenn wir als dumme Provinzpolizisten eingestuft werden.«

Sie durchquerten den Kreisverkehr, passierten das sehenswerte Nissenhaus mit dem NordseeMuseum und der Stadtbibliothek und bogen links Richtung Binnenhafen ab.

»Ganz sutsche«, wies Große Jäger seinen Kollegen an. »Er soll uns nicht verlieren.«

Er fand Vergnügen an der kleinen Stadtrundfahrt. Das neue Rathaus. Die Stadtwerke. Die Klappbrücke, die den Binnen- vom Außenhafen trennte.

»Wir fahren nicht die Umgehung, sondern durch die Neustadt.«

Storm-Hotel. Husumhus, das Haus der dänischen Minderheit. Zahlreiche Kneipen. Das rege Kinocenter, das immer wieder für positive Überraschungen sorgte. Die Kreisverwaltung. An der »großen« Kreuzung bogen sie links und kurz darauf rechts Richtung Schobüll ab.

»Ich hätte mich gern zu ihm gesetzt und ihm die Attraktionen unserer schönen Stadt erklärt«, sagte Große Jäger. »Vielleicht hätte er dann begriffen, dass es in Husum mehr gibt als importierte Kriminalität.«

Kurz vor dem Ortsausgang wies er Cornilsen an, die Hauptstraße zu verlassen.

»Zum Parkplatz, an dem man den Golf gefunden hat?«

Große Jäger bestätigte es. Baumkemper ließ den Abstand etwas größer werden, verfolgte sie aber weiterhin.

»Das verstehe ich nicht«, sagte Große Jäger. »Entweder war er hier noch nicht, oder er ist grenzenlos dumm. Die Straße ist eine Sackgasse. Er müsste wissen, dass wir ihn entdecken.«

»Und wenn er das möchte?«

»Nein«, sagte der Oberkommissar entschieden. »Er hat in Hundt seinen Kontakt zur Polizei gefunden. Von uns erwartet er nichts Gutes. Man könnte meinen, er kennt die Stelle nicht, wo der Golf stand.«

»Das würde zu seiner Entlastung auszulegen sein.«

»Ist er so dreist und abgebrüht, dass ihm das nichts ausmacht? Wenn er ein Genie wäre, würde er mehrfach um die Ecke denken, unsere Vermutungen ahnen und uns damit weismachen wollen, er sei noch nie an diesem Ort gewesen. Trauen wir ihm so viel Genialität zu?«

Sie hielten am kleinen Parkplatz an, und Große Jäger stieg schnell aus. Der Sharan näherte sich der kleinen Brücke über den Sielzug, bremste ab und rollte aus. Baumkemper blieb dort stehen.

»Doch kein Genie«, konstatierte der Oberkommissar. »Er weiß, dass wir ihn erwischt haben.«

Er winkte Baumkemper zu. Langsam fuhr der Sharan wieder an, kam im Schritttempo heran und blieb hinter dem Dienst-Opel stehen.

Große Jäger schlenderte zur Fahrerseite und öffnete die Tür.

»Moin. Kennen Sie sich hier aus? Wollten Sie wissen, ob wir hier schon fündig geworden sind? Hat Ihnen der Kollege Hundt die Einzelheiten nicht verraten wollen?« Er öffnete die Tür ganz. »Steigen Sie aus«, forderte er den Privatdetektiv auf. »Es trifft sich gut. Wir wollten ohnehin mit Ihnen sprechen. Vielleicht hilft die gesunde Seeluft dabei, Ihr Erinnerungsvermögen aufzufrischen.« Große Jäger zeigte zum Deich empor. »Kommen Sie. Da oben ist eine Bank. Da können wir miteinander plaudern.«

Baumkemper zuckte nur mit den Schultern.

Vor dem Deich führte der Verteidigungsweg entlang. Er war ebenso wie die Rampe zum Seedeich hinauf durch ein Gatter verschlossen.

Große Jäger öffnete das schräg eingehängte Tor, sie erklommen über die Treppe mit dem angerosteten Geländer die Deichkrone und ließen sich auf der Bank nieder.

»Waren Sie schon einmal hier?«, fragte Große Jäger ein wenig atemlos und sah über das Deichvorland und den Heverstrom zum gegenüberliegenden Nordstrand mit dem Silo in Süderhafen. Sein Blick wanderte nach links zum einsam im Dockkoog liegenden Nordseehotel.

»Auf dem Deich?«

»Lassen wir solche Spielchen.«

Baumkemper zeigte mit dem Daumen über die Schulter. »Da hinten liegt Schobüll. Das kenne ich. Da habe ich mehrere Interessenten besucht. Natürlich wohnt dort auch die Familie Lüttschwager.«

»Ich meine den Parkplatz am Deichfuß, dort, wo man den Golf gefunden hat.«

»Nein!« Die Antwort kam schnell. Zu schnell, befand der Oberkommissar.

»Da stand der rote Golf. Herrenlos. Der Wagen sagt Ihnen etwas?«

Der Privatdetektiv nickte stumm.

»Sie wissen auch, dass die beiden Albaner damit auf Diebestour waren?«

Erneutes Nicken.

»Haben Sie sie angestiftet? Irgendjemand hat Ihnen die Informationen weitergegeben.«

Baumkemper schlug die Beine übereinander. »Das ist absurd. Wir stehen aufseiten der Menschen, die durch die Taten traumatisiert wurden, und versuchen, ihnen zu helfen.«

»Indem Unbeteiligte zu Opfern gemacht werden und Sie dann als rettender Engel auftauchen. Ein schäbiges Geschäftsmodell.«

Der Privatdetektiv beugte sich ein wenig vor und sah zu beiden Seiten den Deich entlang. Er wirkte nervös.

»Da stimme ich Ihnen zu. Wissen Sie immer noch nicht, wer so arbeitet?«

»Doch«, bestätigte Große Jäger. »Der Immobilienmakler Schloch.«

Baumkemper klatschte leicht in die Hände. »Na bitte. Es ist widerlich, wie sich Schloch den Opfern anschließend aufgedrängt hat. Es ist fast legal, wenn sich der Makler eine umfassende Datensammlung angelegt hat. Nur für interne Zwecke, wohlgemerkt. Dort hat er alles zusammengetragen, was ihm bekannt wurde. Wirklich alles. Wirtschaftliche Aspekte, somit auch gelegentliche finanzielle Engpässe. Auch in solchen Fällen ist er aktiv geworden, wenn Leute vor der Überlegung standen, verkaufen zu müssen. Nicht nur Todesanzeigen hat er ausgewertet, sondern auch Gerüchte über Ehescheidungen, Krankheiten, Arbeitslosigkeit.«

»Woher wissen Sie das?«

Baumkemper hob stumm eine Hand in die Höhe.

»Für Sie gibt es kein berufliches Schweigerecht. Sie sitzen tief genug in der Tinte.« Große Jäger kratzte sich die Bartstoppeln. »Wenn ich es jetzt ausspreche, wiegt es schwerer gegen Sie.«

»Ach, Sie haben ja keine Ahnung.« Erneut sah sich Baumkemper um. Diesmal drehte er auch den Hals und suchte den Parkplatz ab.

»Sie haben es so gewollt«, sagte der Oberkommissar und erinnerte sich an die Utensilien, die sie im Hotelzimmer des Detektivs gefunden hatten. James-Bond-Werkzeug, hatten sie scherzhaft festgestellt.

»Schloch hat seine Informationen nicht auf Karteikarten gesammelt, sondern in elektronischer Form. Unabhängig von der Technik – nennen wir es Datenbank. Und die haben Sie gehackt. Ein weiterer Eintrag auf Ihrer schwarzen Liste. Ich hatte Sie gewarnt.«

Baumkemper zog ruckartig den Kopf zwischen die Schultern ein. Er musterte Große Jäger von der Seite aus.

»Es passiert mir selten«, sagte er leise, »dass ich Menschen falsch einschätze, noch weniger, dass ich sie unterschätze. Ich gestehe ein, dass mir dieser Fehler bei Ihnen unterlaufen ist. Ihr Auftreten, das äußere Erscheinungsbild … Sie geben Ihrem Gegenüber keine Chance. Ich fürchte, Sie haben eine Anleihe bei Inspector Columbo aufgenommen, nur dass Sie ihn noch gesteigert haben. Ist das schon einmal jemandem aufgefallen? Hat man Sie schon einmal den Küsten-Columbo genannt?«

»Ich bin Polizist und erfülle meine Aufgabe«, wehrte Große Jäger ab. »Wollen Sie berichten? Oder soll ich Ihnen erzählen, wie es gelaufen ist?«

»Die Methode, nach der Schloch vorgegangen ist, war unserer Detektei bekannt. Allerdings haben es andere subtiler gemacht. So wie Schloch … das habe ich noch nicht erlebt. Er hat sich im Laufe der Jahre ein Netzwerk an Zuträgern aufgebaut. Manche haben nicht einmal geahnt, wofür sie missbraucht wurden. Unter den Informanten gab es auch einen Björn Kögel, ihnen sicher als Junkie bekannt. Kögel bezog seinen Stoff von einem Kleindealer, einem Albaner. Ein Asylbewerber. Das ist die unterste Stufe unserer Gesellschaft. Parias. Sie kennen es. Die finden zueinander. Schloch weiß von Kögels Abhängigkeit und dass er die durch Beschaffungskriminalität finanziert. So hat er gelegentlich einen Tipp durchsickern lassen. Schloch versprach sich davon kleine Nadelstiche, die die Hauseigentümer verunsichern sollten. Schloch hat dabei aber übersehen, dass Kögel so fertig war, dass er gar nicht mehr auf Diebestour gehen konnte. Kögel hat die Tipps gegen einen Joint an seinen Dealer weitergegeben, und der hat sie den beiden Landsleuten zugesteckt.«

»Dushi und …«

»Ich weiß nicht, wie die heißen«, gestand Baumkemper. »Das war mir aber auch egal.«

Große Jägers Gedanken schweiften kurz ab. Wenn Dushi und sein Komplize von Kögel wussten, konnten sie auch etwas vom Mazda erfahren haben. Doch Kögel war ihnen unbewusst zuvorgekommen und hatte den Wagen beim Autohändler untergestellt. Dort sind die Albaner auf den roten Golf gestoßen und haben die Nummernschilder ausgetauscht.

»Ich halte Schloch zugute, dass er die Eskalation der Gewalt, in die alles gemündet ist, weder vorhergesehen noch gewollt hat«, fuhr Baumkemper fort.

»In Schlochs Datenbank befanden sich auch die Adressen von Lüttschwager und den alten Nebendahls in Schwabstedt.«

»Ja«, bestätigte Baumkemper. »Und zwar ganz aktuell. Die Täter wussten sogar, dass die Ehefrau allein im Haus war. Schloch hatte natürlich erfahren, dass eine stadtbekannte Persönlichkeit wie der Marktapotheker im Krankenhaus liegt. Kleinstadt. Darüber wird getratscht.«

»Sie sind nicht wählerisch mit Ihren Methoden …«, setzte Große Jäger an, aber Baumkemper gebot ihm mit einer Handbewegung, zu schweigen.

»Sie schätzen mich falsch ein. Ich bin ein Guter. Das ist nicht mein Job gewesen, aber dem Treiben Schlochs musste Einhalt geboten werden. Ich habe ihn gewarnt.«

»Anonym.«

»Natürlich.« Baumkemper sah Große Jäger überrascht an.

»Als das nichts nützte, haben Sie zu massiveren Mitteln gegriffen.«

Der Oberkommissar wertete das Schulterzucken als Zustimmung.

»Sie haben das Auto zerkratzt und den Farbangriff auf ihn ausgeführt.«

Ein leises Lächeln umspielte Baumkempers Mundwinkel. »Können Sie es beweisen? Es ist nicht zu verantworten, mit welchem Psychoterror der Makler über die Opfer hergefallen ist. Es ging schließlich um den Schutz der Betroffenen, gleich, ob sie dafür einen Auftrag erteilt hatten wie die Familie Lüttschwager oder nicht.«

Erneut sah er sich suchend um. Plötzlich zuckte er zusammen und drehte sich auf der Bank um. »Haben Sie die Streife herbestellt?«

Auch Große Jäger sah den Deich hinunter. Ein Polizeiwagen fuhr auf den Parkplatz und hielt hinter Schlochs Sharan.

»Haben Sie mich telefonieren sehen?«

Baumkemper streckte die Hand aus und zeigte Richtung Parkplatz. »Ihr Adlatus ist dort unten. Was hat das zu bedeuten?«

»Sie werden die Dinge, die wir hier besprochen haben, noch als Protokoll unterscheiben müssen.«

Der Privatdetektiv nickte gedankenverloren. Er fuhr sich mit der Zunge über die Lippen. »Ja – aber die Streife.«

Dann stand er auf. Große Jäger folgte ihm den Deich hinunter.

Cornilsen war zu den uniformierten Polizisten getreten und zeigte zur Deichkrone empor. Die beiden Streifenbeamten folgten seinem Blick.

Große Jäger bemerkte, wie Baumkemper den Schritt verzögerte.

»Kommen Sie«, forderte er den Mann auf. »Flüchten ist in Nordfriesland keine Lösung.«

Cornilsen kam ihnen ein Stück entgegen.

»Die Kollegen sind wegen eines Vorfalls am gestrigen Abend hier«, erklärte er. »Ein später Jogger ist außendeichs auf dem Treibselabfuhrweg unterwegs gewesen, als er mehrere Schüsse hörte. Er hat nicht mitgezählt, aber es mögen zehn Stück gewesen sein. Er hat nicht über den Deich gesehen, sondern die Polizei angerufen, weil es ihm merkwürdig vorkam. Als die Streife eintraf, war nichts mehr zu sehen. Sie haben noch einmal die nähere Umgebung abgeleuchtet, aber nichts entdeckt. Die Kollegen wollen sich den Ort noch einmal bei Tageslicht ansehen.«

Die beiden Polizisten liefen in gebückter Haltung den Rand des Parkplatzes ab, schoben mit den Füßen das Gras auseinander und durchkämmten das Areal.

Plötzlich hob der jüngere die Hand und rief: »Hier ist etwas.«

Als Große Jäger näher kam, zeigte er auf eine Handvoll Patronenhülsen, die im hohen Gras nahe einer hölzernen Bank-Tisch-Kombination lagen.

Große Jäger ging stöhnend in die Hocke und beugte sich über den Fund.

»Das sieht aus wie Kaliber .22 kurz«, sagte er. »Mit Randfeuerzündung. Die sammeln wir auf und nehmen sie mit«, entschied er.

»Ich glaube, da ist noch etwas«, sagte der Streifenpolizist. »Eine Bierdose.«

»Dann haben hier ein paar Jugendliche herumgeballert«, meinte Cornilsen. »Das ist Billigbier aus dem Supermarkt. Eine Sorte, mit der ich nicht einmal die Haare spülen möchte.«

Große Jäger beugte sich über die Dose. »Fällt dir etwas auf, Hosenmatz?«

Cornilsen sah ihn fragend an. »Sagte ich schon: Billigbier.«

»Also keine Millionärsparty?«

»Kaum.« Plötzlich hellte sich seine Miene auf. »Die haben wir neulich in der versifften Wohnung von Heiko Nebendahl gesehen. Aber der dürfte nicht der Einzige in Husum sein, der das Zeug in sich hineinschüttet.«

»Stimmt. Aber nicht jeder Biertrinker geht zum Ballern an den Deich. Das reduziert die Anzahl der in Frage kommenden schon erheblich. Ich würde Nebendahl und seine Freunde zum engeren Kandidatenkreis zählen.«

»Eine gewagte Theorie.«

»... ist besser als gar keine«, ergänzte Große Jäger. »Ich möchte, dass wir das hier sicherstellen«, wandte er sich an die Schutzpolizisten. »Und seht euch noch nach weiteren Spuren um. Es kann ein Zufall sein, aber an dieser Stelle wurde auch der Golf der Tatverdächtigen entdeckt.«

»Geht in Ordnung«, versprach der Streifenführer und wies den jüngeren Kollegen ein: »Such du da drüben.«

Baumkemper überließen sie den uniformierten Polizisten. Sie würden ihn mit zur Dienststelle nehmen.

Sie fuhren zu Nebendahls Wohnung und erfuhren vom alten Herrn Hansen aus der Nachbarwohnung, dass der Gesuchte vor einer Stunde gegangen war.

»Wo kann der sein?«, überlegte Cornilsen laut. »An der Tine? Am Binnenhafen?«

»Ich habe eine andere Idee«, meinte Große Jäger und dirigierte Cornilsen in die Parkstraße.

Am Ziel sah sich der Kommissar suchend um. »Wo soll ich halten?«

Große Jäger zeigte auf eine Auffahrt. »Da drüben. Hinter dem VW Bulli. Der gehört Karlchen.«

Nachdem sie den Opel abgestellt hatten, trotteten sie zum Seiteneingang des Schlossparks. Links begrenzte der lang gestreckte Bau des Klinikums den Park, wo im Frühjahr über vier Millionen Krokusse blühten und dieses violette Blütenmeer Tausende Besucher anlockte. Der Fußweg führte an einem kleinen Ziegelbau mit vermoostem Dach vorbei, in dem öffentliche Toiletten und ein Aufenthaltsraum für die städtischen Gärtner untergebracht waren. Die Tür des Pausenraums stand offen, und fröhliches Stimmengewirr drang heraus. Als sie um die Hausecke bogen, sahen sie mehrere Leute auf den beiden Parkbänken sitzen, die am Weg Richtung Schloss standen.

»Das ist ein beliebter Treffpunkt für Menschen, die keine

anderen Termine mehr haben«, umschrieb es Große Jäger. »Mit diesen hier hat es aber noch nie Probleme gegeben. Wenn alle so friedlich ihr Bier trinken würden, wäre die Welt ein bisschen ruhiger.«

Im selben Moment, als sie Nebendahl erblickten, erkannte der die Polizisten. Nebendahl stand vor den Parkbänken und hielt eine Bierdose derselben Marke in der Hand, die sie am Parkplatz gefunden hatten. Er zögerte einen Moment, nahm noch einen tiefen Schluck Bier, stellte die Dose sorgfältig neben die Beine eines Sitzenden und lief dann in Richtung der Bürgerschule davon.

»Das ist ein Fall für dich«, meinte Große Jäger und unternahm selbst keinen Versuch, hinterherzulaufen.

Cornilsen hatte mit der Verfolgung keine Mühe. Es waren keine fünfzig Meter, bis er den Flüchtenden eingeholt und am Arm gepackt hatte. Widerstandlos gab Nebendahl auf und ließ sich vom Kommissar zurückführen.

Der Oberkommissar bewegte tadelnd den Kopf. »Überflüssige Energieverschwendung, Nebendahl. Mein Kollege nimmt dir auf hundert Metern achtzig ab. Du solltest doch wissen: Uns entkommst du nicht.«

Nebendahl fragte nicht nach, als sie ihn zum Dienstwagen brachten und zur Poggenburgstraße mitnahmen.

»Du bist eine arme Sau«, begann Große Jäger, als Nebendahl vor dem Schreibtisch in ihrem Büro saß. »Warum greifst du immer wieder in die braune Soße? Was du auch anpackst – es geht daneben. Warum habt ihr am Deich in der Nähe von Hockensbüll herumgeballert?«

Es war ein Versuch. Nebendahl fiel darauf herein.

»Woher wisst ihr das schon wieder?«, fragte er erstaunt.

Große Jäger zog ein Augenlid herab. »Du hast dir den falschen Wohnort ausgesucht. In Husum gibt es eben die beste Polizei. Die sieht und weiß alles. Woher hast du die Waffe?«

Nebendahl gab auf. »Die gehört einem Kumpel.«

»Der keinen Namen hat? Den du zufällig am Bahnhof oder an der Tine getroffen hast?«

»Nee – das nicht.«

»Also?«

Nebendahl nahm die Haltung eines trotzigen Kindes an und zog eine Flunsch. »Das wisst ihr doch. Der hat die Knarre nicht legal erworben. Wir haben nur ein bisschen rumgeballert. Aus Jux. Sonst war da nix. Mensch, das macht man auf dem Schützenfest doch auch. Was ist denn dabei?«

»Der Richter wird dir erklären, warum das verboten ist. Wir sind hier nicht in den USA, wo jeder seinen Colt durch die Stadt trägt. Sei froh darüber. Die Amis hätten dich mit deinem Vorstrafenregister schon lange für viele Jahre in einen Steinbruch in die Wüste geschickt.«

Nebendahl schluckte. »Sahara und so.«

Große Jäger korrigierte ihn nicht.

»Auf wen habt ihr geschossen?«

»Nur so, Mann.«

»Ich will die Waffe«, forderte Große Jäger.

Nebendahl lehnte sich weit zurück.

»Kommt nicht in Frage. Das ist ein guter Kumpel.«

»Besucht der dich im Bau?«

»Ach – Scheiße. Aber wenn ich den verpetze, gibt's richtig Stress. Der macht mir mehr Ärger als ihr.«

»Einer von der harten Sorte?«

Nebendahl nickte heftig. »Kannst du so sagen.«

»Ausländer?«

»Kosovo«, kam es über Nebendahls Lippen. Im selben Moment erschrak er. »Jetzt sag ich nix mehr.«

Daran hielt er sich eisern. Es folgte das bekannte Prozedere, bis sich hinter Nebendahl die Tür der Arrestzelle im Keller schloss.

Große Jäger rieb sich die Hände. »Jetzt fahren wir zu Schloch«, verkündete er.

Sie hatten Glück und trafen den Makler in seinem Büro an.

»Es gibt gute Nachrichten«, begann der Oberkommissar. »Wir haben den Täter ermittelt, der den Farbanschlag auf Sie und die Beschädigung an Ihrem Wagen vorgenommen hat.«

»Großartig.« Schloch griff sich einen Schreibblock und einen Kugelschreiber. »Nennen Sie mir den Namen. Dann kann mein Anwalt zivilrechtliche Ansprüche gegen ihn einleiten.«

»Das ist noch nicht alles«, sagte Große Jäger. »Der Täter hat auch Ihre Datenbank gehackt.«

»Meine – was?« Schloch schüttelte sich. »Unmöglich«, behauptete er. »Ich habe keine.«

»Doch.« Der Oberkommissar berichtete von den gesammelten Daten. »Wir wissen alles über Ihr Geschäftsmodell.« Dann zählte er die einzelnen Punkte auf.

Mit jeder Position wurde der Makler blasser.

»Das ist alles erstunken und erlogen«, behauptete er atemlos. »Mit Sicherheit steckt ein neidischer Mitbewerber dahinter, der mich fertigmachen will.«

»Das ist nicht zutreffend. Im Übrigen haben Sie uns belogen. Der Täter hat Ihnen vor seinen Aktionen Warnungen zukommen lassen.«

»Tsss. Man darf nicht alles ernst nehmen, was irgendwelche Spinner von sich geben.«

»Es hat Sie schon berührt. Sie konnten es uns nur nicht sagen, weil Sie sonst etwas von Ihrer Vorgehensweise hätten offenbaren müssen. Das Ganze wird für Sie ein juristisches Nachspiel haben. Viel schwerer dürfte aber die moralische Komponente wiegen. Es wird sich nicht vermeiden lassen, dass Ihr Geschäftsgebaren einschließlich der Weitergabe von Tipps an Einbrecher publik wird. Sie wissen, dass ein Nordstrander Journalist für die hiesige Presse als Gerichtsreporter tätig ist. Seine Beiträge finden stets großes Interesse bei den Lesern. Für Sie bedeutet es das wirtschaftliche Aus.«

»Das ist alles nicht wahr. So können Sie nicht mit mir umgehen«, schrie Schloch. Er deutete mit beiden Händen einen großen Kreis an. »Ich werde das große Rad drehen. Ich habe viele gute Freunde an entscheidenden Stellen. Nicht ich, nein! *Sie* werden das beruflich nicht überleben. Wo gibt es so etwas? Da wird ein Bürger und guter Steuerzahler von skrupellosen Verbrechern drangsaliert und diffamiert. Und die Polizei macht munter mit.«

»Je lauter Sie rufen, desto heftiger fällt das Echo aus«, erwiderte Große Jäger fröhlich. »Unsere Arbeit ist, Sie betreffend, abgeschlossen. Den Rest erledigen Staatsanwaltschaft und Gericht. Und natürlich Ihr Anwalt«, ergänzte er süffisant.

Beim Abschied verweigerte ihnen Schloch den Gruß.

Auf dem Weg zum Auto prüfte Cornilsen gewohnheitsmäßig sein Handy. Abrupt blieb er stehen. »Donnerwetter«, entfuhr es ihm.

»Hat Oma gedroht, mit dir heute Abend in die Disco zu gehen?«

»Viel schlimmer. Die beiden Kollegen von der Streife, die sich am Parkplatz vorm Deich umgesehen haben, sind fündig geworden.«

»Weitere Bierdosen von Nebendahl?«

»Nein – ein Toter.«

Das war eine Überraschung. »Los. Auf zum Deich. Beeile dich«, forderte Große Jäger Cornilsen auf und konnte seinen Jagdtrieb nur schwer unterdrücken.

Auf dem Parkplatz standen mehrere Fahrzeuge, darunter der Mercedes Vito der Flensburger Spurensicherung. Sie fanden Klaus Jürgensen und sein Team etwa zehn Meter tief neben dem Sielzug im Reet.

»Ich dachte, wir könnten einmal in Ruhe arbeiten«, wurden sie von dem kleinen Hauptkommissar begrüßt. »Und dann tauchen die beiden Nordseechaoten doch noch auf.«

»Wir wollten dir Papiertaschentücher bringen«, erwiderte Große Jäger und lachte laut auf, als Jürgensen tatsächlich von einer Niesattacke befallen wurde. »Wir haben den Toten weiter im Hinterland entdeckt. Da wir aber von deiner Abneigung gegenüber unsauberen Tatorten wissen, haben wir ihn hierher in Deichnähe geschleppt. Die frische Luft direkt an der See wird ihm gutgetan haben.«

»Danke«, erwiderte Jürgensen. »Das hättest du mir nicht erklären müssen. Wir haben die Schleifspuren entdeckt.« Er zeigte auf eine Stelle am Rande des Felds.

»Weitere Tatortspuren?«

Jürgensen nickte. »Klar. An der Leiche war ein Anhänger mit Namen und Anschrift des Mörders. Das Geständnis war in einer Klarsichtfolie beigefügt, und auf der Rückseite stehen die Lottozahlen für das nächste Wochenende.«

Große Jäger bedankte sich für die »vorzügliche Arbeit« und erfuhr, dass Jürgensen davon ausging, dass der Tote hier nur abgelegt, aber nicht erschossen wurde.

»Vielleicht auf dem Parkplatz. Ein einzelner Schuss.«

»Aufgesetzt?«

»Nein, keine Hinrichtung. Aber die Distanz war nicht sehr groß. Der Mörder muss ein geübter Schütze sein. Es ist nicht einfach, aus einer Entfernung von drei bis vier Metern genau zu treffen. Vielleicht war ein wenig Glück dabei. Aber der einzige Schuss war tödlich. Der Mörder muss dem Opfer gegenübergestanden haben. Er hat genau ins Auge getroffen.«

»Habt ihr Hinweise auf die Identität des Opfers gefunden?«

»Männlich. Anfang zwanzig. Kleidung und äußeres Erscheinungsbild ungepflegt. Keine Personalpapiere, Ausweise, Kreditkarte oder Ähnliches. Ich würde aber wetten, dass er nicht Hansen, Petersen oder Christiansen heißt.«

»Ausländer?«

Jürgensen nickte. »Vermutlich Osteuropäer.«

»Albaner?«

»So exakt kann man das nicht abgrenzen, aber ausschließen würde ich es nicht. Wie kommst du darauf?«

Große Jäger zeigte zum Parkplatz. »Dort haben wir sein Auto gefunden.«

»Und nicht weiter gesucht?« Ein leichter Vorwurf schwang in Jürgensens Stimme mit.

Nobody is perfect, dachte Große Jäger, zog es aber vor, zu schweigen. Hatten sie Dushis Mittäter gefunden? Er teilte seine Vermutung Cornilsen mit.

»Verdammt«, meinte der Kommissar. »Das würde bedeuten, Lüttschwagers Aufruf ›*Dead or alive*‹ hätte Früchte getragen. Irgendjemand hat sich das Kopfgeld verdient.«

Klaus Jürgensen versicherte, sich umgehend zu melden, wenn es weitere Erkenntnisse gebe.

Sie fuhren zum Haus der Familie Lüttschwager. Große Jäger war erstaunt, als der Sohn öffnete.

»Sie wollten wieder zu Ihrer Einheit zurück«, sagte er.

»Das ist dringend erforderlich. Ich kann es mir beruflich nicht leisten, so lange fernzubleiben. Gerade jetzt, wo ein wichtiger Karriereschritt bevorsteht.«

»Kommt Ihr Vater nicht allein zurecht?«

Lars Lüttschwager sah an den beiden Polizisten vorbei. Für einen Moment wirkte es so, als würde er träumen.

»Mein Vater wird gut versorgt.« Er lachte bitter auf. »Er hat die optimale Betreuung. Seit heute Morgen. Für ihn wird bestens gesorgt.« Lüttschwager legte eine Pause ein. »Im Krankenhaus. Vater hatte heute Morgen einen Herzanfall. Es steht noch nicht fest, ob es ein Infarkt war. Dafür tragen die Täter die Verantwortung. Ich weiß«, er hob die rechte Hand, »nicht im strafrechtlichen Sinne. Das alles geht auf ihr Konto.«

»Ihnen ist bekannt, dass wir einen der Täter gefasst haben. Vermutlich ist auch der zweite identifiziert.«

»Und? Ändert das etwas an den Tatsachen?«

»Hat die neue Entwicklung Ihren Vater so mitgenommen?«

»*Diese* Entwicklung? Verstehen Sie es nicht? Alles!«

»Woher wissen Sie, dass die Täter überführt sind?«

Lüttschwager öffnete denn Mund, entschloss sich dann aber doch, zu schweigen. Große Jäger war sich nicht sicher, ob sein Gegenüber auch vom Tod des mutmaßlichen zweiten Täters wusste. Von wem? Baumkemper? Der Privatdetektiv hatte behauptet, Schloch hätte indirekt die Albaner zu den Einbrüchen ermuntert. Er habe auch deren Identität, zumindest die Tatsache, dass sie mit einem roten Golf unterwegs waren, herausgefunden.

Hatte er den Tipp an den Hattstedter Selbstschutz weitergegeben? Noch interessanter war die Frage, ob Baumkemper vor dem Entdecken der Leiche vom Tod des zweiten Albaners wusste. Große Jäger wollte versuchen, Lüttschwager zu einer Aussage zu verleiten.

»Baumkemper war heute Morgen bei Ihnen«, behauptete er einfach. »Da hat Ihr Vater den aktuellen Stand erfahren, auch, dass der zweite Täter gefunden worden ist.« Er drückte es neutral aus.

Lüttschwager wich seinem Blick aus.

»Das muss eine große Erleichterung gewesen sein. Darauf kam es Ihrem Vater an. Deshalb hat er auch das Kopfgeld ausgesetzt. Ist es ausgezahlt worden?«

Lars Lüttschwager presste die Lippen zusammen.

»Hat Ihr Vater dem Detektiv das Geld ausgehändigt?«

»Das will ich nicht beantworten. Es ist nicht Ihre Sache. Eine Belohnung zur Aufdeckung eines Verbrechens auszusetzen, ist keine Straftat.«

»Dann sagen Sie uns endlich, ob das Geld ausgezahlt wurde.«

»Nein!«, sagte Lüttschwager entscheiden. »Das ist einzig die Sache meines Vaters. Und der muss geschont werden. Er ist nicht ansprechbar.«

»Wir diskutieren keine Prinzipien. Der zweite Täter wurde ermordet.«

Lüttschwagers Gesichtsmuskeln zuckten. »Ermordet?« Er sah Große Jäger entgeistert an. »Wie kommen Sie darauf?«

»Wir haben seine Leiche gefunden.«

»Nur so? Und woher wollen Sie wissen, dass er einer der Männer ist, die meiner Mutter …«, brach er mitten im Satz ab.

»Sie unterschätzen uns, Herr Lüttschwager. Sie sind ein intelligenter Mensch. Wenn wir die Leiche gefunden haben, muss jemand vor uns die Identität des Täters aufgedeckt haben. Dessen Mörder. Ihr Vater hat eine Belohnung zur Ergreifung der Täter ausgesetzt. Nicht gut, aber Fakt. *Ergreifung!* Aber nicht *dead or alive*. Nun haben wir es mit Mord zu tun.«

»Das ist nicht das Problem unserer Familie. Von uns hat niemand zu einem Mord aufgerufen.«

»Das wird das Gericht zu klären haben. Wenn Sie dem Mörder das Kopfgeld …«

»Sprechen Sie nicht immer vom *Kopfgeld*«, schrie Lüttschwager dazwischen.

»Wenn Ihr Vater das Geld ausgezahlt hat, kennt er den Mörder und deckt ihn. Das ist strafbar. Bei allem, was Ihre Familie durchmacht … Laden Sie sich nicht eine solche Bürde auf.«

»Das ist nicht mein Problem«, behauptete Lüttschwager.

»Doch. Sie und Ihr Vater sind darin verstrickt. Ich habe Verständnis für Ihre Gefühle. Aber noch ist es nicht zu spät. Wir besorgen uns einen richterlichen Beschluss und sehen uns die Konten der Familie an. Wenn wir dort eine Barabhebung in Höhe von zehntausend Euro finden, werden Sie es uns erklären müssen. Aber dann ist es unter Umständen zu spät, um Ihren Vater eine mögliche Anklage wegen Mittäterschaft zu ersparen.«

Lüttschwager vergrub die Hände tief in die Hosentaschen. Dann stieß er die Polizisten zur Seite und stapfte entschlossen zwischen ihnen über den Gartenweg zur Straße. Cornilsen wollte ihm folgen, aber Große Jäger hielt ihn zurück.

»Lass«, sagte er. »Der kämpft mit sich.«

Der Major blieb am Ende des Weges stehen und starrte die Straße hinunter. Nach einer ganzen Weile drehte er sich in Zeitlupe um, kam ihnen mit gesenktem Haupt entgegen und baute sich vor den Polizisten auf. Seine Unterlippe blutete. Er musste heftig daran genagt haben.

»Ich weiß nicht, ob es richtig ist«, sagte er mit brüchiger

Stimme. »Ich nehme es auf meine Kappe. Ja! Mein Vater hat die Belohnung ausgezahlt.«

»An wen?«

Lüttschwager überhörte die Frage. »Von einem toten Täter … also! Davon ist unserer Familie nichts bekannt. Wir haben nur gehört, dass die Täter überführt und zur Rechenschaft gezogen werden. Das war der Wille meines Vaters.«

»Auch Ihr Wunsch?«

»Die ganze Familie ist betroffen, aber die Tat hat meinen Eltern die Zukunft geraubt. Wir hoffen, jetzt endlich Ruhe zu finden, auch wenn es keine Rückkehr zur Normalität ist.«

»Wer hat die Belohnung erhalten? Baumkemper?«

Lüttschwager sah sie lange an. Dann nickte er schwach.

»Danke«, sagte Große Jäger und wandte sich um.

Cornilsen trippelte hinterher.

»Glaubst du, dass Baumkemper den Albaner erschossen hat? Schließlich ist er im Besitz einer Waffe.«

»Wenn ich mich für den Glauben entschieden hätte, hätte ich Theologie studiert«, antwortete Große Jäger kurz angebunden.

Kurz vor Einbruch der Dunkelheit fuhren sie nach Hattstedt. Große Jäger hatte zwei Streifenwagen instruiert und die Besatzungen beauftragt, Joostmeier und Bendler aus ihren Häusern zu holen und zum Ehepaar Rahn zu bringen. Die Aktion sollte überraschend erfolgen. Das Auftauchen der uniformierten Beamten war sicher ein kleines Schockerlebnis für die Männer. Der Oberkommissar hatte gehofft, dass sie nicht groß protestieren würden, um ihren Familien eine Szene zu ersparen. Die Anwesenheit von Ehefrau und Kindern würde der Bereitschaft, der Bitte der Polizei nachzukommen, förderlich sein. Dieses Kalkül war aufgegangen.

Cornilsen war zum Baumarkt im Husumer Gewerbegebiet gefahren. Für Roggensack hätte das Erscheinen einer Streife einen erheblichen Eingriff in sein berufliches Umfeld bedeutet. Solche Ereignisse blieben den Kollegen, vor allem aber den Vorgesetzten, lange in Erinnerung und konnten das Ende einer beruflichen Laufbahn bedeuten. Es war nicht Aufgabe der Polizei, so vorweggenommene Sanktionen auszuüben. Alle trafen verabredungsgemäß zeitgleich vor dem Haus der Rahns ein.

Dort war Große Jäger zuvor vorstellig geworden. Dieses Mal hatte Helmut Rahn selbst geöffnet. Seine braune Stoffhose wurde durch Träger gehalten. Die Haare hingen wirr vom Kopf herab. Das Hemd war zerknittert. Das Gesicht auch, als Große Jäger ihm eröffnete, dass in Kürze die anderen drei Mitglieder des Hattstedter Selbstschutzes eintreffen würden.

Rahn zupfte an seinem Hosenträger. »Ich hatte mich gerade ein wenig hingelegt. Man findet nachts keine Ruhe mehr, da die Polizei erfolglos bleibt.«

Große Jäger verzichtete auf eine Antwort. Dafür erklärte er Rahn, dass er auf einen Protest gegen das Vorhaben der Beamten verzichten solle. Es sei ein Entgegenkommen, dass man die Männer nicht abgeholt und nach Husum gebracht habe, nachdem man in ihren Häusern eine Razzia durchgeführt hätte.

Die Reaktion der drei Männer war grundlegend unterschiedlich, als sie hereingeführt wurden. Harald Bendler war der Erste. Er hatte den Kopf gesenkt und wich allen Blicken aus. Große Jäger zeigte auf einen Stuhl am Esstisch. Bendler nahm Platz, legte die Unterarme auf die Tischkante, stierte auf seine gefalteten Hände und fuhr sich immer wieder mit der Zunge über die Lippen. Er sah auch nicht auf, als Roggensack kam.

»Ich …«, begann Roggensack, dem nicht einmal Zeit geblieben war, den grauen Kittel des Baumarktes abzulegen.

Große Jäger zeigte auf den Stuhl neben Bendler, aber Roggensack umrundete den Tisch und setzte sich diagonal auf den entferntesten Platz. Er warf Bendler einen kurzen Blick zu und sah dann Rahn an, der am Kopfende stand und sich auf der Stuhllehne abstützte. Es war ein fragender Blick. Helmut Rahn antwortete mit einem angedeuteten Schulterzucken.

Joostmeier war zu hören, bevor er den Raum betrat. »Das ist unwürdig«, schimpfte er im Flur. »Methoden, die in Deutschland unzulässig sind. Es beginnt mit dem Grundgesetz.«

»Richtig«, begrüßte ihn Große Jäger. »Danach ist nicht nur die Würde eines Menschen unantastbar, sondern auch dessen Leben und Gesundheit. Wir haben hier kein philosophisches Quartett versammelt, sondern eine Truppe, die sich gemeinschaftlich strafbar gemacht hat.« Er zeigte auf den Tisch. »Setzen Sie sich. Und Sie auch.« Die letzte Aufforderung galt Rahn.

Der nahm am Kopfende Platz, während Joostmeier den Stuhl neben Bendler zurückzog, ihn demonstrativ ein wenig zur Seite schob und den Abstand zu Bendler vergrößerte.

Joostmeier schlug die Beine übereinander und verschränkte die Arme vor der Brust.

»Was bezwecken Sie mit diesem Theater?«, herrschte er Große Jäger an.

Der Oberkommissar legte seine leicht zusammengekrümmten Hände vor die Augen, dass es aussah, als hätte er ein Fernglas in Betrieb genommen. Damit scannte er Joostmeier vom Scheitel bis zur Sohle.

»Wo ist er denn?«

»Wo ist – was?« Es sollte barsch klingen, aber eine Spur Verunsicherung begleitete die Antwort.

»Ihr Baseballschläger. Ich dachte, Sie hätten ihn mitgebracht.«

Joostmeier lachte gekünstelt auf. »Was spielen Sie hier?«

»Einer wird gewinnen. Und das bin ich. Und am Ende wissen wir, wer sich wegen des Mordversuchs zu verantworten hat.«

Bei diesen Worten krümmte sich Bendler zusammen, als wäre er von Peitschenhieben getroffen worden.

»Mir reicht es.« Joostmeier wollte aufstehen, aber Große Jäger war hinter ihn getreten, legte seine Hände auf die Schultern des Finanzbeamten und drückte ihn auf den Stuhl zurück.

»Gut. Wenn Sie meinen, dies sei Theater, dann bin ich der Regisseur. Also. Wo ist die Mordwaffe – Ihr Baseballschläger?«

»Wer soll – angeblich – ermordet worden sein?«

Joostmeier begann, sich unbehaglich zu fühlen. Alle Blicke waren auf ihn gerichtet. Selbst Bendler sah ihn an. Als der registrierte, dass Große Jäger es mitbekommen hatte, wandte er den Blick schnell wieder ab und stierte auf die Tischplatte vor sich.

»Ridvan Dushi. Aber der Name wird Ihnen nichts sagen. Der Mann wurde am Sonntagabend kurz vor Mitternacht am Westerkampweg in Husum mit einem Baseballschläger übel zugerichtet. Wir werten es als Mordversuch.«

»Sonntagabend?« Es klang wie erleichtert. »Da habe ich nachweislich ein Alibi.«

Große Jäger sah dabei die drei anderen Männern an. Rahn öffnete seinen Mund, als wolle er das nicht unkommentiert stehen lassen. Roggensack kniff die Augen zu schmalen Schlitzen zusammen. Er hielt zwei Fäuste vor der Brust und drückte sie krampfhaft zusammen, sodass die Knöchel weiß hervortraten. Und bei Bendler hüpfte der Adamsapfel nervös auf und ab.

Große Jäger ließ seine offene Hand kreisen, als würde er die Anwesenden segnen wollen.

»Ihre Alibis taugen alle nichts. Das wissen Sie. Aber ich habe eine gute Nachricht für Sie. Der Anklagepunkt wegen uneidlicher Falschaussage ist das geringste Ihrer Probleme.«

»Ich bin Beamter«, keifte Joostmeier. »Unterstellen Sie mir nicht so etwas.«

»Haben Sie eine Schüssel mit Wasser für Ihren Wortführer?«, richtete der Oberkommissar die Frage an Rahn. »Pilatus hat seine Hände damals auch in Unschuld gewaschen. Also: Es geht um den Mordversuch an Ridvan Dushi, der möglicherweise des Einbruchs bezichtigt wird. Unbestritten ist die gegen ihn verübte Straftat. Bewiesen ist auch, dass dazu ein Baseballschläger der Art benutzt wurde, wie jeder von Ihnen einen erworben hat.«

»Pah. Davon kann es Hunderte geben«, sagte Joostmeier.

»Aber nicht in Nordfriesland. Ihr geistiger Führer«, dabei sah Große Jäger die drei anderen der Reihe nach an, »ist nicht so intelligent, wie er vorgibt. Er hat Ihre Sammelbestellung organisiert. Das konnten wir nachweisen. Wer von Ihnen leugnet an dieser Stelle, ein Exemplar der Baseballschläger empfangen zu haben?«

Rahn wollte seine Hand heben, ließ sie aber wieder sinken, als er die Blicke der anderen auf sich spürte.

»Schön. Und nun der Reihe nach. Wo ist Ihr Exemplar?« Große Jäger zeigte auf Roggensack.

Der Baumarktangestellte schien sich kurz zu schütteln. Dann hellte sich sein Gesicht auf. »Bei mir zu Hause. Der steht im Schlafzimmer neben meinem Bett.«

»Und Ihrer?«, fragte der Oberkommissar Helmut Rahn.

Der wollte aufspringen. »Oben am Treppenabsatz. Ich hol ihn.«

Große Jäger bedeutete ihm durch Fingerzeig, sitzen zu bleiben. »Bendler hat uns seinen Baseballschläger gezeigt, als wir gestern bei ihm waren. Einer ist verschwunden. Ihrer!« Ruckartig streckte sich Große Jägers Hand Joostmeier entgegen. Der zuckte zusammen.

»Das ist nicht wahr«, sagte er nach einer längeren Schrecksekunde. »Ich habe meinen an Bendler weitergegeben. Das habe ich Ihnen schon erzählt.«

»Du hast – was?«

Bendler sprach stoßweise. Er schaffte es, Joostmeier dabei anzusehen.

»Du hast mir gesagt, deiner sei verschwunden.«

»Das ist meiner – meiner – meiner«, schrie Bendler plötzlich.

Rahn unternahm mehrfach den Versuch, sich zu Wort zu melden, bis er sich schließlich vom Frosch im Hals frei geräuspert hatte.

»Harald«, wandte er sich an Bendler. »Du hast gesagt, deiner sei abhandengekommen.«

»Wie verliert man einen Baseballschläger, wenn man diesen Sport gar nicht betreibt?«, wollte Große Jäger wissen. »Ich bin es leid. Sie werden vorläufig festgenommen«, sagte er zu Bendler.

Dem Elektriker standen die Schweißperlen auf der Stirn. »Meiner ist gestohlen worden«, keuchte er.

Joostmeier schüttelte den Kopf und fasste sich an die Stirn. »Harald. Lass es sein. Auch der Dümmste erkennt, dass du lügst.«

Große Jäger lachte. »Sie verbreiten Heiterkeit. Da stellt sich jemand zum Schutz vor Einbrechern einen Baseballschläger hinter die Haustür, und ausgerechnet der wird gestohlen.« Urplötzlich schlug er mit der Faust auf die Tischplatte. »Jetzt reicht es. Spielen Sie uns hier keine Schmierenkomödie vor.« Er warf Bendler einen scharfen Blick zu und drohte mit dem Zeigefinger. »Ich will auch nicht hören, dass Sie Ihren Schläger bei einer nächtlichen Auseinandersetzung mit unbekannten Ausländern verloren haben.«

Bendler sackte in sich zusammen. »Ich sage nichts mehr.«

Große Jäger gab Cornilsen einen Wink und bedeutete ihm, Bendlers Haus zu durchsuchen. Nach wenigen Minuten kehrte der Kommissar zurück.

»In der Garage liegt Sägemehl. An die Wand gelehnt liegt eine Bügelsäge. An den Zähnen befinden sich noch Reste des Sägegutes.«

Der Oberkommissar baute sich vor Bendler auf.

»Sie haben mit Ihrem Baseballschläger auf Ridvan Dushi eingeschlagen. Dann sind Sie nach Hause zurückgekehrt, haben überlegt, wie Sie sich der Mordwaffe entledigen können. Ihre Idee war, den Schläger zu zersägen und … Haben Sie einen Kamin?«

»Einen Kaminofen«, hauchte Bendler.

»Sie haben die Teile des Baseballschlägers verbrannt. War es Ihre Idee, sich als Ersatz für die Tatwaffe den Schläger von Joostmeier zu besorgen?«

Bendler sah den Oberkommissar aus tief liegenden Augen an. Seine Lider zuckten nervös.

Joostmeier rückte demonstrativ noch ein paar Zentimeter weiter von Bendler ab.

»Harald!«, sagte er und ließ alle Verachtung in diesem einen Wort mitschwingen.

»Wollen Sie behaupten, nichts gewusst zu haben?«, fragte Große Jäger.

Der Finanzbeamte verschränkte die Arme vor der Brust.

»In der Tat«, sagte er. »Es ist zutreffend, dass ich für uns alle«, dabei zeigte er der Reihe nach auf seine Mitstreiter, »die Baseballschläger besorgt habe. Wir waren schockiert von der Brutalität, mit der die Täter in Schobüll vorgegangen sind. Vielleicht war es aus dieser Überlegung heraus eine Kurzschlussreaktion, dass wir meinten, unsere Frauen und Kinder schützen zu müssen. Ich gebe zu, es ist keine gute Idee, sich mit Baseballschlägern auszurüsten. Aber«, betonte er, »das ist nicht strafbar.« Dann zeigte er seine beiden Handflächen. »Ich habe nicht geahnt, dass die Baseballschläger gegen Menschen eingesetzt werden. Glauben Sie mir, ich hätte es verhindert.«

In diesem Augenblick empfand Große Jäger tiefe Verachtung für Joostmeier, den er für den Kopf des Bürgerselbstschutzes hielt und der eiskalt seine Nachbarn opferte. Leider war sein Alibi unwiderlegbar.

»Bendler war aber nicht allein unterwegs«, fuhr Große Jäger grimmig fort. »Sie sind mit Roggensacks Auto dem Golf der Einbrecher gefolgt. Dafür gibt es Zeugen. Wo ist das Fahrzeug?«

Er sah Roggensack an.

Der holte tief Luft und blies die Wangen auf. »So eine verdammte Sauerei«, stieß er erregt hervor. »Der steht in meiner Garage und ist unbrauchbar. Bendler hat mir auf der Rückfahrt den ganzen Wagen vollgekotzt. Den Gestank kriegst du nie wieder raus. Und richtig sauber gemacht … Das hat er auch noch nicht.« Roggensack ballte die Faust in Richtung seines Nachbarn. »Sieh zu, dass du in die Puschen kommst. Eins sag ich dir: Für den Ausfall des Wagens kommst du auf. Bis auf den letzten Cent.«

»Haben Sie auch etwas abbekommen von Bendlers Übelkeit?«, wandte sich Große Jäger an Rahn.

»Zum Glück habe ich hinten gesessen. Ich hatte Mühe, nicht auch zu kotzen. So eklig war das.«

Große Jäger unterdrückte ein Lachen. Alle drei hatten damit eingestanden, dass sie in dem Fahrzeug gesessen hatten und gemeinschaftlich am Überfall auf Dushi beteiligt waren. Er konfrontierte die Männer damit.

»Scheiße«, fluchte Roggensack. »Drei Mal Scheiße.«

Rahn zuckte resigniert mit den Schultern. »Ja«, sagte er leise, »ich war mit. Ich habe immer wieder gesagt: ›Harald, hör auf. Lass das sein.‹ Aber Bendler war wie von Sinnen.«

»Du falscher Hund«, schrie Bendler los. »›Hau zu. Schlag das Schwein tot‹, hast du geschrien. Und als der Jugo auf dem Boden lag, hast du nach ihm getreten. Wenn Roggensack dich nicht zurückgerissen hätte, hättest du gar nicht mehr aufgehört.«

»Stimmt das?« Die Frage galt Roggensack.

Der nickte geistesabwesend.

»Ihr wollt mir etwas in die Schuhe schieben«, brüllte Rahn. »Da mache ich nicht mit.« Er packte Große Jäger am Ärmel und zog daran. »Herr Kommissar. Ich sag alles aus. Ich lass mich da nicht mit hineinziehen. Bendler ist wie eine Furie mit dem Baseballschläger auf den Jugo los. Er hat die Keule geschwungen und den Flüchtenden von hinten auf der Schulter getroffen. Als der in die Knie ging, da hat er auf ihn eingeprügelt.«

»Haben Sie das auch so gesehen?«, fragte der Oberkommissar Roggensack.

»Das war alles nicht beabsichtigt. Er«, dabei zeigte er auf Rahn, »hat uns informiert, dass die Einbrecher nachts in Hattstedt aufkreuzen sollten. ›Die Scheißkerle schnappen wir uns‹, hat Rahn gesagt. ›Die machen wir fertig.‹«

»Ist ja gar nicht wahr«, protestierte der Rentner.

Große Jäger unterband den Streit mit einer Handbewegung. »Von wem haben Sie die Information über den geplanten Einbruch? Ist es nicht seltsam, dass die Täter sich vorher ankündigen?«

»Das war ein anonymer Anruf. Die Rufnummer war unterdrückt. Der Anrufer behauptete, aus sicherer Quelle zu wissen, dass nachts ein Einbruch in unserer Siedlung stattfinden sollte. So haben wir uns auf die Lauer gelegt.«

»Ein anonymer Anruf. Kam Ihnen das nicht eigenartig vor?«

»Darüber hat sich keiner Gedanken gemacht. Wir waren alle stinksauer. Ich habe versucht, Joostmeier auf dem Handy anzurufen. Aber der hat nicht abgenommen.«

»Wäre ich doch nur rangegangen«, beklagte sich der Finanzbeamte zerknirscht. »Ich hätte die drei von der Wahnsinnstat abgehalten.«

Es klang für Große Jäger verlogen. Der Oberkommissar war überzeugt, dass Joostmeier von der Aktion wusste und das Gespräch mit Bedacht nicht angenommen hatte. So, wie er sein Alibi für diesen Abend geplant hatte.

»Haben Sie die Stimme erkannt, die Ihnen die anonyme Nachricht übermittelt hat?«, wollte Große Jäger von Rahn wissen.

Der Rentner dachte angestrengt nach. »Die Stimme kam mir irgendwie bekannt vor. Ich glaube, sie schon einmal gehört zu haben.«

»War es Joostmeier?«

»Das ist die Höhe! Mir geht das alles gegen den Strich. Das ist der Dank dafür, dass man sich für die Nachbarn einsetzt. Was hättet ihr alle gemacht? Jeder mault herum, aber alle sind zu träge, selbst die Initiative zu ergreifen. Ich habe gesagt, wir sollten uns passiv zur Wehr setzen. Zu keiner Zeit habe ich davon gesprochen, Gewalt anzuwenden. Das ist einzig Sache der Polizei.«

Dabei sah er um Zustimmung bittend Große Jäger an, nachdem er zuvor seine Nachbarn ins Visier genommen hatte.

Der Oberkommissar durchschaute das Manöver. Joostmeier war nur daran gelegen, sich von den anderen zu distanzieren. Er wusste, dass ihm als Beamten auch disziplinarische Konsequenzen drohten, wenn es gelänge, ihm eine Mittäterschaft nachzuweisen.

Roggensack fuchtelte wild mit dem Arm in der Luft herum. »Hör doch auf, du Scheinheiliger«, schrie er Joostmeier an. »Du hast hier gesessen und uns scharfgemacht. ›Man muss den Typen den Kopf wegblasen‹, hast du gesagt. Ja – so war es doch. Oder?«

Fragend sah er Bendler, dann Rahn an. Die wechselten einen schnellen Blick und senkten dann ihre Köpfe. Sie saßen zwischen allen Stühlen und wollten weder Joostmeier beschuldigen noch Roggensack widersprechen.

»Herr Bendler«, ergriff Große Jäger das Wort. »Sie sitzen am tiefsten in der Tinte. War es so, wie Roggensack sagte?«

Der Angesprochene nagte an der Unterlippe und suchte Rahns Blick. Der starrte angestrengt auf seine Fingerspitzen.

»Los, Bendler. Wir wollen hier keine Wurzeln schlagen.« Große Jäger war ungeduldig.

»So in der Art, ja – schon.«

»Harald!«, rief Joostmeier dazwischen.

»Na – vielleicht nicht wörtlich«, druckste Bendler herum.

»Andy«, dabei zeigte Roggensack auf Joostmeier, »hat die Hand immer wie eine Pistole geformt und sich dann ans Auge gehalten. ›Durch die Brust ins Auge.‹ Stimmt doch, oder?«

Jetzt nickte Rahn vorsichtig. So war der zweite Albaner erschossen worden.

»Können Sie das bestätigen?«, fragte der Oberkommissar Bendler.

Der nickte kaum merklich.

Joostmeier schlug sich mit der flachen Hand gegen die Stirn. »Was seid ihr für Schwachgeister. Das ist eine Redewendung. Die hat doch nichts mit dieser Sache zu tun. Euer Horizont reicht nicht so weit, dass ihr Dinge strukturiert angeht. Alles muss kompliziert sein. Das zeigt, dass ihr nicht einmal diesen Spruch kapiert habt.«

»Aber das mit dem … mit dem … man müsste denen den Schädel einschlagen – das hast du gesagt.« Bendler war vor Erregung ins Stottern geraten.

»Ich habe gesagt, wenn die Leute uns in unseren Häusern

überfallen, müssen wir uns wehren können«, behauptete Joostmeier.

»Was sagen Sie dazu?«, wollte Große Jäger von Rahn wissen.

Der Rentner hielt sich die Hände seitlich an die Schläfen. »Hört auf«, jammerte er. »Ich kann das nicht mehr mit anhören. Alles ist konfus. Ich weiß nicht mehr, was wann war.«

»Sie müssen sich erinnern«, forderte ihn Große Jäger auf. »Wie war das am Sonntagabend? Sie haben den anonymen Anruf erhalten. Von wem?«

»Ihre Suggestivfragen sind unzulässig«, mischte sich Joostmeier ein.

»Fühlen Sie sich angesprochen?«, entgegnete Große Jäger. »Ich wollte nur wissen, ob bei Rahn das Erinnerungsvermögen wieder vorhanden ist.«

»Ich kann es nicht sagen«, versicherte Rahn. »Ich war in dem Augenblick auch so angespannt, dass ich nicht darauf geachtet habe.«

»Und dann?«

»Joostmeier war nicht erreichbar. Also habe ich Bendler angerufen. Der hat Roggensack informiert, und wir, Bendler und ich, haben uns kurz darauf bei mir getroffen. Abends um neun Uhr haben wir uns erneut bei mir zusammengefunden. Das heißt – Roggensack kam später. Er hat ja in Husum gearbeitet. Bendler hatte den Baseballschläger mitgebracht. Roggensack behauptete, seinen vergessen zu haben.«

»Stimmt nicht«, mischte sich Roggensack ein. »Ich laufe nicht mit einem Totschläger durch die Gegend. Das war Absicht.«

Erneut brandete der Streit auf, wer log. Die Männer bezichtigten sich gegenseitig der Unwahrheit, während Joostmeier eine Spur Zufriedenheit auf seinem Gesicht zeigte. Er war froh, dass sich die anderen stritten.

»Wir mussten lange warten und wollten schon aufgeben, als gegen halb zwölf der rote Golf langsam durch die Siedlung fuhr.«

»Woher kannten Sie das Auto?«, fragte Große Jäger.

»Das hatte der Anrufer gesagt.«

»Kam es Ihnen nicht merkwürdig vor, dass jemand so präzise Angaben lieferte?«

»Am Sonntag? Nein. Darüber haben wir nicht nachgedacht.«

»Stimmt«, pflichtete Bendler bei.

»Ich war nicht dabei, sondern kam erst später dazu«, verteidigte sich Roggensack.

»Und keiner kam auf die Idee, die Polizei zu verständigen?«, wollte Große Jäger wissen.

»Nee. Es war ja nichts passiert«, erklärte Bendler.

»Die kommt doch sowieso nicht«, behauptete Rahn.

»Dann tauchte der rote Golf auf«, sagte Große Jäger.

Roggensack nickte. »Genau. Wir also raus aus dem Haus. Der Golf machte eine Wende und fuhr davon. Wir zu meinem Auto …«

»Warum Ihres?«, unterbrach ihn der Oberkommissar.

»Zufall«, erklärte Roggensack. »Der stand vor der Tür. Ich war damit aus Husum gekommen. Wir sind dem Golf gefolgt.«

»Zuerst fuhr er ganz bedächtig«, ergänzte Rahn. »Bis zum Quanteweg. Es sah so aus, als würde er etwas suchen. Kirchenweg. Mal hier, mal da. Schließlich ist er De Straat längs und an der Bundesstraße Richtung Husum abgebogen. Der musste sich hier auskennen. Am Ende vom Dorf ist er auf die alte Husumer Straße, und dann hat er Gas gegeben. Wie ein Bekloppter. Roggensack hinterher. Ich habe gedacht, wir fliegen von der Straße. Mit Schmackes in die Kurve bei Kronenburg, durch den Kreisverkehr und rein nach Husum. Der Typ hatte Dusel, dass so wenig Verkehr herrschte. Mein Gott. Das hätte gekracht.«

»Sie waren aber genauso schnell und rücksichtslos unterwegs«, sagte Große Jäger.

»Das ist doch etwas anderes«, behauptete Roggensack. »Wir hätten ihn doch sonst aus den Augen verloren.«

»Das wär auch fast passiert«, stimmte Rahn zu. »Im Westerkampweg auf Höhe des Parkplatzes an der Ecke Kreuzer Straße hat der Golf plötzlich gebremst. Die beiden Insassen sind raus und jeder in eine andere Richtung geflüchtet. Der eine ist quer über den Parkplatz, um die Hausecke und dann den Fußweg längs. Roggensack war dicht hinter dem Golf. Hat gehalten und wir dann raus und nix wie hinterher.«

»Hinter beiden?«

»Nee, nur dem einen, also nicht dem, der den Fußweg längs ist.«

»Sie hätten sich aber aufteilen können?«

»Wie soll das denn gehen?« Rahn warf Große Jäger einen vorwurfsvollen Blick zu. »Dann hätte ja einer allein den anderen verfolgen müssen. Das sind gefährliche Verbrecher. Die sind skrupellos. Nix. Wir also hinter dem einen hinterher. Der war jung und schneller als wir. Aber Bendler hatte Glück und hat ihn mit der Keule erwischt. Da ist der Typ ins Straucheln gekommen und hat sich umgedreht.« Plötzlich ging ein Aufleuchten durch Rahns Gesichtszüge. »Der hatte ein Messer in der Hand. Der wollte uns abstechen. Uns kaltmachen.«

»Wo ist das Messer geblieben? Am Tatort wurde es nicht gefunden.«

»Weiß ich doch nicht«, antwortete Rahn. »Vielleicht haben Sie es übersehen?«

Für Große Jäger stand fest, dass es eine Schutzbehauptung war, die unzutreffend war, auch wenn Roggensack und Bendler nach kurzem Zögern sofort zustimmten.

»Das war reine Notwehr«, fuhr Rahn fort. »Bendler hat uns gerettet.«

»Indem er mehrfach mit dem Baseballschläger auf Dushi eingewirkt hat?«

»Im Affekt, Herr Kommissar«, bestätigte Rahn. »Obwohl ich erst nach den beiden bei dem Typen war. Da lag er schon auf dem Boden. In meinem Alter … da ist man nicht mehr der Schnellste.«

»Und warum haben Sie noch auf das wehrlose Opfer eingetreten?«

»Hab ich doch nicht«, sagte Rahn. »Ich bin gestolpert. Unfreiwillig. Ich trete doch keine Menschen.«

»Und wie oft sind Sie in Dushi hineingestolpert? Sie vergessen, dass wir das mit Hilfe wissenschaftlicher Methoden herausfinden können.«

Rahn zog die Stirn kraus und schwieg.

»Hat Sie jemand bei der Tat beobachtet?«

»Da kamen zwei von der Hauptstraße aus Richtung Stadt.«

Das mussten die Afghanen gewesen sein, überlegte Große Jäger. Die Aussagen deckten sich.

»Da sind wir weg«, ergänzte Roggensack. »Bis zur Ecke. Da geht's nur linksrum. Einmal um das Karree und zwischen Volkshochschule und Teppichladen wieder auf die Schobüller. Das ging alles so schnell.«

»Wenn es Notwehr war, hätten Sie von der Polizei nichts zu befürchten gehabt.«

Roggensack kratzte sich den Schädel. »Das sagen Sie. Wir kennen solche Situationen nicht. Wir waren in Panik geraten.«

»Jawohl, Panik«, bestätigten Bendler und Rahn einmütig.

»Hat jemand von Ihnen eine Schusswaffe?«, fragte Große Jäger zum Abschluss.

Alle vier verneinten, sahen dabei aber Joostmeier an.

»Was soll das?«, fragte der aufgebracht.

»Du hast doch gesagt, in Amerika wäre es einfacher. Da hat jeder eine Waffe im Haus. Und wenn ein Eindringling kommt, schießt man den ab. Da kräht kein Hahn nach«, erklärte Roggensack.

Joostmeier sagte, das sei alles aus dem Zusammenhang gerissen. »Wir haben in einem ganz anderen Kontext darüber gesprochen. Das ist doch nicht vergleichbar.«

»Du biegst alles so zurecht, wie es dir am besten passt«, stellte Roggensack fest.

»Wir werden jetzt in Ihren Häusern eine Durchsuchung vornehmen«, erklärte Große Jäger und ignorierte die schwachen Proteste.

»Was sollen die Kinder denken?«, fragte Bendler.

»Was soll das Opfer denken, das Sie zusammengeschlagen haben?«, erwiderte Große Jäger.

»Der hat doch selbst Schuld«, erklärte Rahn. »Niemand hat ihn aufgefordert, in fremde Häuser einzusteigen. Ich möchte wetten: Die Leute sind uns dankbar.«

Joostmeier hatte den Zeigefinger erhoben und wollte sich zu Wort melden.

»Die Hausdurchsuchung – die gilt aber nicht für mich.«

»Doch«, erklärte Große Jäger.

»Das ist rechtswidrig.«

Der Oberkommissar lächelte und nickte bedächtig. »Alles, was wir heute Abend hier aufgedeckt haben, ist rechtswidrig. Da kommt es auf Ihre Unterstellung nicht mehr an. Außerdem ist Gefahr im Verzug. Die Zeugen hier …« Als er auf Roggensack, Bendler und Rahn zeigte, lachte Joostmeier höhnisch auf, »geben an, dass Sie im Besitz einer Schusswaffe sind. Die gilt es sicherzustellen.«

»Ich versichere Ihnen als Beamter, dass das nicht zutreffend ist.«

Es half nichts. Mit Unterstützung der Beamten der Schutzpolizei führten sie bei Roggensack, Bendler und Rahn eine Hausdurchsuchung durch. Ohne Ergebnis.

Anschließend durchkämmten sie Joostmeiers Haus, nachdem der mit einem befreundeten Anwalt, so erklärte er, telefoniert hatte.

»Walter«, so nannte er den Juristen, musste ihm wohl dargelegt haben, dass die Aktion der Polizei rechtens war.

»Wilderich«, rief einer der Streifenpolizisten aus dem Hauswirtschaftsraum. »Hier ist etwas.«

Den Raum erreichte man durch die Küche. In ihm befand sich nicht nur die Heizung, hier standen auch Waschmaschine und Trockner. An den freien Wänden waren Regale angebracht, auf denen Vorräte gelagert waren. In einer Ecke hatte Joostmeier Platz für Werkzeuge frei gehalten.

Der Beamte zeigte auf ein Leinentuch. »Öl«, sagte er. »Und zwar Feinöl. Damit sind nicht die Achsschenkel des Pkws geschmiert worden.«

Tatsächlich war nur ein leichter dunkler Film auf dem Tuch, einem zerschnittenen Bettlaken, zu sehen.

»Gutes Auge. Prima Instinkt«, lobte der Oberkommissar den Kollegen. »Dein Tipp?«

»So pflegt man Waffen«, meinte der Beamte.

Das war denkbar. »Und was ist das?« Große Jäger bückte sich. »Ein universell einsetzbares Reinigungsmittel. Wirkt antibakteriell. Löst hartnäckige Verkrustungen. Ein richtiger Zaubertrank. Wozu benötigt man so etwas in einem privaten Haushalt? Ist kaum benutzt. Nur ein wenig. Ob man damit Schmauchspuren beseitigen kann? Jemand wie Joostmeier denkt an alles.«

Er rief den Hausherrn zu sich und zeigte auf den Fund.

»Können Sie mir das erklären?«

Joostmeier starrte auf das Tuch.

»Das hat nichts damit zu tun«, behauptete er. »Das ist privat.«

»Hier ist überhaupt nichts privat«, schnauzte ihn Große Jäger an. »Das ist Waffenöl.«

»Nein«, behauptete Joostmeier. »Das ist Feinöl. Richtig ist, dass ich es zur Pflege benutze.«

»Wo ist die Pistole, die Sie damit geölt haben?«

Ein arrogant wirkendes Lächeln erschien auf Joostmeiers Gesicht.

»In unserem Schlafzimmer.«

»Das wollen wir sehen.«

»Bitte.« Die Stimme troff vor Überheblichkeit.

Im Schlafzimmer öffnete Joostmeier die verspiegelte Schiebetür, streckte sich und fingerte hinter einem Stapel Pullover ein Holzkästchen hervor.

»Geben Sie es mir«, forderte Große Jäger.

Der Finanzbeamte reichte ihm das polierte Kästchen mit dem kunstvollen Verschluss. Der Oberkommissar schob den kleinen Sperrriegel zur Seite und ließ den Deckel aufspringen. Der Innenteil war mit Samt ausgeschlagen. Unter einem weichen Tuch fand sich eine Duellpistole.

»Eine französische Steinschlosspistole, die von der Marine benutzt wurde. Anfang des 19. Jahrhunderts«, erklärte Joostmeier in herablassendem Ton. »Eine handwerklich hergestellte Replik aus nicht waffenfähigem Material. Ich bewahre die Sachen hier oben auf, damit sie nicht den Kindern in die Hände fallen.« Er zeigte auf den Wäschestapel. »Da liegen noch ein 45er Colt Peacemaker der US-Kavallerie, Baujahr 1873. Oben auf dem Schrank verwahre ich eine Winchester 73 und den berühmten Henrystutzen auf. Alles Repliken. Glauben Sie im Ernst, ich würde damit Menschen erschrecken, geschweige denn erschießen?«

Große Jäger ärgerte sich über das Auftreten Joostmeiers. Mit Unterstützung zweier Polizisten ließ er den kompletten Kleiderschrank ausräumen, begleitet von den Drohungen Joostmeiers, dass diese Willkürmaßnahme, wie er es nannte, nicht folgenlos für den Oberkommissar bleiben werde.

Die Durchsuchung blieb ebenfalls ergebnislos. Joostmeier verbarg nichts, was gegen ihn verwendet werden konnte. Es gab nicht einmal einen Grund, ihn mit auf die Husumer Polizeidienststelle mitzunehmen.

»Sie ereifern sich an der falschen Stelle. Bringen Sie Ihre Energie dort ein, wo sie effizient ist«, riet Joostmeier den Beamten bei deren Abzug.

Große Jäger fiel es schwer, dem feixenden Mann nicht den ausgestreckten Mittelfinger zu zeigen.

Sie nahmen die anderen drei Männer mit nach Husum, behandelten sie dort erkennungsdienstlich und ließen sie in die Arrestzellen bringen. Diese Erfahrung schien die drei zu beeindrucken. Besonders Bendler. Er war leichenblass und strauchelte auf dem Weg in den Keller, sodass der begleitende Polizist unterstützend zugreifen musste.

Mittlerweile war es kurz vor Mitternacht. Cornilsen rief noch einmal seine Mailbox ab. Aus Flensburg erfuhren sie, dass man erneut versucht hatte, Ridvan Dushi zu vernehmen. Der Albaner wollte keine Auskunft geben, sondern forderte, umgehend in seine Heimat ausgeliefert zu werden. Er drohte mit dem Europäischen Gerichtshof und der UNO – tatsächlich hatte er die UNO erwähnt – und wollte das Rote Kreuz einschalten, weil man ihn rechtswidrig und gegen seinen Willen im Folterstaat Deutschland festhielt. Behauptete er. Dushi zeigte sich aber erschrocken, als er erfuhr, dass man seinen Komplizen gefunden hatte. Tot. Erschossen.

Für einen Moment, berichteten die Flensburger, hatte er die Fassung verloren und verraten, dass es sich dabei um einen Landsmann aus seiner Heimatstadt Shkodra handele. Arsen Gurakuqi war Asylbewerber und vierundzwanzig Jahre alt, hatten die Flensburger inzwischen herausgefunden. Er war der Gemeinde Karlstein bei Aschaffenburg zugewiesen worden, dort aber plötzlich verschwunden und untergetaucht.

»Arsen – den Vornamen kennen wir«, dachte Große Jäger laut nach. »Die Afghanen haben ihn erwähnt und gesagt, der zweite Albaner, der in die Wohnung eingezogen und sie ebenso wie Dushi schikaniert hätte, würde so heißen.«

ZEHN

Große Jäger hatte die kurze Nacht in seiner Husumer Wohnung zugebracht und darauf verzichtet, nach Garding zu fahren. Ihm wurde bewusst, dass es fast zu einer Selbstverständlichkeit für ihn geworden war, die freie Zeit im Haus von Heidi Krempl zu verbringen. Ihre Versuche, ihn zu manch einer Verhaltensänderung zu bewegen, überhörte er mit stoischem Gleichmut. In einigen Punkten mochte sie recht haben, gestand er sich ein. Rauchen war ungesund. Davon zeugten auch die »lustigen Bilder«, wie er die der Abschreckung dienenden Aufdrucke auf den Packungen nannte.

»Das ist verlogen«, argumentierte er. »Wenn man wollte, würde man das Rauchen verbieten. Aber was kümmert den Finanzminister schon der Tod von einhundertvierzigtausend Nikotinsüchtigen im Jahr, wenn auf der anderen Seite vierzehn Milliarden Euro Tabaksteuer in die Kasse gespült werden. Jedes Tabakopfer ist somit einhunderttausend Euro wert«, hatte Große Jäger zynisch ausgerechnet. Wenn man ganz bösartig war … Es wurde schon für geringere Beträge gemordet.

Es war aber nicht nur der Tabakgenuss. Schließlich war Heidi Ärztin. Sie drängte ihn oft, an einem freien Tag nach Husum zu fahren. Heidi erklärte, sie würde ihm beratend zur Seite stehen, wenn er seinen Bestand an Kleidung erneuerte. Er war es manchmal leid, ihren Attacken argumentativ begegnen zu müssen. Trotzdem. Er mochte das Miteinander nicht mehr missen.

Jetzt saß er wieder am Schreibtisch, trank vom heißen Kaffee, den Cornilsen ihm besorgt hatte, und starrte auf das Telefon.

»Siehste«, sagte er, als sich der Apparat meldete, »nicht nur du kannst zaubern. Ich auch.«

Das Landeskriminalamt hatte sich wieder einmal selbst übertroffen und gab Vorabergebnisse durch. Große Jäger war fast ein wenig enttäuscht, als »nur« ein Mitarbeiter und nicht Frau

Dr. Braun persönlich die Neuigkeit mitteilte. Die Rechtsmedizin hatte Kratzer auf Gurakuqis Hand festgestellt. Sie stammten von Hildegard Lüttschwager. Unter deren Fingernägeln waren Hautpartikel gefunden worden, die eindeutig Gurakuqi zugeordnet werden konnten. Das galt auch für sichergestellte Spermaspuren. Auch im Haus der alten Nebendahls waren seine Spuren gefunden worden.

Große Jäger atmete tief durch. Er hatte keinen Zweifel daran gehabt, dass die beiden Albaner als Täter für die Einbrüche, aber auch für die Übergriffe auf die Frau des Apothekers und das alte Ehepaar Nebendahl verantwortlich waren. Jetzt lagen unwiderlegbare Beweise vor. Da gegen Tote nicht ermittelt wird, mussten sie die Akte Arsen Gurakuqi schließen, zumindest hinsichtlich der von ihm begangenen Straftaten.

Für die Einbrüche und Gewaltverbrechen würde sich Ridvan Dushi allein vor Gericht verantworten müssen. Dank der wissenschaftlichen Methoden der Forensik dürfte es dem Albaner aber schwerfallen, seine Beteiligung zu leugnen. Dieser Teil der Ermittlungen war fast abgeschlossen.

Große Jäger brachte einen leisen Fluch zwischen den Zähnen hervor. Fast abgeschlossen. Noch warteten die Protokolle auf die Erledigung. Er warf Cornilsen einen verstohlenen Blick zu. Ganz würde er diese Aufgabe nicht dem Kommissar zuschieben können.

Der Baseballschläger, den sie bei Bendler sichergestellt hatten, war hinsichtlich des Materials identisch mit den Mikrospuren, die Dr. Petersen aus Dushis Wunde extrahiert hatte. Es kam noch besser. An den Zähnen der Säge, die in Bendlers Garage lehnte, fanden sich DNA-Spuren Dushis. Damit lagen auch Beweise für die Täterschaft des Hattstedter Selbstschutzes vor. Es ärgerte ihn, dass Andreas Joostmeier möglicherweise unbeschadet bleiben könnte. Dem Scharfmacher war nichts nachzuweisen.

Große Jäger lehnte sich zurück und verschränkte die Hände hinter dem Nacken.

»Was ist das bayerische Alpenpanaroma gemessen an den Höhen und Tiefen, die wir durchleben müssen«, philosophierte er. »Ich muss gestehen, dass ich nicht jeden Fall mit professioneller Distanz betrachte. Tatfolgen wie jene, die die Familie Lüttschwager getroffen haben, berühren mich. Dafür sind wir heute aber auf einem Gipfel, haben klare Sicht und die Fälle gelöst.«

»Nicht ganz«, warf Cornilsen sein. »Du vergisst, in eine Richtung zu sehen, in der noch Nebel herrscht.«

»Du hast eine besondere Gabe, einem die kleinen Freuden des Tages zu vergällen«, beklagte sich Große Jäger in gespieltem Beleidigtsein und sah auf das Telefon. »Wir warten auf weitere Informationen aus Kiel, zum Beispiel von der Ballistik.«

Der Bericht der Kieler Kriminaltechniker traf per Mail ein. Arsen Gurakuqi war mit einer Heckler & Koch USP erschossen worden.

»Kaliber 9 x 19 mm «, las Cornilsen vor. »Vermutlich mit dem Abzugssystem SA/DA.«

»Das führt uns nur bedingt weiter«, erwiderte Große Jäger. »Die Waffe ist nach meiner Kenntnis für das Militär und behördenspezifische Aufgaben, also Polizei, Zoll und Ähnliches, entwickelt worden. Sie ist universell einsetzbar. Der Hersteller wirbt mit hoher Zuverlässigkeit und Präzision im Schuss. Das klingt nicht gut für den Gegner des Schützen. Dafür wird erwähnt, dass das patentierte Puffersystem die Rückstoßkräfte minimiert und die Hand des Schützen schont. Da macht sich der Waffenhersteller Gedanken darüber, dass es dem Schützen gut geht. Vom Opfer spricht hier niemand.«

Große Jäger sah über die Schulter und hob den rechten Arm. »Ist ja gut, Christoph. Ich weiß, was du jetzt sagen würdest. Aber da draußen laufen nicht nur Pazifisten herum. Sonst müssten wir uns nicht mit diesem Fall beschäftigen.« Er wandte sich Cornilsen zu. »Christoph hat nie eine Pistole getragen. Sein Credo war stets, dass das Wort die stärkste Waffe des Polizisten ist.« Er pfiff leise durch die Zähne. »Das klingt fast schon ein wenig pervers. Hör dir das mal an: ›Die USP bietet noch mehr. Als modulares System ermöglicht sie einen individuellen Zuschnitt von Sicherungs- und Abzugseinrichtungen für jeden Anspruch.‹ Und bevor du jetzt in eine Diskussion einsteigst, unterstellen wir, dass die Waffe nur den Guten zugänglich gemacht werden soll und Polizei und Zoll einen zuverlässigen Selbstschutz benötigen. Würden die Kriminellen auf tödliche Waffen verzichten, könnten die Polizisten mit dem Gummiknüppel auskommen. Leider sieht die Wirklichkeit aber anders aus. Wir können unsere Soldaten auch nicht mit Holzknüppeln losschicken. Und das für sie entwickelte Waffenmaterial ist auch in die Hände von Terroristen gefallen.«

Cornilsen war Große Jägers Ausführungen stumm gefolgt. »Das passt nicht zu den Patronenhülsen, die von Nebendahls Ballerei übrig geblieben sind. Der kommt nicht als Mörder Gurakuqis in Frage.«

»Das haben wir auch nie geglaubt, auch wenn Heiko Nebendahl groß herumgetönt hat, dass er mit seinen Kumpeln aus der örtlichen Einbruchszene die Täter bis in die Hölle jagen werde.«

»Hmh.« Der Oberkommissar schloss die Augen. »Drei der vier Hattstedter Selbstschützer haben Ridvan Dushi auf dem Gewissen. Joostmeier hat sich aus der Verantwortung gestohlen. Ich frage mich, warum er den Reiniger in seinem Haus hatte? Hat er noch eine gebrauchsfähige Waffe? Ihm ist alles zuzutrauen. Schließlich kennt er sich als Sammler mit Waffen aus. Gut – wir haben nur Repliken bei ihm gefunden. Aber wer sich dafür interessiert, wird auch wissen, welche scharfen Waffen auf dem Markt sind.«

»Ich verstehe deine Aversion gegen Joostmeier und dass du ihm gern etwas nachweisen würdest«, bremste Cornilsen die Euphorie des Oberkommissars. »Mir fällt aber noch jemand ein, der seine Finger im Spiel haben könnte.«

Große Jäger nickte versonnen. »Den habe ich nicht vergessen. Er ist nicht nur ein Profiteur der ganzen Sache, sondern wir haben bei ihm auch eine Waffe gefunden. Beides passt. Im Wilden Westen haben die Bounty Hunters …« Er wurde von Cornilsens Lachanfall unterbrochen.

»Bounty Hunters.« Der Kommissar verschluckte sich. »So einer mag hier an der Westküste gewütet haben. Aber was ist er gegen unseren *Big Hunter*?«

»Verhunze ruhig meinen Namen«, erwiderte Große Jäger und ließ seine offene Handfläche vom Kinn bis zum Bauchnabel herabfallen. »Dieser Spruch hat sooo einen Bart. Lass lieber hören, was du fachlich draufhast.«

»Wir haben bei dem Typen, der das Kopfgeld kassiert hat, eine Pistole Heckler & Koch USP entdeckt, für die er einen Waffenschein hat. Und genau mit einer solchen wurde Gurakuqi erschossen. So einen Zufall gibt es nicht.« Er erhob sich. »Außerdem wusste Baumkemper schon sehr früh, dass beide Täter aus dem Verkehr gezogen waren. Dushi liegt in der Flensburger Diako, Gurakuqi lag tot im Morast neben dem Hockensbüller Sielzug. Und bereits am frühen Morgen hat sich Baumkemper das Blutgeld beim alten Lüttschwager abgeholt. Merkwürdig. Auch selbst ernannte Genies morden nicht fehlerfrei.«

»Gut, Hosenmatz«, lobte ihn Große Jäger. »Dann gehen wir ihn holen.«

»Mit welchem Aufgebot? Schließlich ist er bewaffnet.«

»Wie viel hat der nordische Steuerzahler in deine Ausbildung investiert?«, antwortete Große Jäger mit einer Gegenfrage.

»Okay«, seufzte Cornilsen. »Dann tun wir das machen.«

Im Hotel erfuhren sie, dass Michael Baumkemper ausgecheckt hatte. Er hatte keine Information über sein nächstes Ziel hinterlassen.

»Das ist auch nicht üblich«, versicherte die Rothaarige an der Rezeption. Dafür verriet sie, dass der Gast sich viel Zeit beim Frühstück gelassen und erst vor einer halben Stunde das Haus verlassen hatte.

»Wenn du dir deiner Sache absolut sicher bist … Wohin fährst du?«, wollte Große Jäger wissen.

»Ich muss nicht flüchten.« Cornilsen legte die Stirn in Falten. »Also fahre ich in aller Ruhe nach Hause. Hmh. Von hier gibt es zwei Möglichkeiten, in den Süden zu gelangen. Die Bundesstraße bis Heide und dann auf die Autobahn. Oder nach Schleswig und dann auf die A 7.«

Er wartete Große Jägers Antwort nicht ab, sondern rief Hilke Hauck an und bat sie, Unterstützung beim Heider beziehungsweise Schleswiger Revier anzufordern und den VW Sharan mit dem hannoverschen Kennzeichen abzufangen.

Sie wurden auf eine harte Geduldsprobe gestellt. Nach eineinhalb Stunden zermürbenden Wartens war Baumkemper an den Kontrollposten nicht aufgetaucht.

»Nach menschlichem Ermessen muss er dort vorbeikommen«, sagte Große Jäger.

»Und wenn er schon durch war, als wir die Kollegen dort postierten?«

Große Jäger schüttelte den Kopf. »Glaube ich nicht. Die vereinten Strategen aus Politik und Landesbetrieb Straßenbau haben uns an der Westküste mit einer so traurigen Verkehrsinfrastruktur gesegnet, dass auch ein Kopfgeldjäger seine Zeit benötigt.«

Ihr Drängen half nichts. Die beiden Streifenwagen wurden wieder abgezogen.

»Stellt euch selbst dorthin«, empfahl der Schleswiger Verantwortliche, »statt in Husum Pharisäer zu trinken.«

»Ich schreibe ihn zur Fahndung aus«, sagte Cornilsen, als sie wieder auf der Dienststelle waren.

»Warte mal. Wenn du auf Geschäftsreise bist, einen guten Deal gemacht hast und nach Hause fährst … Bringst du deiner Frau etwas mit?«

»Allen?«, fragte Cornilsen und schob ein »Nö« hinterher.

»In Husum lässt es sich gut shoppen. Und Baumkemper hat keine Eile.«

Sie fuhren ins Cityparkhaus. Der Oberkommissar war nicht überrascht, als sie dort den VW Sharan fanden.

»Wie machst du das nur?«, wunderte sich Cornilsen und schmunzelte, als Große Jäger beide Hände auf den Schmerbauch legte und meinte: »Bauchgefühl. Und wer kann mehr davon aufweisen als ich?«

Anschließend forderte Große Jäger einen Streifenwagen an, der die Kontrolle an der Ausfahrt des Parkhauses übernehmen sollte.

Sie gingen durch das gut belegte Parkhaus, öffneten die Metalltür zum Treppenhaus und mussten sich am Ausgang durch die Menschentraube vor den beiden Kassenautomaten zwängen. Vor dem eigentlichen Parkhaus gab es weitere Abstellplätze, an denen ein schmaler Fußweg entlangführte. Jetzt sah es ein wenig trostlos aus, da man die Bäume schon weggenommen hatte. In Kürze würde das ganze Areal dem neuen Einkaufszentrum weichen müssen.

Im Durchgang zum Stadtzentrum begegneten ihnen Passanten, die ihre Einkaufstüten wie Beutestücke vor sich hertrugen. Baumkemper unterschied sich in diesem Punkt nicht von den anderen, als er bei der Bankfiliale um die Ecke bog. Er musste einen kleinen Bogen schlagen, weil auch heute dort ein Mann in ärmlicher Kleidung saß und den Vorbeieilenden einen leeren Pappbecher entgegenhielt.

Der Privatdetektiv hatte sie im selben Augenblick entdeckt, als sie ihn sahen. Er hielt einen Moment inne. Auch aus der Distanz spürte man, wie er überlegte. Zu Großes Jägers Überraschung drehte sich Baumkemper auf dem Absatz um und verschwand hinter dem Mauervorsprung.

»Los, Hosenmatz. Fass«, rief Große Jäger und fiel selbst in einen leichten Trab, während Cornilsen lossprintete.

Wenig später war das wütende Hupen eines Autofahrers zu hören. Als der Oberkommissar den Durchgang vom Parkhaus zur Großstraße erreichte, war von Baumkemper und seinem Verfolger nichts mehr zu sehen. Große Jäger sah in beide Richtungen. Wie üblich schoben sich Menschenmassen durch die Einkaufsstraße.

Die beiden mussten die Großstraße überquert und durch den schmalen Durchgang namens Twiete gelaufen sein, vermutete er. Der Durchlass war so eng, dass gerade zwei Personen nebeneinander gehen konnten. Seine Vermutung wurde durch ein älteres Paar bestätigt, das kopfschüttelnd aus der Twiete herauskam.

»Die sind doch mall«, schimpfte der Mann. »Rasen wie die Bekloppten längs und rempeln einen an.«

»Reg dich nicht auf, Herbert«, erwiderte seine Begleitung.

Große Jäger lief durch die Twiete Richtung Binnenhafen und wurde von den Blicken der Besucher der Konditorei am Eingang des Durchlasses verfolgt. Er warf einen Blick in den Schlüsseldienst, der hier sein kleines Geschäft betrieb. Am Ende der Twiete blieb er stehen. Gegenüber lag das »Tine Café«, geradeaus ging es zum neuen Rathaus. Nach rechts öffnete sich der Binnenhafen. Vor der malerischen Häuserfront hatte sich die Außengastronomie breitgemacht. Zahlreiche Gäste nutzten das Angebot.

Große Jäger sprach eine junge Frau an, die einen Kinderwagen schob. An der Hand hielt sie ein etwas größeres Kind.

»Die sind da runter«, antwortete sie bereitwillig und zeigte die Krämerstraße entlang.

Er beachtete nicht den Telefonladen, umrundete die Auslagen des Woll- und des Blumengeschäfts. Daneben standen die Körbe des Ein-Euro-Ladens, der in die Räume der ehemaligen Traditionsbuchhandlung eingezogen war, in der schon Theodor Storm seine Bücher gekauft hatte.

»Verzeihung«, rief er einer empört dreinblickenden Frau zu, die durch die Drehtür des weit über Husums Grenzen hinaus bekannten Modehauses kam, als er sie leicht touchierte.

Ein paar Meter weiter war er am Ziel. Vor der gläsernen Front der Buchhandlung hatte sich eine Menschentraube gebildet, die neugierig in den tiefen Laden hineinsah.

»Eh«, beschwerte sich ein Mann mit dicker Hornbrille, »nicht drängeln. Ich will auch was sehen.«

Große Jäger zwängte sich durch den Eingang. Im Vordergrund standen Gondeln mit aktuellen Taschenbüchern. Das Personal am linken Kassentresen starrte ebenso gebannt wie die Kunden in den hinteren Teil des Ladens.

Zwischen der Kartenverkaufsstelle für Veranstaltungen und dem Infostand sah er Cornilsen. Der Kommissar hatte die Hand vorgestreckt.

»Lassen Sie das, Baumkemper«, sagte er. »Es ist vorbei.«

Der Privatdetektiv stand mit dem Rücken zum etwas ruhigen hinteren Ladenbereich. Er hatte mehrere Einkaufstüten eng an seine Brust geklemmt und stierte an Cornilsen vorbei Große Jäger an.

Der Oberkommissar ging langsam auf Baumkemper zu. Er sah, dass der Hannoveraner nicht bewaffnet war. Keine Pistole. Kein Messer. Keine anderen gegen Menschen einsetzbaren Gegenstände.

»Na, Baumkemper? Wollten Sie Ihren Lieben zu Hause ein Andenken aus unserer schönen Stadt mitbringen? Was haben wir denn eingekauft?«

»Lassen Sie mich«, japste der Detektiv kurzatmig. »Lassen Sie mich.«

»Wir wollen nur ein wenig mit Ihnen reden. Kommen Sie.«

Große Jäger hatte den Mann erreicht und legte ihm fast freundschaftlich die Hand auf den Unterarm. Baumkemper ließ es geschehen. Dann baute sich der Oberkommissar vor ihm auf, sodass die Kunden der Buchhandlung es nicht verfolgen konnten.

»Es muss sein«, erklärte er und legte Baumkemper Handschellen an.

In einer der Tüten fand er einen Pullover, den er über die Hände legte, um die Fesseln zu verdecken.

Baumkemper ließ alles willenlos geschehen, auch als sie ihn in die Mitte nahmen und nach draußen führten.

»Was ist mit dem los?«, hörten sie einen Passanten fragen.

»Ist doch logisch. Ein Ladendieb«, erklärte ein anderer. »Das sieht man doch«, setzte er naseweis nach.

Sie führten Baumkemper über den Markplatz mit Husums Wahrzeichen in der Mitte, der Tine, zum Parkhaus. Niemand nahm Notiz von ihnen. Der Privatdetektiv sprach kein Wort. Widerstandslos ließ er alles mit sich machen. Er händigte den Polizisten den Autoschlüssel aus. Als sie Baumkemper zur Poggenburgstraße mitnahmen, hatten sie auch den Metallkoffer mit der Pistole dabei.

In seinem Büro öffnete Große Jäger den Koffer und schnupperte daran.

»Daraus ist vor Kurzem geschossen worden. Als wir die Waffe das erste Mal begutachtet haben, war sie penibel sauber. Warum haben Sie die Spuren nicht beseitigt?«

Baumkemper schien sich ein wenig gefangen zu haben. »Okay. Die Gegend hier ist einsam. Das habe ich ausgenutzt, um ein paar Übungsschüsse abzugeben. Das ist eine Ordnungswidrigkeit.«

»Wollen Sie uns verarschen?«, fauchte der Oberkommissar den Privatdetektiv an. »Sie sind kein pubertierender Jugendlicher. Man hält sich auf dem Schießstand fit. Aber nicht in der freien Natur. Gurakuqi wurde mit einer solchen Waffe erschossen.«

Schlagartig wurde Baumkemper leichenblass. »Nein!«, stammelte er.

»Doch«, hielt ihm Große Jäger entgegen. »Und Sie haben einen Grund gehabt, den Albaner zu ermorden. Zehntausend Euro.«

Baumkemper fuhr sich mit der Hand durchs Gesicht. »Das ist ein unzulässiger Trick von Ihnen«, behauptete er.

»Wenn wir jetzt Proben von der Kleidung und Ihrer Hand nehmen … finden wir dann Schmauchspuren?«

Baumkemper sah ihn verständnislos an. Dann schien er es begriffen zu haben. »Sicher. Ich sagte, dass ich die Waffe benutzt habe.«

»In diesem Punkt sind wir uns einig. Wir haben nur noch keinen Konsens darüber erzielt, wofür.« Große Jäger beugte sich über die Tischplatte und kam Baumkemper ganz nahe. »Gestehen Sie endlich ein, dass Sie Gurakuqi mit Ihrer Pistole erschossen haben.«

»Nein! Nein! Nein!«, schrie der Privatdetektiv. »Ich bringe keine Menschen um.«

»Ach nee. Sie haben keine Scheu davor, sie zu verletzen. Der Natodraht in Ihrem Rucksack. Sie haben es darauf angelegt, dass die Taschendiebe der Versuchung nicht widerstehen konnten. Wir wissen inzwischen auch, dass diese Idee von Ihnen nicht neu ist. Sie haben es schon im Großraum Hannover exerziert.«

Baumkemper stierte den Oberkommissar aus glasigen Augen an. »Sie wissen davon?«

»Ja.« Große Jäger nickte mehrfach. »Wir sind hier im äußersten Norden. Randdeutschland, wenn Sie so wollen. Damit sind wir aber nicht aus der Welt. Sie sind sich bewusst, dass Sie die Tat eben zugegeben haben?«

Baumkemper ließ die Schultern nach vorn fallen. »Ist es kein legitimes Mittel, um gegen das bandenmäßige Verbrechen vorzugehen? Führen Sie eine Befragung der Menschen in Ihrer Dingsbums-Straße …«

»Großstraße – Krämerstraße«, half Große Jäger aus.

»Von mir aus. Fragen Sie die Leute. Die würden mein Vorgehen gutheißen.«

»Meinen Sie, die würden auch den Mord am Albaner billigen?«

»Ich habe ihn *nicht* erschossen. *Ich* nicht.« Baumkemper verbarg sein Gesicht hinter seinen Händen.

»Wo haben Sie Ihre angeblichen Schießübungen durchgeführt?«

Der Privatdetektiv wirkte hilflos.

»Ich weiß es doch nicht. Es war dunkel. Ich bin irgendwohin gefahren.«

»Sie tischen uns hier unglaubwürdige Geschichten auf. Sie

haben die ganze Aktion initiiert, indem Sie am Sonntag bei Rahn in Hattstedt angerufen und ihn gewarnt haben, dass die Einbrecher abends in die Siedlung kommen würden. Pech für Sie. Rahn hat Ihre Stimme erkannt«, behauptete Große Jäger.

»Das gebe ich ja zu. Es war eine Präventionsmaßnahme. Mehr nicht.«

»Woher wussten Sie vom geplanten Einbruch?«

»Durch meine Ermittlungen.«

»Blödsinn«, fauchte ihn Große Jäger an. »Wir sind Profis und wissen, wie so etwas funktioniert, nur dass wir uns nicht illegaler Methoden bedienen dürfen. Wir haben Ihre Ausrüstung gesehen, die Sie mit sich führen. Sie haben Schloch illegal abgehört.«

Der Privatdetektiv drehte sich halb zur Seite und zeigte Große Jäger sein Profil.

»Dazu sage ich nichts.«

Das war sein gutes Recht, dachte Große Jäger. Er war davon überzeugt, dass Baumkemper seine Informationen aus dieser Quelle bezog.

»Sie waren auf dem Parkplatz am Deich in Hockensbüll. Noch werden die zahlreichen Spuren, die wir dort gefunden haben, ausgewertet. Sie mögen sich einen Informationsvorsprung durch illegale Aktionen beschafft haben, aber hinter uns steht die geballte Kraft der Forensik. Sie haben nicht bedacht, dass das Kieler Institut als eines der besten in Deutschland gilt.«

Baumkemper fixierte den Oberkommissar eine gefühlte Ewigkeit. »Ich weiß – es spricht gegen mich. Ich habe den roten Golf auf dem Parkplatz gefunden. Da mir klar war, dass der Mann …«

»Moment«, unterbrach ihn Große Jäger. »Sie sprechen von *einem*. Sie wussten, dass Dushi zu diesem Zeitpunkt schon im Flensburger Krankenhaus lag.«

Der Privatdetektiv hob zur Bestätigung kurz die Hand.

»Wie haben Sie den Golf gefunden? Sie haben ihn dorthin bestellt?«

»Quatsch. Sie wissen ja schon, dass ich den Albanern auf die Schliche gekommen war.«

»Wie das?«

Baumkemper entspannte sich kurz. »Durch Mithilfe der Polizei. Ihr Vorgesetzter …«

»Sie meinen Hauptkommissar Hundt. Der ist nicht unser Vorgesetzter«, stellte Große Jäger entschieden fest.

»Der muss einen Hinweis auf die Adresse der Albaner erhalten haben.«

Zaghaft hob Cornilsen die Hand.

»Erinnerst du dich? Ich habe eine handschriftliche Notiz auf meinem Schreibtisch hinterlassen, als wir plötzlich zum Einsatz nach Itzehoe mussten, weil man dort die beiden Afghanen gefasst hatte. Diesen Zettel könnte Hundt entdeckt haben.«

Große Jäger wedelte mit der Hand. »Prüf das mal«, forderte er Cornilsen auf.

Nach zehn Minuten lag die Bestätigung vor. Cornilsen hatte ihn vor die Tür gerufen.

»Ich habe Bierhenke angerufen. Der hat bestätigt, dass nicht nur zwei unfreundliche Krimsche bei ihm aufgetaucht waren, sondern einmal auch ein netter Beamter. Die Beschreibung könnte auf Hundt passen. Dem hat er bereitwillig Auskunft über die Nachbarn, also die Afghanen und die Jugos – wie er sagt –, erteilt.«

»Baumkemper hat sich an Hundts Fersen geheftet und ist so auf die Spur der Albaner gestoßen«, fluchte Große Jäger. »Dieser Dilettant.«

Dann kehrten sie ins Zimmer zurück.

»Sie kannten also die vermeintlichen Täter und ihr Fahrzeug. Dem sind Sie bis zum Parkplatz am Deich gefolgt und haben dort Gurakuqi hingerichtet.«

»Nein, verdammt noch mal. Ich wusste, wo der Golf steht.« Baumkemper machte einen resignierten Eindruck. »Ich hatte einen GPS-Tracker am Wagen angebracht. So bin ich zum Parkplatz gelangt. Mir kam es seltsam vor. Der Albaner war kein

Mann, der dort spazieren ging. Auszukundschaften gab es dort auch nichts. Also musste er sich mit irgendjemandem getroffen haben. Ich habe mich ein wenig umgesehen. Und – da habe ich im Reet die Leiche gefunden. Sie können sich vorstellen, wie erschrocken ich war. Mir war klar, dass man mich mit der Tat in Verbindung bringen würde. Deshalb habe ich mich schnell entfernt und auch nicht die Polizei verständigt.«

»Logisch«, fügte Große Jäger ein. »Sie wussten, dass Gurakuqi mit einer Heckler & Koch USP erschossen wurde. *Ihrer* Waffe.«

»Nein.« Baumkemper stapfte heftig mit dem Fuß auf den Boden. »Dann hätte ich die Tatwaffe doch sofort entsorgt.« Er hob seinen Zeigefinger. »Sie haben meine Pistole. Und Sie rühmen ständig Ihre unfehlbare Kriminaltechnik. Dann werden Sie anhand des Projektils im Toten schnell feststellen, dass der tödliche Schuss nicht aus meiner Waffe abgegeben wurde.«

»Sie sind nicht dumm. An Ihrer Stelle hätte ich für den Mord auch eine nicht registrierte Pistole benutzt«, meinte Große Jäger. »Sie sind kaltblütig bei Lüttschwager aufgetaucht, haben dort berichtet, dass das ›Problem‹ beseitigt ist und das Kopfgeld kassiert. Was für ein Mensch müssen Sie sein, um dazu fähig zu sein?«

Baumkemper starrte die Polzisten nur noch stumm an. Er schwieg fortan. Große Jäger ließ ihn in Gewahrsam nehmen und in die Kellerräume bringen.

»Warum gesteht er nicht?«, fragte sich Große Jäger laut, als sie wieder allein waren. »Weshalb ist er sich sicher, dass wir ihm den Mord nicht nachweisen können?«

»Die Tatwaffe«, sagte Cornilsen nachdenklich, »ist eine Heckler & Koch USP. Richtig?«

Große Jäger nickte.

»Die Waffenschmieden variieren ihre Modelle so, dass sie für unterschiedliche Zwecke eingesetzt und an die Bedürfnisse der Kunden angepasst werden können.«

»Ja«, sagte Große Jäger gedehnt.

»Von der USP gibt es die Variante P8.«

Ehe Cornilsen sich ducken konnte, hatte ihm Große Jäger einen mächtigen Schlag auf die Schulter verpasst.

»Hosenmatz. Warum sagst du das nicht früher? Los. Das ist es.«

Es regnete. Der Himmel war grau verhangen. Theodor Storm hätte seine Freude an diesem trüben Herbsttag gefunden. Husum – »du graue Stadt am Meer«. Es passte zu ihrem Vorhaben. Ein strahlend blauer Himmel über Nordfriesland hätte wie Hohn gewirkt.

Das Haus lag ruhig und friedlich da. Es dauerte eine Ewigkeit, bis ihnen geöffnet wurde.

»Ich habe Sie erwartet. Gut, dass Sie kommen.«

Major Lars Lüttschwager hatte alle Straffheit, die ihn sonst auszeichnete, verloren. Er wirkte wie ein Häuflein Elend. Blass. Die Augen lagen tief in den Höhlen. Schwarze Ringe hatten sich rundherum breitgemacht. Die Mundwinkel zuckten nervös. Seine Bewegungen wirkten fahrig, die Stimme gebrochen. Er bat sie ins Wohnzimmer. Es war unaufgeräumt.

Sie nahmen am Esstisch Platz. Lüttschwager setzte sich ihnen gegenüber und legte die Unterarme auf die Tischkante. Er hatte die Hände wie zum Gebet gefaltet.

»Als Sie die Nachricht vom Überfall auf Ihre Mutter erreichte, sind Sie sofort aus dem Dienst nach Husum geeilt«, begann Große Jäger.

Lüttschwager bestätigte es.

»Sie sind im Kampfanzug gefahren. Hatten Sie auch Ihre Pistole dabei?«

»Es ist verboten.« Es war der Versuch einer Erklärung, klang aber mehr wie eine Entschuldigung. »Ich habe nicht darauf geachtet. Mir war nur wichtig, sofort hier bei der Familie zu sein.«

»Die Familie. Die hat bei den Lüttschwagers ein besonderes Gewicht«, sagte Große Jäger. »Die Bundeswehr setzt als Pistole die P8 ein, eine modifizierte Variante der USP. Sie unterscheidet sich durch eine bundeswehrspezifische Anordnung der Sicherung und Entspannung. Im Lauf befinden sich Züge und Felder anstelle des Polygonprofils.«

»Kann sein«, erwiderte Lüttschwager einsilbig.

»Mit genau so einer Waffe wurde Arsen Gurakuqi erschossen.«

Lars Lüttschwager murmelte kaum hörbar: »Stimmt. Das war ich.« Dann erfasste ihn ein Schüttelkrampf. »Ich bin als Soldat ausgebildet. Als Einzelkämpfer. Dazu gehört auch die Vermittlung von psychologischem Rüstzeug. Ich war in Afghanistan und in Mali. Wir haben besondere Einsätze wahrgenommen, über die ich nicht sprechen darf. Und nicht will. So etwas hinterlässt Spuren. Manche Kameraden kommen mit posttraumatischen Belastungsstörungen zurück. So schlimm ist es bei mir nicht. Aber die Erlebnisse sind nichts im Vergleich dazu, einen Menschen zu erschießen. Hier. In Husum. Auch wenn er ein Verbrecher war und schlimme Schuld auf sich geladen hat. Sie haben es mitbekommen. Das Glück, die Zukunft unserer Familie ist zerstört. Es ist fraglich, ob meine Mutter wieder ins Leben zurückkehrt. Wenn ja – niemand weiß, in welchem Zustand. Man hat heute Morgen in ihrem Nachttisch eine Tablettensammlung gefunden. Es ist nicht auszuschließen, dass sie Suizid begehen wollte. Meine Schwester – sie ist durch die Prüfung gefallen. Und mein Vater, der vor Vitalität und Lebensfreude strotzte, ist ein gebrochener Mann. Er war nur von einem Gedanken beseelt: Rache. Ich spürte, dass auch er daran zerbrechen würde, wenn die Tat ungesühnt bliebe. Deshalb hat er die Detektei beauftragt, hat die hohe Belohnung ausgesetzt.«

Lüttschwager klopfte sich mit der Faust gegen die Brust. »Das wollte ich verhindern. Egal, was passiert wäre – die Tat und das Kopfgeld würde man in einer kleinen Stadt wie Husum nie vergessen. Beides würde wie ein Mühlstein an der Familie Lüttschwager hängen. Baumkemper hatte den Täter ausfindig gemacht. Fragen Sie mich nicht, wie. Er hat auch Kontakt zu ihm aufgenommen. Ich glaube, er hat ihm vorgegaukelt, ein anderer zu sein, der Tippgeber, von dem die Täter die lohnenswerten Adressen erhalten haben. Jedenfalls erhielt mein Vater die Nachricht, dass der zweite Täter zu einer bestimmten Uhrzeit auf dem Parkplatz am Deich sein würde.«

Lüttschwager stand auf und verließ den Raum. Cornilsen wollte ihm folgen, aber Große Jäger hinderte ihn daran. Sie hörten den Major in der Küche rumoren. Dann kehrte er mit einem Glas Wasser zurück, setzte sich und nahm einen Schluck.

»Ich schlug vor, die Polizei zu informieren. Aber mein Vater war dagegen. Ich dachte, er bricht zusammen, so sehr hat er sich aufgeregt. So habe ich mich auf den Weg gemacht. Ich wollte dem Mann gegenüberstehen, der uns das angetan hat. Ich traute mir zu, ihn zu überwältigen und ihn hierherzuschleifen. Er sollte meinem Vater gegenübertreten. Ich wollte ihn an den Tatort zerren, in das Schlafzimmer meiner Eltern. Ich weiß nicht, warum ich die Pistole mitnahm. Es war ein Reflex.«

Lars Lüttschwager unterbrach seine Ausführungen. Sie ließen ihm Zeit. In seinem Inneren mussten Stürme toben. Trotz seiner Ausbildung beim KSK war er kein gefühlsarmer Mörder.

»Als ich dem Mann gegenüberstand, war ich hilflos. Ich wusste in diesem Moment nicht, was ich tun sollte. Er war … wie soll ich es beschreiben? Er war einfach ein Ungeheuer. Ich sagte ihm, wer ich war. Darauf lachte er mich aus. ›Du allein hier?‹, fragte er. Auch als ich meine Pistole zog und auf ihn richtete, hörte er nicht auf, mich zu verhöhnen. ›Hast du Jahrmarktbude?‹ Ich schrie ihn an, dass er das Leben meiner Mutter vernichtet habe. Er stand breitbeinig vor mir. Lachte. Griff sich in den Schritt. Dann bildete er mit Daumen und Zeigefinger der linken Hand einen Kreis und ließ den rechten Zeigefinger darin hin- und herfahren. ›Ficki-Ficki‹, lachte er mir ins Gesicht. ›Alte Frau dankbar sein. Kriegt Abenteuer. Nicht umsonst. Hat für Ficki-Ficki Geld bezahlt.‹ Da sind mir die Sicherungen durchgegangen. Keine Reue. Kein Schuldbewusstsein. Ich dachte daran, dass solche Kreaturen verurteilt werden und nach der Strafe womöglich dort weitermachen, wo sie aufgehört haben. Da habe ich geschossen. Ein Mal.«

»Sind Sie ein guter Schütze?«

»Ich habe eine erstklassige Ausbildung genossen.«

»Und dann?«

Lüttschwager atmete tief durch. »Es kostete Überwindung, den Leichnam in das Gestrüpp zu ziehen. Dann bin ich hierher zurück. Mein Vater erwartete mich ungeduldig. ›Wo ist er?‹, fragte er immer wieder und wollte nicht verstehen, dass ich ohne den Täter vor ihm stand. Ich wollte ihm den Hergang eigentlich verschweigen. Das hat ihn noch mehr aufgeregt. Ich dachte, er kollabiert. So blieb mir nichts anderes übrig, als ihm die Wahrheit zu sagen.«

Lüttschwager stand auf und begann, im Zimmer auf und ab zu gehen. »Zunächst schien es, dass er sich beruhigen würde. Als Baumkemper am nächsten Morgen auftauchte, hat er ihm die Belohnung ausgehändigt. Ich dachte, damit wäre zumindest ein Kapitel abgeschlossen. Das war ein Trugschluss. Wenig später bekam mein Vater seinen Herzanfall.«

»Wie geht es ihm?«, fragte Große Jäger.

Lars Lüttschwager wollte antworten, aber ihm versagte die Stimme. »Ein Infarkt. Das hat man inzwischen diagnostiziert.« Dann blieb er stehen und sah Große Jäger mit festem Blick an. »Wollen wir gehen?«

Der Oberkommissar nickte stumm. Selbstjustiz lässt unsere Rechtsordnung nicht zu. Und es gab keine Entschuldigung für Lüttschwagers Handeln. Ein Tötungsdelikt ist ein Tötungsdelikt. Trotzdem fühlte er sich unbehaglich, als er den Major aus dem Haus führte. Kaum wahrnehmbar hörte er in seinem Rücken Cornilsen.

»Na denn dann.«

Dichtung und Wahrheit

Wahrheit ist, dass es mir wieder einmal viel Spaß gemacht hat, die Husumer Ermittler mit Herz und Verstand auf die Jagd nach den Tätern zu schicken, auch wenn alle genannten Personen und Einrichtungen frei erfunden sind.

Dank der wissenschaftlichen Arbeit der Kriminaltechnik können heute nahezu unwiderlegbare Beweise für die Täterschaft von Verdächtigen erbracht werden. Die Ermittler und die Mitarbeiter in den Laboren, der Forensik und den weiteren Disziplinen arbeiten dabei Hand in Hand. Dieser Tatsache bediene ich mich auch in meinen Romanen. Die akribische Arbeit der Wissenschaftler ist allerdings aufwendig und nimmt unter Umständen viel Zeit in Anspruch. Es soll kein Widerspruch zur Realität, sondern nur der Dramaturgie eines Kriminalromans geschuldet sein, wenn es in der Fiktion schneller geht. Der interessierte und informierte Leser möge es mir nachsehen, auch wenn ich sonst viel Wert auf die Recherche lege und der Glaubwürdigkeit zuliebe um Nähe zur Realität bemüht bin.

Ich danke dem Innenminister des Landes Schleswig-Holstein, Stefan Studt, für seinen Hinweis, dass immer am »längsten« Tag der sicherheitstechnische Berater bei der Zentralstelle Polizeiliche Prävention der Landespolizei den »Tag des Einbruchschutzes« durchführt. Diese und circa zweihundert weitere Info-Veranstaltungen der Landespolizei, die übers Jahr im ganzen Land stattfinden, werden jeweils von zertifizierten Facherrichterfirmen begleitet. Die steigende Zahl versuchter/abgebrochener Einbrüche zeigt auch, dass dieser Weg richtig ist. Für selbst genutzte Immobilien hat Schleswig-Holstein ein landeseigenes Anreizprogramm für verbesserten Einbruchschutz aufgelegt.

Mein Dank gilt auch Flottillenapotheker Dr. Petra Ufermann, die mir Wissenswertes über die Bundeswehr berichtet hat. Birthe und meine Lektorin Dr. Marion Heister haben dieses Buch erneut mit Tatkraft und Sachverstand begleitet. Ich möchte mich auch bei meinem Verleger Hejo Emons und all den Ungenannten in Verlag, Druckerei, Buchhandel und Medien bedanken, die das Werden und Erscheinen eines Buchs erst ermöglichen.

Aber was wäre ein Autor ohne seine Leserinnen und Leser? Er würde eine Art literarisches Selbstgespräch führen. Das weckt zwar keine Widersprüche, ist aber über den langen Zeitraum, den ich jetzt schon gemeinsam mit Ihnen den Spaß am Hinterm Deich Krimi teilen darf, unbefriedigend. So freue ich mich über jeden Einzelnen, dem die Abenteuer der Husumer Kult-Polizisten oder des Kielers Lüder Lüders unterhaltsame Kurzweil schenken. Und zahlreiche Leser durfte ich auf Veranstaltungen schon persönlich treffen. Jede Begegnung hat Freude bereitet.

Danke!

Die Erfolgsserie des Bestsellerautors Hannes Nygaard:

Alle Titel sind auch als eBook erhältlich.

Hinterm Deich Krimis:

Tod in der Marsch
ISBN 978-3-89705-353-3

Vom Himmel hoch
ISBN 978-3-89705-379-3

Mordlicht
ISBN 978-3-89705-418-9

Tod an der Förde
ISBN 978-3-89705-468-4

Tod an der Förde
Hörbuch, gelesen von Charles Brauer
ISBN 978-3-89705-645-9

Todeshaus am Deich
ISBN 978-3-89705-485-1

Küstenfilz
ISBN 978-3-89705-509-4

Todesküste
ISBN 978-3-89705-560-5

www.emons-verlag.de

Tod am Kanal
ISBN 978-3-89705-585-8

Der Tote vom Kliff
ISBN 978-3-89705-623-7

Der Inselkönig
ISBN 978-3-89705-672-5

Sturmtief
ISBN 978-3-89705-720-3

Schwelbrand
ISBN 978-3-89705-795-1

Tod im Koog
ISBN 978-3-89705-855-2

Schwere Wetter
ISBN 978-3-89705-920-7

Nebelfront
ISBN 978-3-95451-026-9

Fahrt zur Hölle
ISBN 978-3-95451-096-2

Das Dorf in der Marsch
ISBN 978-3-95451-175-4

Schattenbombe
ISBN 978-3-95451-289-8

Niedersachsen Krimis:

Mord an der Leine
ISBN 978-3-89705-625-1

Niedersachsen Mafia
ISBN 978-3-89705-751-7

Das Finale
ISBN 978-3-89705-860-6

Auf Herz und Nieren
ISBN 978-3-95451-176-1

Kurzkrimis:

Eine Prise Angst
ISBN 978-3-89705-921-4